No Limite da Loucura

SOMBRAS DE LONDRES
LIVRO DOIS

No Limite da Loucura

MAUREEN JOHNSON

Tradução
Sheila Louzada

Fantástica
ROCCO

 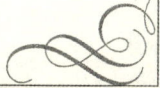

Título original
MADNESS UNDERNEATH
Shades of London Book Two

Copyright © 2013 *by* Maureen Johnson

O direito moral de Maureen Johnson ser
identificada como autora desta obra foi assegurado.

Todos os direitos reservados, incluindo o de reprodução
no todo ou em parte sob qualquer forma.

Direitos para a língua portuguesa reservados
com exclusividade para o Brasil à
EDITORA ROCCO LTDA.
Av. Presidente Wilson, 231 – 8º andar
20030-021 – Rio de Janeiro – RJ
Tel.: (21) 3525-2000 – Fax: (21) 3525-2001
rocco@rocco.com.br | www.rocco.com.br

Printed in Brazil/Impresso no Brasil

GERENTE EDITORIAL Ana Martins Bergin	ASSISTENTE DE PRODUÇÃO Silvânia Rangel
EDITORA Lorena Piñeiro	REVISÃO Armenio Dutra Wendell Setubal
EQUIPE EDITORIAL Manon Bourgeade (arte) Milena Vargas Viviane Maurey	PREPARAÇÃO DE ORIGINAIS Mariana Moura

CIP-Brasil. Catalogação na fonte.
Sindicato Nacional dos Editores de Livros, RJ.

J65n Johnson, Maureen
       No limite da loucura/Maureen Johnson; tradução Sheila Louzada.
    – Primeira edição. – Rio de Janeiro: Fantástica Rocco, 2016.
       (Sombras de Londres; 2)

       Tradução de: Madness Underneath: Shades of London Book Two
       ISBN 978-85-68263-37-2

       1. Ficção americana. I. Louzada, Sheila. II. Título.

16-32531   CDD-813   CDU-821.111(73)-3

O texto deste livro obedece às normas do
Acordo Ortográfico da Língua Portuguesa.

*Para o verdadeiro Alexander Newman,
meu amigo que jamais se deixou derrubar pela
insignificância de doze AVCs. Quero ser você quando crescer.
(Talvez sem a parte dos AVCs. Sabe como é.)*

**PUB ROYAL GUNPOWDER,
ARTILLERY LANE, LESTE DE LONDRES
11 DE NOVEMBRO
10H15**

CHARLIE STRONG GOSTAVA DE SEUS CLIENTES – NÃO tem como manter um pub por vinte e um anos sem gostar dos clientes –, mas havia algo na tranquilidade das manhãs que lhe proporcionava um prazer desmedido. Pela manhã, Charlie fumava o único cigarro que se permitia por dia. Puxava a fumaça devagar, apreciando o leve chiado do fogo queimando o papel e o tabaco. Quando o pub ainda estava fechado, ele podia fumar lá dentro. Uma boa xícara de chá. Um bom cigarro. Um bom sanduíche com bacon.

Ligou a televisão. No Royal Gunpowder, o aparelho só era ligado em duas ocasiões: quando tinha jogo do Liverpool e durante o *Morning with Michael and Alice*, um talk show de animação implacável. Charlie gostava de assistir ao programa enquanto se preparava para o dia, e gostava especialmente das receitas. Eles sempre faziam alguma comida boa, o que, por algum motivo, só aumentava o prazer de Charlie em saborear o sanduíche de bacon. Naquele dia, o prato era um frango assado. O barman, Sam, veio do porão trazendo uma caixa de água tônica, que deixou no balcão do bar para seguir em silêncio com seu trabalho, colocando de pé as cadeiras que aguardavam invertidas em cima das mesas. Sam era uma pessoa agradável de se ter por perto pela manhã. Uma boa companhia, embora não fosse muito de falar. Estava contente por ter um emprego, o que se refletia em seu estado de espírito.

– Parece bom esse frango – comentou Charlie, apontando para a TV.

Sam fez uma pausa no trabalho para dar uma olhada.

– Prefiro frito – respondeu.

– Você ainda vai acabar morrendo com tanta fritura.

– Falou aquele que está comendo bacon.

– Bacon não faz mal – retrucou Charlie, com um sorriso.

Sam balançou a cabeça e voltou a ajeitar as cadeiras.

– Será que hoje vão aparecer mais fanáticos pelo Estripador? – perguntou ele.

– Tomara – respondeu Charlie. – Bendito seja o Estripador. Faturamos quase três mil ontem. Aliás, esse pessoal come muita batata chips. Vá buscar mais uma caixa da simples e... – Ele deu uma olhada no estoque embaixo do balcão – ... e das de queijo com cebola. Aproveite e traga mais pacotes de amendoim. Esses doidos são doidos por amendoim, há, há.

Sem uma palavra, Sam parou o que estava fazendo e voltou ao porão. Charlie ficou com o olhar vidrado na TV, acompanhando os cruciais retoques finais da receita. O frango foi retirado do forno, tostado e dourado; estava lindo. O programa então seguiu para outros temas, falando sobre algum festival de música que aconteceria na cidade naquele fim de semana. Essa parte não interessava Charlie tanto quanto o frango, mas ele continuou assistindo mesmo assim, já que ainda não tinha terminado o cigarro. Quando chegou ao filtro, jogou a guimba fora e se pôs a trabalhar.

Mal tinha começado a apagar o quadro-negro em que anunciavam os pratos do dia quando, lá de baixo, veio o barulho de vidro se quebrando. Ele foi até a porta que dava para o porão e a abriu.

– Sam! Mas que droga de...?
– Charlie! Dá um pulo aqui!
– O que houve? – gritou Charlie.
Nenhuma resposta.

Charlie xingou baixinho, se permitiu uma pesada tosse pós-cigarro e começou a descer a escada. Os degraus eram estreitos e íngremes, e o porão em si era cheio de coisas com as quais Charlie não fazia a menor questão de ter contato: cadeiras e mesas quebradas, caixas pesadas de produtos, engradados de copos prontos para substituírem os que eram rachados, quebrados e roubados todos os dias.

– Sam? – chamou ele.
– Aqui!

A voz de Sam vinha de uma sala menor, adjacente à área central do porão. Charlie se abaixou para passar, pois ali o teto era mais baixo; ele passava com a cabeça rente. Várias vezes quase desmaiou ao bater com a cabeça naquela entrada.

Sam estava colado na parede, encolhido entre duas estantes grandes de armazenamento. Havia dois copos de chope quebrados, além de um *X* traçado a giz grosseiramente no chão.

– Que brincadeira é essa, Sam?
– Não fui eu – defendeu-se o barman. – E não tinha nada disso alguns minutos atrás.
– Você está passando bem?
– É sério, isso não estava aqui antes.

Aquilo não era bom, não era nada bom. Não tinha como aqueles copos terem caído de alguma prateleira: estavam bem no meio da sala. O *X* eram dois traços trêmulos, como se o autor daquilo mal conseguisse segurar o giz. Ninguém parecia muito saudável à luz fluorescente do porão, de um tom levemente esverdeado, mas o aspecto de Sam era ainda pior. A cor tinha se esvaído de seu rosto, e ele tremia, brilhando de suor.

Talvez aquilo fosse inevitável. Charlie sempre teve consciência do risco, mas o risco fazia parte do negócio. Ele tinha vencido o alcoolismo e, portanto, acreditava que outros conseguiriam fazer o mesmo. Era preciso demonstrar essa confiança.

– Se você anda tomando alguma... – começou ele, em tom sereno.

– Eu não bebi nada!

– Mas se tiver bebido é só me falar.

– Eu juro – insistiu Sam. – Não tomei nada.

– Sam, não é vergonha nenhuma admitir. Ficar sóbrio é um processo.

– Eu não tomei nada, e não fiz *isso*!

O desespero no tom de voz de Sam deixou Charlie assustado, e ele não era do tipo que se assusta fácil. Já tinha encarado brigas, vício, divórcio. Enfrentava o álcool, seu demônio pessoal, dia após dia. No entanto, alguma coisa naquele cômodo, alguma coisa na postura de Sam encolhido junto à parede e naquele *X* grosseiro e no vidro quebrado no chão... alguma coisa naquilo tudo o perturbou.

Nem fazia sentido verificar se alguém tinha invadido o local. Todos os estabelecimentos da área tinham reforçado a segurança quando surgira o Estripador. O Royal Gunpowder era inviolável.

Charlie se abaixou para correr a mão pelo chão frio de pedra.

– Que tal se a gente der um jeito nisso e pronto? – disse ele, apagando o *X*. Em situações como aquela, o melhor a fazer era restaurar a normalidade e ter uma boa conversa. – Vamos lá. Vamos subir e tomar um chá. A gente conversa sobre o que houve.

Sam se afastou alguns passos da parede, embora ainda hesitante.

– Ótimo, isso aí – continuou Charlie. – Agora vamos limpar isso e tomar um bom chá, eu e você...

Ele estava terminando de apagar o *X*. Não viu o martelo.

O martelo usado para abrir caixotes, fazer torneiras de chope entupidas voltarem a funcionar e realizar pequenos consertos nas prateleiras sempre instáveis. A ferramenta se ergueu no ar, demorando-se acima da cabeça de Charlie apenas pelo tempo suficiente para mirar o alvo.

– Não! – gritou Sam.

Charlie se virou justo a tempo de ver o martelo descer. O primeiro golpe não o derrubou. Ele emitiu um ruído, não exatamente uma palavra – foi mais um som engasgado, um gorgolejar. Então veio um segundo golpe, um terceiro. Charlie continuava de pé, mas se retorcia, o corpo resistindo. O quarto golpe pareceu o de maior impacto, seguido pelo ruído alto de algo se rachando. No quarto golpe, Charlie desabou para a frente e não se mexeu mais.

O martelo caiu no chão com estardalhaço.

A rachadura no chão

Voando saiu a teia, abrindo-se a flutuar;
o espelho rachou de um lado a outro;
"A maldição se lançou sobre mim",
gritou a Lady de Shalott.
Alfred Lord Tennyson, "A Lady de Shalott"

1

Em Wexford, onde eu estudava antes de tudo isso acontecer na minha vida, eu era obrigada a treinar hóquei todos os dias. Não fazia a menor ideia de como se jogava aquilo, então me cobriram de equipamentos de proteção e me colocaram no gol. Daquela posição, eu via as outras jogadoras correndo com os tacos. Vez ou outra, uma delas lançava na minha direção um disco muito duro. Eu desviava, todas as vezes. Tenho a impressão de que fugir do disco não é o objetivo do jogo, porque Claudia gritava, da lateral do campo: "*Não, Aurora, não!*" Mas eu nem ligava. Dou muito valor às lições da natureza, e a natureza diz: quando alguma coisa voa na direção da sua cabeça... *saia do caminho.*

Eu achava que o hóquei não tinha me ensinado nada para a vida, até começar a fazer terapia.

– Então... – começou Julia.

Julia era minha psicóloga. Escocesa e franzina, com um cabelo loiro platinado que saltava aos olhos. Devia ter uns cinquenta e tantos anos, mas não se via uma única ruga em seu rosto. Uma mulher atenciosa, bem-articulada, com uma postura tão dolorosamente profissional que chegava a me dar coceira. Ela não se remexia na poltrona, não precisava se ajeitar nem cruzar a outra perna. Simplesmente *ficava ali sentada*, calma como um monge. O mundo podia desabar e Julia continuaria na mesma posição na poltrona ergonômica, esperando a tormenta passar.

No consultório em que Julia atendia, o relógio ficava, estrategicamente, atrás da poltrona do paciente, em cima de uma estante. Eu acompanhava os ponteiros pelo reflexo no vidro da janela, vendo o tempo andar para trás. Naquele momento, eu tinha acabado de passar quarenta e cinco minutos falando sobre minha avó – meu novo recorde –, mas o assunto tinha enfim se esgotado. O silêncio caía na sala como um cheiro ainda indefinido, porém cada vez mais forte. Muita coisa se passava atrás daqueles olhos que se recusavam a piscar. Eu percebi, após horas acumuladas encarando Julia, que ela me examinava com ainda mais atenção que eu a ela.

E eu conhecia bem o relacionamento entre Julia e aquele relógio. Com apenas o mais imperceptível movimento dos olhos para a esquerda, ela podia ver ao mesmo tempo a hora e o paciente, sem precisar virar o pescoço. Era um movimento de sutileza incrível, mas passei a ficar atenta a esse momento. Quando Julia olhava para o relógio, era porque ia *entrar em ação*.

Já.

Preparar. Julia ia fazer o lançamento. O disco estava vindo direto para meu rosto. Hora de desviar.

– Rory, eu gostaria que você pensasse sobre...

Driblar! *Driblar!*

– ... cada um de nós tem um primeiro contato com a morte de forma diferente. Quero que você tente se lembrar... Como foi para você?

Tive que me conter. Se sua psicóloga pergunta como foi seu primeiro contato com a morte, é meio esquisito você praticamente saltar da poltrona de empolgação porque essa é de longe *sua história preferida de todos os tempos*. Acontece que minha história de "primeiro contato com a morte" é muito boa.

Prolonguei o momento por um minuto, inclinando a cabeça para um lado e para o outro, nosso tempo útil passando. É difícil a gente *fingir* que está pensando. Pensar não envolve movimentos. E eu tinha a leve suspeita de que minha cara de "estou pensando" era bem parecida com minha cara de "estou enjoada e vou vomitar".

– Eu tinha uns dez anos – comecei. – Fomos à casa da sra. Haverty, que morava no Magnolia Hall. O Magnolia Hall é uma enorme propriedade histórica típica da região sul-americana pré-guerra, estilo *E o vento levou*. Aquele tipo de lugar que parece dizer: "Vejam como eram as coisas antes da Guerra do Norte Malvado." Todo cheio de colunas e venezianas tradicionais e com umas cem magnólias pelo terreno. Você já viu *E o vento levou?*

– Há um tempo.

– Bem, o lugar é tipo aquilo. Os turistas adoram, e aparece em vários folhetos de viagem. Tudo lá parece ser de 1860, por aí. E ninguém nunca vê a sra. Haverty, porque ela é supervelha. Tipo, é capaz de ela ter *nascido* em 1860.

– Uma senhora idosa que morava em uma casa histórica – disse Julia.

– Isso. Eu era escoteira. Uma péssima escoteira. Nunca ganhei medalha nenhuma e vivia esquecendo o número da minha tropa. Mas uma vez por ano acontecia um evento muito legal no Magnolia Hall, tipo um piquenique. A sra. Haverty abria as portas para a gente porque, pelo que diziam, ela também tinha sido escoteira, lá nos tempos remotos em que as rochas eram jovens e a atmosfera estava se formando...

Julia me olhou com uma expressão curiosa. Eu não deveria ter acrescentado esse pequeno floreio. Mas é que já contei essa história tantas vezes que acabo refinando a narrativa, dando uns toquezinhos especiais. Minha família adora. A cada ano eu conto tudo de novo, nos nossos constrangedores jantares no Big Jim's ou na casa da minha avó. É quase um cartão de visita.

– Mas então – continuei, com mais calma. – Ela organizava um churrasco, com refrigerante à vontade, sorvete... Armavam uma espécie de tobogã enorme e um daqueles castelinhos infláveis. Era o melhor dia do ano, basicamente. Eu continuava no escotismo só para poder ir àquele evento. Aí, naquele verão, quando eu tinha uns dez anos... Opa, eu já disse isso...

– Não tem problema.

– Ah. Bem, estava quente *pra caramba*. Tipo, muito quente mesmo. Aquele calor da Louisiana. Sei lá, uns quarenta graus.

– Estava quente – resumiu Julia.

– Pois é. A questão é que a sra. Haverty nunca saía da casa e ninguém podia entrar lá. Ela era meio que uma lenda. Todo mundo se perguntava se ela ficava olhando para a gente da janela ou coisa do tipo. Ela era nosso Boo Radley. Depois do evento, sempre fazíamos um cartaz enorme para a sra. Haverty, com nossos nomes, agradecimentos e desenhos, que uma das líderes da tropa levava até a casa. Não sei se a sra. Haverty a deixava entrar ou se ela precisava jogar na porta pela janela do carro. Enfim, geralmente as escoteiras alugavam banheiros químicos para o evento, mas naquele ano não conseguimos porque teve uma greve no lugar que fornecia as cabines. Passamos mais ou menos uma semana achando que não teria piquenique, até que a sra. Haverty disse que podíamos usar o banheiro do térreo da casa dela, o que era uma novidade e tanto. Até fizeram meio que um discurso no ônibus, na viagem, avisando como deveríamos nos comportar. Uma de cada vez. Nada de correr. Nada de gritar. Tínhamos que entrar, ir direto ao banheiro e sair logo que terminássemos. Estávamos muito empolgadas e meio que loucas com a ideia de finalmente entrar na casa, e eu botei na cabeça que tinha que ser a primeira. Seria a primeira a fazer xixi, não importava o que custasse. Então bebi uma garrafa inteira de água no caminho, das grandes. Fiz questão de chamar a atenção da líder, a sra. Fletcher. Ela até me avisou para não acabar tão rápido com a água. Mas eu estava determinada.

Não sei se isso acontece com você, mas, quando começo a falar sobre algum lugar, de repente todos os detalhes voltam à memória. Eu me lembro do ônibus avançando pela longa entrada, passando embaixo do toldo de árvores; me lembro de Jenny Savile sentada ao lado, cheirando a manteiga de amendoim por algum motivo e estalando a língua com um barulho irritante; me lembro da minha amiga Erin com fones de ouvido e olhando pela janela, sem prestar a menor atenção a nada. Todas as outras garotas observavam o pessoal encher o castelo inflável, mas eu estava em alerta máximo, vendo a casa se aproximar, as colunas e o pórtico imponente surgindo diante dos meus olhos. Eu tinha uma missão a cumprir: seria a primeira a fazer xixi no Magnolia Hall.

– A líder da minha tropa devia estar de olho em mim – prossegui. – Eu tinha a fama de ser *aquela garota*: não a líder, nem a pior nem a mais bonita, ou seja lá o que signifique *aquela garota*. Eu era *aquela* que sempre tinha alguma ideia maluca, que sempre cismava em fazer alguma coisa ridícula e não descansava até conseguir. Então, se eu estava me entupindo de água, dando pulinhos na poltrona e pedindo para ir urgentemente ao banheiro, ela sabia que eu não ia sossegar até me colocarem no Magnolia Hall.

Julia não escondeu o esboço de um sorriso que se insinuou em seu rosto. Obviamente, já tinha detectado esse traço da minha personalidade.

– Quando chegamos, a líder disse: "Vamos lá, Rory" – continuei. – Ela falou meu nome de um jeito bem ácido. Lembro que me deu medo.

– Medo?

– É, porque as líderes nunca ficavam irritadas com a gente – expliquei. – Não tinha a ver com a função delas. Nossos pais se irritavam com a gente, talvez nossos professores, mas era estranho ver outro adulto além desses irritado comigo.

– Isso fez você desistir?

– Não – respondi. – Eu realmente tinha bebido muita água.

– Rory, me responda o seguinte. Por que você acha que estava fazendo aquilo? Por que era tão importante ser a primeira a usar o banheiro?

A resposta era tão óbvia para mim que eu nem saberia explicar. Eu tinha que ser a primeira a usar o banheiro pelo mesmo motivo que as pessoas escalam montanhas ou mergulham nos mares. Porque era um território novo, inexplorado. Porque ser a primeira significava... ser a primeira.

– Ninguém jamais tinha visto aquela casa por dentro – respondi.

– Mas era só um banheiro. E você disse que já tinha consciência de que incorria nesse tipo de comportamento. Essa tendência a inventar certos planos, ter certas ideias.

– Ideias ruins, geralmente – esclareci.

Julia assentiu ligeiramente e escreveu alguma observação no caderno. Eu tinha dado a ela uma pista sobre minha personalidade e odiava quando isso acontecia. Voltei a me concentrar na história: eu me lembrava do calor. Calor – calor de verdade – era algo que eu não tinha sentido na Inglaterra desde que chegara. O calor do verão da Louisiana tem caráter próprio, tem peso. Envolve você por inteiro em um abraço suado. Penetra no corpo. A casa do Magnolia Hall nunca tinha conhecido um aparelho de ar-condicionado. Era como um forno aceso havia cem anos, e parecia inteiramente possível que uma parte do ar estivesse presa ali desde a Guerra de Secessão, soprado para a casa durante uma batalha e capturado para ser armazenado em segurança.

Sempre me lembro do meu primeiro passo ao cruzar aquela porta, daquele tapa de calor fedendo a poeira. Da imobilidade no ar. Do hall de entrada com os genuínos quadros com rostos da família, da mesa de tampo de mármore com um vaso de azaleias ressecadas e murchas, das pilhas acumuladas de jornais velhos num canto. O banheiro ficava num pequeno recuo sob as escadas. Tendo que supervisionar o descarregamento do ônibus e cuidar para que Melissa Murphy levasse consigo a caneta de adrenalina para o caso de ser picada por abelhas, a sra. Fletcher me avisou para sair da casa logo que terminasse de usar o banheiro e não tocar em nada. Só fazer xixi e ir embora.

– Eu estava lá dentro sozinha – contei. – A primeira pessoa a entrar ali... quer dizer, a primeira que eu conhecesse. Então não tinha como dar uma volta. Mas só olhei os cômodos que estavam com a porta aberta, não fiquei fuxicando. Eu tinha que olhar. Vi um cachorro no meio de uma das salas da frente, um golden retriever grande... E eu adoro cachorros. Adoro. Fui fazer carinho nele. Nem ouvi a sra. Haverty chegando. Quando me virei, lá estava ela. Acho que eu esperava vê-la em roupas vitorianas ou coberta de teias de aranha, sei lá, mas ela usava um daqueles conjuntos esportivos que os velhinhos normais usam, uma bermuda xadrez cor-de-rosa e uma camiseta também cor-de-rosa. Ela era incrivelmente branca e cheia de varizes. As panturrilhas tinham tantas linhas azuis que pareciam um mapa rodoviário. Naquele momento, pensei que tinha sido pega. Pensei: "Pronto. É agora que vou ser morta." Eu estava encurralada. Mas ela só sorriu e disse: "Esse é o Big Bobby. Ele não era lindo?" E eu respondi: "*Era?*" E ela disse: "Ah, querida, ele é empalhado. Bobby morreu quatro anos atrás. Mas ele gostava de dormir nessa sala, por isso o coloquei aqui."

Julia levou um segundo para perceber que era o fim da história.

– Você fez carinho num cachorro empalhado? Morto? – perguntou ela.

– Era um cachorro *muito bem* empalhado – expliquei. – Eu já vi uns trabalhos de taxidermia bem ruins, mas aquilo era obra de mestre. Qualquer um teria se enganado.

Um raro momento de luz do sol entrou na sala pela janela e iluminou o rosto de Julia. Ela me encarava com um olhar demorado e penetrante, um olhar que não chegava a me atravessar: chegava mais ou menos à metade do caminho dentro de mim e ficava perambulando por ali, bisbilhotando.

– Sabe, Rory, esta é nossa sexta sessão e ainda não falamos sobre o que trouxe você até aqui.

Toda vez que Julia dizia alguma coisa desse tipo, eu sentia uma pontada na barriga. O ferimento tinha se fechado e cicatrizado quase por completo. As ataduras tinham sido retiradas, revelando o corte longo e a pele nova que o cobria, de um tom furioso de vermelho. Vasculhei minha mente em busca do que dizer, algo que nos recolocasse em movimento, mas Julia ergueu a mão em um gesto de impedimento. Ela sabia. Fiquei quieta por alguns segundos e, assim, descobri como era minha verdadeira cara de "estou pensando". Eu mesma a via e percebi que era uma expressão aflita. Eu não parava de apertar e morder os lábios, e o vinco entre minhas sobrancelhas devia estar tão profundo que daria para guardar meu celular ali.

– Posso fazer uma pergunta? – falei.
– Claro.
– Eu tenho *permissão* para estar bem?
– Claro. Esse é nosso objetivo. Mas também não tem problema se não estiver. A questão se resume a um simples fato: você sofreu um trauma.
– Mas as pessoas não superam os traumas? – argumentei.
– Superam. Com ajuda.
– Não tem como superar um trauma sem ajuda?
– Claro que tem, mas...
– O que eu quero dizer – interrompi, com mais insistência – é que é *possível* eu realmente ficar bem?
– Você sente que está bem, Rory?
– Só quero voltar para o colégio.
– Você quer voltar? – perguntou ela, o sotaque escocês marcando um ponto especialmente inquisitivo.

Wexford surgiu na mente, como uma cenografia pendurada por uma corda que de repente se solta e desaba no palco. Vi Hawthorne, meu dormitório, uma relíquia de arquitetura vitoriana. As paredes de pedra marrom; as janelas surpreendentemente largas e altas; a palavra MULHERES gravada na porta em alto-relevo. Eu me imaginei no quarto com Jazza, minha colega de quarto, à noite, quando ficávamos cada uma na sua respectiva cama conversando na escuridão. O teto era alto, e eu ficava vendo as sombras das pessoas que passavam nas ruas de Londres e ouvindo os barulhos lá de fora, o suave estalar e assobiar dos aquecedores ao darem um último sopro de calor para a noite.

De repente, minha mente vagou para um dia na biblioteca, quando Jerome e eu estávamos juntos em uma das salas de estudo, dando uns amassos na parede. Então me vi em outro lugar; no apartamento da Goodwin's Court, com Stephen e Callum e Bu...

– Nosso tempo acabou – anunciou Julia, os olhos se movendo discretamente para o relógio. – Podemos voltar a essa questão na sexta-feira.

Peguei o casaco do encosto da cadeira e o vesti o mais rápido possível. Julia abriu a porta da sala e olhou para a antessala.

– Você veio sozinha hoje? Ótimo. Fico feliz.

Naquele dia, meus pais me deixaram ir sozinha à terapia. Nos últimos tempos, o máximo de empolgação que eu tinha na vida era esse tipo de coisa.

– Estamos chegando lá, Rory. Estamos chegando lá.

Era mentira. Mas acho que todos nós precisamos mentir às vezes, e eu estava prestes a fazer o mesmo.

– É – falei, ajustando as luvas nas pontas dos dedos. – Estamos mesmo.

2

Aquilo não tinha como continuar por muito tempo.

Eu gosto de falar. Falar é meio que *minha praia*. Se falar fosse uma opção de esporte em Wexford, eu seria capitã do time. Mas sempre é preciso correr, pular ou sacudir os braços nos esportes... Ninguém me daria pontos na média pelo movimento preciso e fluido da mandíbula.

Eu era obrigada a comparecer ao consultório de Julia três vezes por semana. Ou seja, três vezes por semana eu tinha que *desconversar* – porque eu não podia falar sobre o que de fato tinha acontecido.

Não dá para contar à psicóloga que você foi esfaqueada por um fantasma.

Não dá para contar que você só enxergava o tal fantasma porque vê gente morta desde que engasgou seriamente com um pedaço de carne no jantar.

Se disser essas coisas, vão prender você numa camisa de força, jogá-la num quarto de paredes acolchoadas e nunca mais deixar que chegue perto de tesouras. E vai ser pior ainda se você explicar à psicóloga que tem amigos na polícia secreta de fantasmas de Londres e que não pode comentar o assunto porque um agente do governo fez você assinar um documento do Ato de Sigilo Oficial e prometer que jamais falaria sobre esses amigos da polícia. Isso não vai melhorar nem um pouco sua situação. A psicóloga vai acrescentar "delírios paranoicos de agências governamentais secretas" a sua lista já longa de problemas, e aí vai ser fim de jogo para você, srta. Doida.

O céu estava da cor de concreto, e eu não tinha um guarda-chuva para me proteger da escura nuvem carregada que se aproximava. Não tinha ideia do que fazer uma vez que estava realmente fora de casa. Foi quando vi uma cafeteria – era ali que eu ia entrar. Tomaria um café e depois voltaria para casa a pé. Algo bom e normal de se fazer. Sim, eu ia fazer isso e talvez... talvez fizesse também outra coisa.

É engraçado que, após um tempo sem sair de casa, você retorna ao mundo externo como um turista. Fiquei observando fixamente as pessoas trabalhando em laptops, estudando, fazendo anotações em cadernos. Flertei com a ideia de dizer ao atendente que preparava meu *latte*: "Sou a garota que o Estripador atacou." Eu poderia levantar a camiseta e mostrar a ferida ainda em cicatrização. Não dava para fabricar aquilo que se estendia pelo meu torso – a longa linha enfurecida. Quer dizer, acho até que *dava*, mas eu teria que ser um daqueles especialistas em maquiagem. Se bem que, se uma pessoa chega ao balcão da cafeteria e levanta a blusa para o atendente, é sinal de que ela tem outros problemas.

Peguei o café e fui embora depressa, antes que eu tivesse mais alguma ideia esquisita.

Meu Deus, eu precisava falar com alguém.

Não sei quanto a você, mas comigo, quando acontece alguma coisa – seja algo bom, ruim, chato, não importa –, preciso *contar* a alguém para tornar aquilo real. Não tem sentido alguma coisa acontecer se você não pode comentar. E aquela era a maior das algumas-coisas. Eu precisava *mesmo* falar. Sabe, me doía muito ficar ali sentada com aquele segredo guardado, hora após hora. Eu devia ter passado o tempo todo da terapia contraindo os músculos da barriga, porque meu abdômen inteiro latejava. Às vezes, quando eu ficava acordada até tarde da noite, me sentia tentada a ligar para algum número de ajuda emocional e contar minha história a um estranho qualquer, mas eu sabia o que aconteceria: eles me ouviriam e me aconselhariam a buscar a ajuda de um psiquiatra. Porque minha história era coisa de maluco.

A versão "oficial" era:

Um homem decidiu aterrorizar Londres recriando os assassinatos de Jack, o Estripador. Ele matou quatro pessoas, uma delas, infelizmente, no gramado bem em frente a um prédio do meu colégio. Eu vi esse cara quando entrei escondida no dormitório aquela noite. Como eu era testemunha, ele me escolheu como alvo para seu ato final. Entrou disfarçadamente no prédio na noite em que seria o último assassinato do Estripador e me esfaqueou. Eu só sobrevivi porque a polícia, tendo recebido a ligação de alguém que vira algo suspeito, invadiu o prédio. O suspeito fugiu, a polícia o perseguiu, ele se jogou no Tâmisa e morreu.

A versão verdadeira:

O Estripador era o fantasma de um homem que tinha trabalhado no esquadrão secreto. Ele me elegeu seu alvo porque eu via fantasmas. Seu objetivo era botar as mãos em um terminal, a ferramenta que o esquadrão usava para destruir fantasmas. Os terminais (havia três deles, na verdade) eram diamantes. Quando uma corrente elétrica os percorria, os diamantes destruíam os fantasmas. Stephen tinha instalado esses diamantes na carcaça de aparelhos celulares, de forma que a bateria servisse como gatilho para acionar a descarga elétrica. Naquela noite, eu sobrevivi porque Jo, uma fantasma, pegou o terminal da minha mão e destruiu o Estripador – destruindo também a si mesma.

As únicas pessoas que conheciam a história real eram Stephen, Callum e Bu, mas eu estava proibida de falar com eles. Essa foi uma das exigências que me fizeram antes de eu ir embora de Londres. É verdade que um homem do governo me fez assinar o Ato de Sigilo Oficial. Tudo foi providenciado para que eu não entrasse em contato com os três. Após o ataque, enquanto eu estava apagada no hospital, alguém pegou meu celular e eliminou todos os registros.

Fique quieta, eles me disseram.

Siga com sua vida e pronto, eles me disseram.

Então ali estava eu em Bristol, na casa alugada em que meus pais moravam, sem nada para fazer. Era uma casinha até boa, no alto de uma área mais elevada da qual se tinha uma vista legal da cidade. A mobília era típica de casas alugadas: simples e barata. Paredes brancas e cores neutras. Uma casa genérica, perfeito para alguém se recuperar. Sem fantasmas. Sem explosões. Só televisão e chuva e muitas horas de sono e de internet. Minha vida não ia para lugar algum ali, mas tudo bem – eu já havia atingido minha cota de emoção. Só precisava tentar esquecer, abraçar o tédio, seguir em frente.

Eu caminhava ao longo do rio. A névoa de água depositava camadas e mais camadas delicadas de umidade nas roupas e no cabelo, pouco a pouco me deixando pesada e com frio. Nada a fazer naquele dia além de caminhar. E eu ia caminhar até cansar. Talvez atravessasse o rio e saísse em outra cidade. Talvez caminhasse até o mar. Talvez fosse nadando de volta para meu país.

Estava tão absorvida em saborear o momento que quase passei direto por ele, mas algo no terno deve ter chamado minha atenção. O corte... havia algo de estranho nele. Não sou especialista em ternos, mas aquele tinha alguma coisa de diferente; era de um cinza muito opaco, com uma lapela estreita. E o colarinho. O colarinho era esquisito. O homem usava óculos de aro grosso e tinha o cabelo muito curto, mas com costeletas largas. Tudo estava um ou dois centímetros fora de lugar, todos os pequenos elementos indicativos de que havia algo desajustado naquela pessoa.

O homem era um fantasma.

Minha capacidade de ver fantasmas, minha "visão", era resultado de dois elementos: eu possuía a habilidade inata e havia tido uma experiência de quase morte no devido tempo. Não era magia. Não era sobrenatural. Era, como Stephen gostava de colocar, a "capacidade de reconhecer e interagir com a energia vestigial de uma pessoa falecida, porém não extinta, que continua a existir em um espectro geralmente não capturado pelos seres humanos". Stephen curtia falar desse jeito.

Isso tudo significava o seguinte: algumas pessoas, quando morrem, não se *ejetam* inteiramente deste mundo. Ocorre alguma falha no processo da morte, como um computador entrando em uma espiral confusa quando se tenta desligá-lo. Essas pessoas infortunadas permanecem em algum plano de existência que se intersecta com aquele que habitamos. A maioria delas é fraca, mal consegue interagir com nosso mundo físico. Algumas são um pouquinho mais fortes. E pessoas sortudas como eu conseguem vê-las, falar com elas, tocá-las.

E era por isso que me irritava tanto durante as muitas, muitas horas de programas sobre caçadores de fantasmas que vinha acumulando (eu via *muita* TV em Bristol). Não só os programas eram estúpidos e obviamente charlatões, mas também nem sequer faziam sentido. Aquelas pessoas apareciam nas casas com uma estranha câmera de visão noturna instalada no chapéu e sensores EMF, botavam a câmera a postos, apagavam as luzes e esperavam escurecer. (Porque, pelo visto, os fantasmas se importam com o fato de as luzes estarem acesas ou apagadas e de ser dia ou noite.) E aí esses gênios ficavam perambulando no escuro, dizendo: "SE HÁ ESPÍRITOS AQUI, REVELEM-SE." Isso é mais ou menos o equivalente a um ônibus de turismo que parasse no meio de uma cidade estrangeira e todos os turistas descessem com chapéus engraçados e câmeras, dizendo: "Estamos aqui! Dancem para nós, nativos! Queremos filmar vocês!" E, é claro, nada acontece. Mas sempre se ouve um barulho no fundo, algum ruído perfeitamente normal de degraus rangendo ou algo do tipo, e eles amplificam o som dez milhões de vezes, alegam ter encontrado evidência de atividade paranormal e saem para tomar uma cerveja para comemorar.

Fiquei rondando o homem disfarçadamente por alguns minutos, observando-o de ângulos diferentes, para ter certeza. Quais eram as chances de eu me deparar com um fantasma na primeira vez que saía de casa sozinha em Bristol? A julgar pelo que estava acontecendo naquele instante, as chances eram altas. Cem por cento, na verdade. E até que fazia sentido que eu encontrasse algum ali: estava caminhando à beira de um rio, e, como Stephen havia me explicado certa vez, cursos d'água têm um longo histórico de morte associada. Navios naufragam e pessoas se matam pulando na água. Rios e fantasmas combinam.

Passei na frente do homem, fingindo que falava ao telefone. Ele tinha um olhar vazio, o olhar de alguém que não tem absolutamente nada a fazer além de *existir*. Em seguida, olhei-o diretamente. A maioria das pessoas, quando alguém as encara, encara de volta. Porque encarar os outros é esquisito. Mas fantasmas estão acostumados a pessoas olhando através deles. Como eu suspeitava, o homem não demonstrou reação alguma ao meu olhar. Havia nele um quê de cinza, uma solidão palpável. Ninguém o enxergava, ninguém o ouvia, ninguém o amava. Ele ainda existia, mas sem propósito.

Sem dúvida um fantasma.

Então me ocorreu que ele poderia ter um amigo. Alguém com quem dividir a existência. Algo cresceu em mim, um forte sentimento de empatia, de generosidade, um inflar do espírito. Eu poderia compartilhar alguma coisa com aquele homem, que, em retribuição, poderia me ajudar também. Fosse lá quem fosse o cara, *eu poderia lhe contar a verdade*. Ele era parte da verdade. Não, ele não me conhecia, mas pouco importava. Ele estava *prestes* a me conhecer. Nós dois seríamos amigos. Ah, sim. Seríamos amigos. Estávamos *destinados* a ficar juntos. Pela primeira vez em semanas, havia um caminho a seguir – um caminho lógico, claro, possível. E o primeiro passo era me sentar no banco.

– Olá – falei.

Ele não se virou.

– Olá – repeti. – Isso mesmo, estou falando com você. Você, aqui no banco. Ao meu lado. Está me ouvindo?

Ele se virou para mim, os olhos arregalados em espanto.

– Aposto que você está surpreso – comentei, sorrindo. – Pois é. É esquisito. Mas eu vejo você. Meu nome é Rory, e o seu?

Nenhuma resposta. Só os olhos arregalados, ainda fixos em mim.

– Eu sou nova por aqui – continuei. – Em Bristol. Morava em Londres. Sou americana, mas imagino que dê para deduzir pelo meu sotaque. Vim para a Inglaterra estudar e...

O homem se levantou de um pulo. Os fantasmas têm uma fluidez de movimento que os vivos não conhecem: permanecem sólidos, mas se movem como o ar. Eu não queria que ele fosse embora, por isso na mesma hora me levantei também e tentei segurá-lo pelo casaco, me esticando o máximo possível. Assim que o toquei, senti meus dedos serem sugados por seu corpo, como se fosse o bocal de um aspirador de pó. Senti a onda de energia subindo pelo meu braço, a força inexorável que nos unia, e, depois, a rajada de vento, muito mais forte do que seria uma brisa à beira-mar. Então veio o clarão e o perturbador cheiro de flores.

E ele se foi.

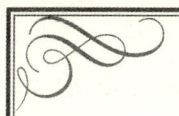

3

Essa história de destruir os mortos com um único toque era ainda mais recente que o lance de ver os mortos. Aconteceu uma vez, no dia em que fui embora de Wexford. Com uma mulher estranha que encontrei no banheiro do térreo onde fui esfaqueada. Ela também parecia assustada. Quando estiquei o braço para tocá-la, ela também foi lançada na inexistência. Tentei acreditar que aquilo tinha sido um acaso, algo a ver com o lugar em si. Afinal, fora naquele banheiro que o Estripador me encurralara. Havia sido naquele banheiro que o terminal explodira. Então me convenci de que *o ambiente* provocara aquilo.

Mas não. Fui eu.

Voltei para casa a pé, me sentindo nauseada e abalada. Ao chegar, fui direto para o "solário", que na verdade era só um pórtico cercado por paredes de vidro. Fiquei sentada com a cabeça apoiada nos joelhos e repassei a cena na cabeça, várias e várias vezes. A inevitável chuva veio e começou a tamborilar no telhado, escorrendo pelos painéis de vidro.

Eu havia tentado fazer um amigo novo e o tinha *apagado do mapa*.

Eles exigiram que eu ficasse em silêncio, e eu obedeci. Mas não ia funcionar mais. Eu precisava de Stephen, Callum e Bu. Precisava contar o que estava acontecendo comigo. Na semana anterior, fiz algumas tentativas de encontrá-los. Nada sério: só procurara o perfil deles em redes sociais. Nada. Até aí, eu já esperava.

Decidi ir um pouco além: busquei no Google os nomes dos três. Encontrei alguns links que definitivamente eram sobre Callum. Ele tinha mencionado que era bom em futebol, só não disse que jogou pelo Arsenal Sub-16, um clube júnior de alto nível. Callum treinou para ser profissional, mas sua carreira terminou aos quinze anos, quando um fantasma cruel deixou um fio elétrico cortado cair numa poça d'água justo no momento em que Callum a atravessava. Ele sobreviveu ao forte choque e se recuperou, mas alguma coisa nunca mais foi a mesma – se era algo físico ou psicológico, ninguém sabia, mas o fato era que ele não podia mais jogar. A magia acabou. Callum odiava fantasmas; queria vê-los *queimar*.

No entanto, em termos de informação útil para contato, não havia nada.

Tentei então Bu, Bhuvana Chodhari, que foi mandada para Wexford como minha colega de quarto depois que eu vira o Estripador. Foi seu primeiro trabalho com o esquadrão. Havia um monte de Chodharis em Londres, até mesmo várias Bhuvanas Chodharis. Eu sabia que Bu tinha sofrido um grave acidente de carro, mas não encontrei nada sobre isso. Na verdade, não encontrei absolutamente nada sobre Bu. Isso me surpreendeu. Dos três, ela era quem eu mais tinha esperanças de que aparecesse em *algum lugar*. Mas imaginei que, após entrar para o esquadrão, os dias de Facebook de uma pessoa já eram.

O último que procurei foi Stephen, pois não sabia quase nada sobre ele. Tinha a impressão de tê-lo ouvido dizer uma vez que era de Kent, mas Kent é uma cidade muito grande. Eu sabia também que ele estudara no Eton College e que tinha feito parte da equipe de remo. Comecei por aí. Fui parar em uma foto de uma equipe em que dava para vê-lo claramente atrás de outros atletas. Ele era um dos mais altos, com cabelo escuro e os olhos fixos na câmera. Era um dos que não sorriam. Na verdade, era o que menos sorria na foto. Como todos os outros, tinha os braços cruzados, mas parecia uma postura de verdadeira firmeza.

Mais uma vez, não encontrei nenhuma forma de entrar em contato.

Observei fixamente a foto de Stephen por um bom tempo, depois para o teto do solário, coberto por uma grossa camada de condensação e de gordas gotas d'água. Eu sabia que Stephen e Callum dividiam um apartamento em uma rua pequena de Londres chamada Goodwin's Court. Já tinha ido lá, mas nunca tinha reparado no número do prédio. Das poucas vezes, alguém me conduzira até a porta, geralmente em um estado de abalo emocional.

Abri um mapa e algumas fotos da rua. O problema da Goodwin's Court é que é uma rua muito pitoresca e muito pequena, e tudo ali parece mais ou menos igual. As casas são todas escuras, dos tijolinhos marrons aos batentes pretos, o que tornava difícil enxergar os números. Encontrei uma foto bem granulada que parecia do prédio deles, mas não identifiquei o número.

Meu celular tocou. Era Jerome. Ele sempre me ligava no intervalo entre as aulas. Eu e Jerome tivemos, em Wexford, o que acho que poderia chamar de "amizade colorida", mas, desde que fui embora, nossa relação se tornou algo muito maior. Tudo bem, eu não podia conversar com ele sobre aquilo que mais precisava falar, mas era bom ter alguém em teoria. Um namorado imaginário que eu nunca encontrava. Estávamos planejando nos ver no recesso de Natal, dali a algumas semanas. Seria só por um dia, provavelmente, mas já era alguma coisa.

– E aí, nojenta – disse ele.

Tínhamos desenvolvido um código para expressar o sentimento indefinido que nutríamos um pelo outro. Em vez de dizer "Eu gosto de você", ou seja lá qual for a bobagem melosa que traduza o gostar, passamos a dizer frases levemente ofensivas. Todo o nosso diálogo era uma série de insultos sinceros.

– O que houve?

– Nada – respondi rápido. – Nada, não.

– Você está com uma voz esquisita.

– E você tem uma cara esquisita.

Eu ouvia ruídos de Wexford ao fundo da ligação. Não que os ruídos de Wexford fossem muito específicos; era só barulho. Gente. Vozes. Vozes de garotos.

Jerome falava rápido, contando uma história de um cara do dormitório dele que tinha ido encontrar a namorada na Espanha alegando ter uma entrevista em uma universidade, mas que alguém o havia dedurado e que então ele, Jerome, tinha a ingrata tarefa de denunciá-lo à direção. Mais ou menos isso.

Eu só ouvia pela metade, enquanto esfregava as pernas e observava as fotos da Goodwin's Court. Fazia três semanas que eu não depilava as pernas, então minha condição no momento não era das melhores. Nos primeiros dias, mal conseguia dobrar o corpo e não podia molhar a área do ferimento, de modo que não dava para depilar. Os pelos brotavam em profusão e até que eram bonitinhos, por isso fui deixando para ver o que acontecia. E o que aconteceu foi uma fina teia de delicada penugem cobrindo minhas pernas inteiras, que eu podia acariciar enquanto via TV, como aquelas pessoas que ficam relaxadas afagando seus animais de estimação. Eu era meu próprio bichinho peludo.

A imagem granulada não me dizia nada.

– Alô? – chamou Jerome.

– Estou ouvindo – respondi.

Acho que a história tinha terminado.

– Tenho que ir – disse ele. – Você é nojenta. Quero que saiba disso.

– Ouvi dizer que batizaram um fungo em sua homenagem – respondi. – Pobre fungo.

– Repugnante.

– Asqueroso.

Depois que desliguei, puxei o laptop a fim de observar melhor a imagem. Subi e desci a visualização para ver a fileira de minúsculas e escuras casas, com caras luminárias a gás e alertas de segurança. Subindo e descendo. Então vi uma coisa. Uma minúscula placa no lado de fora de uma das casas, logo acima da campainha. A placa. Eu me lembrava. Aquele era o prédio deles. Havia uma espécie de empresa pequena no térreo, uma agência de design ou fotografia ou algo do tipo. Era impossível ler o nome na foto, mas começava com Z. Isso eu sabia. Zoomba, Zoo... Zo... alguma coisa assim.

Era um começo, o suficiente para procurar na internet. Tentei todas as combinações possíveis de "Z" e "design" e "arte" e "fotografia" e "design gráfico". Levou um tempo, mas acabei achando. Zuoko. Zuoko Graphics. E um número de telefone. Abri o endereço no mapa: como eu imaginava, era o mesmo prédio.

Era só ligar para lá e perguntar... alguma coisa. Fazê-los subir até o segundo andar. Deixar um recado. Eu diria que era uma emergência, que eles precisavam ligar para Rory, e deixaria meu número. Muito simples, muito inteligente.

Então liguei, e a Zuoko Graphics atendeu. Quer dizer, uma mulher; não a agência inteira.

– Oi – comecei. – Estou tentando falar com outro morador do prédio de vocês. É meio que uma emergência. Desculpe incomodar. Mas é que tem um pessoal...? ... que mora aí em cima...? ... de vocês...?

– Dois caras, certo? Uns dezenove ou vinte anos?

– Isso mesmo.

– Eles se mudaram. Pouco mais de uma semana, eu acho.

– Ah...

– Você disse que era uma emergência, certo? Você tem outra forma de encontrá-los ou...?

– Tudo bem – falei. – Obrigada.

Então era isso. Risquei essa ideia da lista. Eles tinham ido embora. Por minha causa? Porque eu sabia onde moravam? Talvez estivessem realmente limpando os rastros, para que ninguém nunca mais os encontrasse.

Ouvi alguém entrar em casa. Cliquei depressa em um link da BBC e fingi estar profundamente absorvida em assuntos mundiais. Minha mãe surgiu na cozinha.

– Temos cadeiras – disse ela.

– Eu gosto de ficar aqui – respondi. – É meu lugar cativo.

– Fazendo algum trabalho?

Meus pais não eram burros, sabiam que eu não vinha acompanhando direito as matérias da escola. Mesmo assim não me pressionavam, pois eu estava em recuperação. Todo mundo era muito gentil comigo. Vozes macias, comida sempre que eu pedia, o poder sobre o controle remoto. Mas havia uma discreta entonação de esperança na voz da minha mãe, e eu odiava desapontá-la.

– Aham – menti.

– Acabei de receber uma ligação da Julia. Ela pediu que a gente vá amanhã para uma sessão em grupo, nós três. Tudo bem por você?

Passei os polegares pela borda inferior do laptop. Estranho. Nós não fazíamos sessões em grupo. Será que era uma intervenção psicológica? Parecia. Ou pelo menos as intervenções que eu tinha visto na TV: chamam sua família e um psicólogo, botam você sentado numa sala e dizem que acabou o jogo, você tem que mudar. Mudar ou morrer. Só que... eu não bebia nem me drogava, então não sabia em que eles poderiam intervir. Não se pode impedir uma pessoa de fazer *nada* o tempo todo.

Pensei no homem de novo... na minha mão estendida. Talvez o primeiro cumprimento que ele recebera em anos. A mão que o varreu da existência. Ou de alguma coisa parecida.

– Claro – respondi, ligeiramente atordoada. – Pode ser.

No dia seguinte, ao meio-dia, nós três esperávamos à porta de Julia, olhando para baixo, para os pequenos redutores de ruído em formato de detector de fumaça que se repetiam pelo corredor. É assim que se detecta a presença de um psicólogo do outro lado da porta. Um daqueles pequenos dispositivos de privacidade brotaria naturalmente, como um cogumelo após a tempestade.

– Então – começou Julia assim que estávamos os três espremidos no sofá. – Quero conversar com vocês sobre os progressos que fizemos e só um pouquinho sobre o processo da terapia, de se recuperar de um trauma como esse. Não existe um único método que atenda a todos. Quero que saibam... e quero que você ouça isto, Rory... que acho Rory muito, muito forte. Uma jovem resiliente e capaz.

Eu deveria me sentir bem ao ouvir aquilo, mas comecei a arder... arder de raiva, constrangimento ou ressentimento. Senti o rosto corar. *Aquilo* era o pior. Sim, aquele exato momento. Eu tinha sobrevivido à facada; tinha sobrevivido a todas as outras coisas, que eram muito mais bizarras. Mas naquele momento eu era uma vítima. Por que não simplesmente tatuar a palavra na testa? Vítimas merecem olhares estranhos e sessões de terapia; vítimas têm que se sentar entre o pai e a mãe enquanto ouvem que são muito "resilientes".

– Em minha opinião, acredito... com convicção... que Rory deveria voltar para Wexford.

Quase caí do sofá. Sem exagero.

– Como é? – disse minha mãe. – Você acha que ela deve *voltar*?

– Tenho consciência de que o que estou dizendo talvez vá contra todos os instintos de vocês, mas permitam que eu explique – prosseguiu Julia. – Quando uma pessoa sobrevive a um episódio de violência, uma medida de controle é afastada dela. Na terapia, o objetivo é devolver à vítima o senso de controle sobre a própria vida. Rory foi afastada da escola, afastada dos amigos, afastada da rotina, da vida escolar. Eu acredito que ela precisa retornar. A vida de Rory pertence a ela, e não podemos deixar que seu agressor lhe tire isso.

O olhar do meu pai era igual ao que eu vira uma vez em um quadro na National Gallery: a cena de um homem olhando, do alto, para um anjo que tinha acabado de cair pelo telhado e exalava expectativa no canto do cômodo. Um olhar de verdadeira *surpresa*.

– Afirmo isto com plena ciência de que a ideia pode ser difícil para vocês – continuou Julia, dirigindo-se principalmente a meus pais. – Se decidirem por não seguir minha recomendação, não tem o menor problema, mas preciso lhes dizer o seguinte: Rory e eu fizemos muito, muito progresso nas sessões. Não estou dizendo que fizemos tudo o que podemos fazer. Estou dizendo que o próximo passo lógico é fazê-la retomar uma rotina normal.

Ela estava mentindo. Julia, naquele exato momento, estava mentindo. E olhava para mim, como se me desafiando a contradizê-la. Nós duas sabíamos muito bem que eu não tinha contado nada a ela. Por que Julia mentiria? Será que eu tinha dito coisas sem nem *perceber*?

– Ela pode ter uma rotina normal aqui em Bristol – argumentou minha mãe.

– Não é a rotina normal dela. É uma rotina nova, criada a partir do trauma que ela sofreu. No momento, mantê-la longe do ambiente de aprendizado é uma punição. Não estou falando de mandar Rory para um ambiente selvagem e perigoso. Wexford é um lugar com boa estrutura, que conta com todos os recursos necessários para permitir que ela siga em frente.

– Um lugar onde ela levou uma facada – retrucou meu pai.

– É verdade. Mas aquele caso foi, de fato, uma exceção. Vocês precisam distinguir seus medos do risco real. O que aconteceu não se repetirá. O agressor se foi.

A partir de então, a conversa entre eles virou um leve zumbido, como o som de fundo que supostamente predomina no universo. É claro que eu não podia voltar. Meus pais jamais concordariam. Eu tinha levado uma semana para convencê-los de que poderia sair de casa sozinha. Eles jamais me mandariam de volta para Wexford, em Londres, justamente o lugar onde eu tinha sido atacada. Seria como se Julia tivesse me perguntado: "Rory, você quer ir morar no céu? Em cima de um Pégaso?" Não ia acontecer.

No entanto, por mais ridículo que fosse aquilo tudo, se tem uma coisa capaz de influenciar meus pais é a opinião de um profissional. Um observador especializado. Os dois lidavam com esse tipo de gente o tempo todo e sabiam receber aquele tipo de aconselhamento. Julia era uma profissional e estava dizendo que era daquilo que eu precisava. Os dois continuavam ouvindo.

– Entrei em contato com Wexford – continuou Julia. – Novas medidas de segurança foram instaladas. O colégio conta com um novo sistema que, ao que parece, custou meio milhão de libras.

– Deveriam ter feito isso antes – disse meu pai.

– Precisamos olhar para a frente, não para trás – sugeriu Julia com gentileza. – O sistema inclui acesso por biometria e quarenta novas câmeras alimentando uma estação de controle monitorada dia e noite. O toque de recolher também sofreu mudanças, e uma patrulha da polícia passou a cobrir Wexford por causa de toda a repercussão do caso. A realidade é que o local deve ser o ambiente mais seguro em que Rory poderia estar no momento. Faltam apenas duas semanas para o fim do ano letivo. Esse período curto permitiria a Rory se reintegrar a si mesma. É um excelente teste para fazê-la retomar uma rotina normal.

Ah, o silêncio naquela sala. O silêncio de mil silêncios. Aquele relógio idiota continuava tiquetaqueando, impassível.

– Você se sente pronta mesmo? – perguntou minha mãe. – Não deixe que ninguém a convença se não estiver.

A frase não foi colocada como uma pergunta; acho que foi mais um convite. Eles queriam que eu dissesse que não, não me sentia preparada, e continuaríamos daquela maneira, protegidos e seguros e estáticos.

Estava acontecendo. Eles estavam dizendo sim. Sim, eu podia voltar. Não, eles não queriam que eu voltasse, e, sim, aquilo ia contra qualquer instinto que tivessem... e, possivelmente, contra todos os instintos que *eu* tinha.

4.

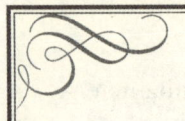

Não sei o que eu esperava ver enquanto seguíamos, o carro sacolejando, pela rua de paralelepípedos que ia dar em Hawthorne. Talvez eu esperasse encontrar Wexford coberta de hera, ou que parte do prédio estivesse caindo aos pedaços. Eram expectativas um pouco extremas para quem tinha passado apenas três semanas fora, mas três semanas é *muito tempo* na medida cronológica escolar, ainda mais quando você mora no colégio. Com três semanas perdidas, você volta para outro mundo.

A começar pela decoração de Natal nas ruas. Havia anúncios de Natal nos pontos de ônibus, enfeites de Natal nas janelas. Eram três da tarde, mas as luzes da porta principal estavam acesas, e o céu tinha adquirido um tingimento fusco. Claudia, a subdiretora de mãos largas e entusiasta do hóquei, foi me receber à porta, assim como tinha feito quando eu chegara dos Estados Unidos. Só que dessa vez, ao descer os degraus, ela me deu um abraço de esmagar os ossos.

— Au*rora*. Que *bom* ver você! E seus pais… Podem me chamar de Claudia. Sou a responsável por Hawthorne.

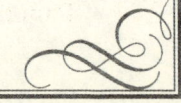

Claudia deu conta do processo inteiro de retorno e despedida, usando de todo recurso possível, exceto dança e sapateado, para garantir a meus pais que ficaria tudo bem comigo, que eu seria muito bem cuidada e que voltar para a escola era o melhor que podia acontecer na minha vida. Antes de irem embora, eles repassaram comigo as regras que tínhamos estabelecido: eu ligaria todos os dias; nunca pegaria o metrô após as nove da noite; levaria sempre comigo um apito antiestupro, que já tinham me dado e estava preso na mochila.

Claudia os acompanhou até o carro. Naquele momento, enfim entendi por que ela era encarregada do prédio: ela tinha *jeito* com pais. Era uma versão da Supernanny.

– Quero que saiba que acho de uma coragem excepcional o que você está fazendo – disse ela quando estávamos a sós na segurança de sua sala. – Todos nós aqui em Wexford estamos do seu lado. O que aconteceu... é passado. Você voltou para continuar de onde parou e terá um excelente final de ano letivo. Fique à vontade para utilizar nossos serviços de saúde. O sr. Maxwell, da enfermaria, é excelente. Já ajudou muitos alunos...

– Eu já tenho uma pessoa que me acompanha. Em Bristol.

– Talvez você queira alguém aqui. O sr. Maxwell ficaria feliz em receber você a qualquer hora. Mas chega desse assunto. Como tem ido com os estudos?

– Estou um pouco... atrasada.

– Perfeitamente compreensível – disse ela, da forma mais gentil possível em se tratando de Claudia. – Temos pessoas que vão ajudar você a retomar o ritmo em todas as matérias. Charlotte já se prontificou, e seus professores estão cientes das circunstâncias. Por enquanto, vamos deixá-la de fora do hóquei para você usar esse período a fim de recuperar o tempo perdido.

Tentei parecer triste.

– Não se preocupe – disse ela. – No próximo ano você volta à boa forma.

Mais tarde eu resolveria aquilo. De jeito nenhum eu voltaria à "boa" forma.

– Bem, estamos quase no fim do ano letivo – continuou ela. – Semana que vem são os últimos dias de aula. Tem revisão de conteúdo no fim de semana e na outra segunda-feira, com provas na terça e na quarta. É claro, você perdeu muita matéria e não tem como fazer as provas completas, mas pensamos em uma solução para seu caso. Todos os seus professores vão avaliar o nível em que você está, tanto ao longo das aulas quanto por uma avaliação informal, e você vai receber versões modificadas das provas. Se necessário, vamos lhe dar avaliações que você possa realizar em casa, durante o recesso. Seus professores estão preparados para lhe dar uma atenção especial se você estiver disposta a retribuir o esforço. Tudo bem?

Claudia remexeu na primeira gaveta da mesa, pegou uma caixinha preta, conectou a caixinha ao laptop e o empurrou pela mesa na minha direção.

– Você é destra? – perguntou.

Fiz que sim.

– Coloque o indicador direito no leitor e o mantenha aí por um momento.

No alto da caixinha havia um quadrado marcado em branco. Posicionei o dedo no quadrado, e Claudia deu alguns cliques no mouse.

– Esse negócio... – murmurou ela. – Sempre dá um... Ah, agora sim. Bem, vou lhe mostrar como funciona.

Ela me levou de volta à porta do prédio e apontou para um pequeno leitor digital.

– Experimente para ver se sua digital é aceita.

Encostei o dedo. Uma luz roxa se acendeu e ouvi um clique.
– Ah, ótimo. Às vezes ele não reconhece de cara. É assim que você vai entrar e sair. Você tem dez segundos; se passar disso, tem que botar o dedo de novo. O sistema monitora o paradeiro de todos os alunos, mostrando quando vocês entram e saem do prédio. E ninguém entra nem sai entre as onze da noite e as cinco e meia da manhã. Agora, por que não sobe e se instala?

Os degraus de Hawthorne emitiam um rangido musical pronunciado enquanto eu subia para o quarto. O hall daquele andar era muito mais estreito do que eu lembrava, e segui com estardalhaço carregando minha última mala. O sr. Franks, o zelador idoso, já tinha levado todo o restante em algum momento enquanto eu falava com Claudia. O quarto estava estranhamente nu, com todas as coisas de Jazza em um lado. As duas outras camas – a de Bu e a minha – tinham o colchão e só. Fosse eu no lugar de Jazza, teria espalhado minhas coisas por toda a parte, mas ela tinha se mantido em seu terço do quarto com tamanha devoção que até me emocionei um pouco. Era como se ainda se recusasse a aceitar que não estávamos lá. A única coisa que ela tinha acrescentado era uma nova luminária de chão – uma coisa meio molenga com uma cúpula de plástico virada para cima, que lançou um brilho quente no ambiente quando a liguei.

Fui até a janela e olhei para a praça, onde a polícia tinha encontrado o corpo da garota. Aquela era a praça que eu atravessara ao encontro do Estripador. Tudo trazia uma lembrança relacionada a ele. Julia tinha feito todo um discurso sobre a necessidade de criar novas conexões mentais com os elementos. Segundo ela, as lembranças do Estripador adquiririam menos significado após um tempo, e, quando eu olhasse em volta ali em Wexford, novas associações, mais positivas, me viriam à mente.

Ela tinha dito também que isso poderia levar um tempo.

O prédio estava congelante. Durante o dia, o sistema de aquecimento ficava desativado, para economizar eletricidade, voltando a ser ligado à noite e pela manhã, mas nunca ficava *realmente* quente. Em Bristol, meus pais mantinham a casa tão quente que as janelas suavam. Isso era considerado um hábito muito americano, mas, em nossa defesa, devo dizer que somos do Sul. Sentimos frio.

Mas eu não ia dar uma de bebê por causa de um friozinho. Vesti o casaco e comecei a desempacotar caixas e malas. Reocupei as gavetas, tentando lembrar o jeito exato como deixava as coisas antes da minha partida não planejada. Empilhei todos os livros didáticos por ordem de matéria. Matemática Ulterior, Francês, Literatura Inglesa (1711 a 1847), História da Arte e História. Recuei um passo e observei o resultado do meu trabalho. Ótimo. Aqueles eram meus livros. Familiares, ainda que pouco íntimos, uma riqueza de informações atrás de cada lombada.

O que eu precisava fazer a seguir era avaliar em que ponto eu estava nas matérias. Para isso, tinha que ver tudo o que os professores tinham me mandado enquanto eu estava fora, marcar os capítulos a estudar, fazer uma lista dos trabalhos a começar.

Peguei as listas que tinham me fornecido: as páginas que eu deveria ter lido, as resenhas que eu deveria ter começado, as listas de exercícios que tinha recebido. A matemática não foi muito demorada: zero mais zero mais zero é igual a zero. Quando seria o melhor momento de contar aos professores que na verdade *eu não tinha feito coisa alguma* desde que fora embora?

Dei uma olhada no meu horário, preso na primeira página do fichário. Só mais umas duas semanas. Era o que faltava para o fim do ano letivo. E daí que as provas começariam dali a... doze dias?

Fechei o fichário. Um passo de cada vez. E o passo daquele dia era apenas voltar para a escola. Não havia necessidade de absorver tudo ao mesmo tempo.

Voltei a mente para outros assuntos. Eu ainda não fazia ideia de onde estavam Stephen, Callum e Bu, mas, uma vez que estava de volta a Londres, sentia que teria bem mais chances de encontrá-los. Talvez. Eu ainda não sabia exatamente como. Eles não tinham uma rotina conhecida. O único que sempre estava mais ou menos no mesmo lugar era Callum, que cobria a rede do metrô. Quem sabe eu poderia passar horas e horas andando de metrô, na tentativa de avistá-lo em alguma estação? Isso não era exatamente um plano. Londres é uma cidade bem grande – uma das maiores do mundo –, com uma rede metroviária de centenas de quilômetros e dezenas de estações, utilizada por milhões de pessoas.

Eu ia dar um jeito. Até lá, precisava fazer alguma coisa, conversar com alguém. E de fato havia alguém ali com quem eu poderia falar. Mas, para isso, precisava vestir o uniforme. De volta à saia cinza com camisa branca. A sensação do tecido me fazia sentir que estava me tornando novamente uma pessoa de Wexford – o leve ruído da saia de poliéster, o colarinho rígido da camisa. Mas a gravata era sempre a cereja do bolo. Passei-a em volta do pescoço e mexi aqui e ali até acertar o nó. Eu era novamente propriedade de Wexford.

Alistair passava a maior parte do tempo na biblioteca, porque achava que Aldshot cheirava mal. Seu lugar preferido era entre as estantes do segundo andar, na seção de poesia romântica, em um cantinho escuro junto a uma janela de vidro jateado. Foi ali que o encontrei, largado no chão como sempre.

Alistair morrera na década de 1980, quando os sobretudos eram muito compridos, e os cabelos, mais compridos ainda. As pessoas passavam direto por ele ou por cima dele ou simplesmente através dele; Alistair estava tão acostumado que nem prestou muita atenção quando parei junto de seus coturnos.

Tomei o cuidado de deixar bastante distância entre nós. Eliminar sem querer um amigo potencial... bem, pode acontecer. Eliminar mais um seria descuido.

– E aí, Alistair.

Ele ergueu a cabeça devagar.

– Você voltou.

– Voltei – confirmei.

– Bu disse que tinham levado você para Bristol. Que não ia voltar nunca mais.

– Eu voltei – repeti.

Alistair não era dado a abraços, mas interpretei o fato de que ele ainda não tinha voltado a ler como sinal de que apreciava minha companhia. Desci escorregando pela parede até o chão, puxando as pernas para não esbarrarmos um no outro.

– Só uma coisa: nunca toque em mim – comecei. – Não se aproxime.

– É bom ver você também.

– Não, é que... aconteceu alguma coisa esquisita comigo e agora eu posso fazer mal a você. Sério. Não é brincadeira.

– Me fazer *mal*?

É bem difícil contar a alguém que você pode destruí-lo com um só toque. Não é um assunto agradável.

– Eu realmente não dou sorte – falei, tentando mudar de assunto. – Só atraio gente doida e problemas.

– Então por que voltar?

– Por que não voltar?

– Você foi esfaqueada.

– Já me recuperei. Estava cansada de ficar em casa fazendo nada.

– E voltou para cá? Por que não para os Estados Unidos?

– Nossa casa está alugada – expliquei. – E a psicóloga disse que eu precisava voltar para cá a fim de recuperar minha vida normal.

– Vida normal?

Ele deu uma risadinha sombria.

Era bom ver que Alistair continuava a mesma entidade alto astral que eu tinha deixado para trás.

– Então. O Estripador – disse ele. – Os jornais dizem que ele morreu, que se jogou de uma ponte, mas é mentira. Eles encobriram toda a verdade. Típico. A imprensa mente. O governo mente. Todos querem impedir que as pessoas saibam a verdade.

Ele arrastou a sola de borracha do tênis no chão da biblioteca. Não fez barulho.

– Acho que não são muitas as pessoas do governo que sabem o que realmente aconteceu – falei.

– Ah, eles sabem. Thatcher e aquela gente dela sempre sabem.

– Não é mais a Thatcher.

– Não faz diferença. São todos iguais. Mentirosos.

Ouvi passos se aproximando. A biblioteca não era muito frequentada durante o dia, e não eram muitos os que faziam questão de ir até aquele canto do segundo andar. Era por isso que Alistair gostava dali. Era o cantinho da literatura, cheio de obras de crítica literária. Era também um pouquinho lúgubre e frio.

Quem quer que estivesse vindo parecia querer muito um livro de crítica, porque os passos eram firmes e rápidos. A pessoa acionou um interruptor, acordando as luzes do corredor, que se acenderam, relutantes, uma a uma.

– Imaginei que encontraria você aqui.

Reconheci Jerome, óbvio, mas havia nele algo muito estranho, quase um tanto desconhecido para mim. O cabelo tinha adquirido um toque bagunçado e caía no meio. A gravata estava um tantinho frouxa. Ele parecia mais ou menos um centímetro mais alto do que eu me lembrava, e um pouco encurvado. Os olhos estavam menores. Não de um jeito ruim. Minha memória tinha estragado tudo e ajustado todas as medidas.

– Ah, meu Deus – resmungou Alistair. – Mas já?

Eu tinha me acostumado a não estar perto de Jerome, o que, estranhamente, tinha nos aproximado. Sem dúvida, nossa relação tinha ficado mais séria nas últimas duas semanas, mas era tudo por telefone ou por uma tela. Eu havia me acostumado a me comunicar com Jerome por mensagens, e era um tanto intimidador ter a pessoa em carne e osso deslizando pela parede para se sentar ao lado. Intimidador, mas também um pouquinho excitante.

– Bem-vinda de volta, idiota – disse ele.

– Valeu, babaca.

Jerome se mexeu um pouquinho, se aproximando mais. Exalava um cheiro intenso de sabão em pó de Wexford. Ele olhou para minha mão, que repousava na coxa, e a tocou, dando tapinhas de leve com a ponta dos dedos. Ficamos os dois olhando aquilo, como se fosse um movimento autônomo das nossas mãos; como se fossem crianças apresentando um espetáculo para que nós, os pais indulgentes, assistíssemos.

– Quando eu estava vindo para cá, vi um cara mijando no muro – falei. – Me lembrei de você.

– Era eu – respondeu ele. – Escrevendo um poema sobre sua beleza.

– Odeio vocês – disse Alistair, de seu canto escuro.

Ignorei-o, enquanto Jerome afastava meu cabelo do rosto. Quando alguém toca no meu cabelo, basicamente viro geleia. Se é um amigo ou o cabeleireiro, pego no sono; sendo Jerome, o toque mandava uma sensação bem diferente pelo meu corpo: quente e mole.

As luzes do corredor se apagaram. Isso acontecia automaticamente após três minutos, mas mesmo assim me encolhi de susto. Na verdade, foi mais que um encolhimento: foi um espasmo de corpo inteiro, acompanhado de um barulhinho agudo.

– Está tudo bem – disse Jerome, levantando o braço e abrindo espaço para que eu me aconchegasse nele. Aceitei a oferta, e ele passou o braço sobre meus ombros.

Tem uma coisa que eu faço que é maravilhosa: quando fico nervosa, começo a contar histórias irrelevantes e muitas vezes bastante inapropriadas. Elas simplesmente saem da minha boca. Senti uma subindo pela garganta naquele momento, se erguendo de seja lá qual for a parte do corpo em que guardo todos os tiques nervosos e os terríveis iniciadores de conversa.

– A gente teve um vizinho uma vez que deu o nome de Pintolino ao cachorro... – comecei.

Àquela altura, no entanto, Jerome já estava um tanto familiarizado com minhas esquisitices. Com sabedoria, ele pegou meu queixo e direcionou meu rosto para o dele. Então me fez um carinho com a ponta do nariz, passando-o de leve pela minha bochecha no caminho para a boca. A moleza ficou ainda mais mole, e eu ergui o rosto. Jerome me beijou suavemente no pescoço, e deixei escapar um ruído baixo – um pequeno gemido de felicidade involuntário. Ele interpretou isso, corretamente, como sinal de que deveria intensificar um pouquinho o beijo e se encaminhou para trás da orelha.

– Até quando vocês vão ficar aqui? – perguntou Alistair. – Sei que você não vai responder, mas, se vão começar a se beijar, será que podem ir para outro lugar?

Só abri os olhos porque a voz de Alistair parecia vir de muito perto. O que foi um bom alerta, porque, de fato, ele estava de pé à frente: tipo, *bem* à frente. Muita gente desistiria de uma boa sessão de amassos ao ver um fantasma raivoso bem diante de si, cabelo todo espetado e coturnos, mas o que me aterrorizou foi que Alistair estava a uns dois centímetros do meu pé. De imediato, puxei as pernas com força e por pouco não acertei Jerome na virilha. Por sorte, ele instintivamente se protegeu e cobriu as partes íntimas, como os garotos fazem.

– Qual seu problema? – perguntou Alistair.

E parecia que ele ia se aproximar ainda mais, para ver por que eu estava tendo convulsões.

– Fique longe de mim! – gritei.

– O quê?

Sinceramente, não faço ideia de quem disse isso. Pode ter sido qualquer um dos dois. Ou os dois. Alistair recuou um pouquinho, então alcancei meu objetivo mais urgente, que era o de não eliminar um amigo. Jerome recuou, engatinhando de costas um pouquinho e depois se erguendo de qualquer jeito. Ele olhava para os corredores e parecia bem apavorado. Eu tinha acabado de gritar "Fique longe!" bem alto. Qualquer um ali perto verificaria se eu não estava sendo atacada no escuro. Uma coisa é ter uma namorada que se assusta com as luzes automáticas e depois se aconchega em você para um beijo; outra coisa bem diferente é a tal namorada se encolhendo como um camarão em uma frigideira quando você tenta beijá-la, quase deixando você estéril por causa disso. E depois a já mencionada namorada manda você ficar longe...

Sendo bem eufemística, eu tinha acabado com o clima.

– Desculpe – disse Jerome, que parecia genuinamente *apavorado*, como se tivesse me ferido. – Desculpe, desculpe...

– Não! – falei, e forcei um sorriso. – Não. Não, não. Tudo bem. Está tudo bem! Não tem problema.

Alistair cruzou os braços e ficou assistindo enquanto eu tentava explicar aquela situação. *Babaca.* Jerome estava se protegendo junto à parede, em uma postura que eu reconheci da posição de goleiro: os joelhos levemente flexionados, braços nas laterais do corpo, prontos para o movimento. Eu era o disco maluco que podia ir voando na cabeça dele.

– É que... eu não dormi muito essa noite – falei. – Não dormi nada, na verdade.

(Uma mentira das grandes. Eu tinha dormido *treze horas seguidas.*)

– Então estou tipo... Sabe? Quando a gente não dorme? Eu *realmente* não quis fazer isso. Só ouvi um barulho e... Ando me assustando fácil.

– Eu reparei – disse ele.

– E com fome! Está quase na hora do jantar.

– Eu sei como você é com o jantar.

– Exato! – respondi. – Mas... tudo bem entre a gente?

– Claro! Me desculpe se eu...

– Você não fez nada.

– Não quero que você pense que...

– Eu não penso mesmo.

E isso era a coisa mais verdadeira que eu dizia em *muito tempo.*

– Vamos jantar, então – sugeriu Jerome. – Todo mundo vai ficar empolgado em ver você.

Só então ele relaxou um pouquinho e se afastou da parede. Pegou minha mão. Quer dizer, foi um laço. Um atestado de relacionamento. Uma afirmação. Um gesto que dizia: "Estou contigo. E nós somos, tipo, uma coisa só." O incidente era passado. Acabaríamos rindo daquilo; se não naquele momento, mais tarde.

– Você tem o campus inteiro! – gritou Alistair quando estávamos indo embora. – A cidade inteira. Precisa mesmo fazer isso justo aqui? Hein?

O céu estava de um tom roxo especialmente vibrante, quase elétrico. O pináculo do refeitório se destacava contra o céu, e as janelas de vitral brilhavam. Lá fora estava um frio agradável, e havia grandes quantidades de folhas caídas por toda parte. Eu ouvia o clamor do jantar mesmo no exterior do prédio. Quando empurramos a porta pesada de madeira, todos os folhetos e anúncios do quadro de avisos do vestíbulo esvoaçaram. Havia as portas internas, com vidros em formato de diamante; depois, Wexford inteira... ou pelo menos... a maior parte da cidade.

Então foi isso. Meu retorno triunfal a Wexford. Começou com o abrir de uma porta, o cheiro de carne moída de segunda e de desinfetante. Fora isso, de fato era um lugar imponente, instalado em uma antiga igreja, todo em pedra. O ambiente dava às refeições um sentimento de importância que a cantina da minha escola nos Estados Unidos jamais alcançaria. Talvez estivéssemos comendo purê pré-pronto e bebendo suco quente, mas só por estarmos ali já sentíamos como se fosse uma atividade mais refinada. As mesas eram dispostas de maneira perpendicular à entrada, com bancos, de modo que tive uma visão lateral de dezenas de cabeças quando entrei e avancei, passando por meus colegas de escola.

E... ninguém pareceu notar minha presença. Acho que eu estava esperando um virar de cabeças simultâneo, um burburinho, o único *plein!* de um garfo caindo no chão de pedra.

Que nada. Jerome e eu apenas entramos e seguimos para os fundos, onde ficam as bandejas. A fila para pegar comida ficava em um pequeno cômodo anexo. Recebi minhas primeiras boas-vindas das atendentes, especificamente Helen, que colocava os pratos quentes.

– Rory! – exclamou ela. – Você voltou! Está tudo bem?

– Está – respondi. – Tudo bem. Está tudo... bem.

– Ah, que bom ver você, querida.

Outras atendentes se uniram a ela em uma discreta comemoração. Quando enfim nos afastamos, um monte de gente se virou para nos olhar. Não cheguei a receber uma salva de palmas, mas notei um murmúrio de interesse.

– Rory!

Era Gaenor, do meu corredor, parcialmente de pé e me chamando com um gesto. Eloise e ela tinham aberto espaço para mim; eu mal cabia, mas me instalei no banco o melhor que pude e puxei a bandeja. Jerome se sentou do outro lado, a algumas cabeças de distância. As meninas do meu corredor costumavam andar em bandos. Até Charlotte apareceu, sua grande cabeça ruiva surgindo acima do meu ombro no momento em que eu enfiava na boca um pedaço de linguiça carregada de molho.

– Rory.

Tentei abortar a garfada, mas já tinha colocado na boca a tal linguiça, de forma que só me restou aceitar o abraço esquisito que ela me deu, envolvendo minhas costas e meu ombro. Foi um abraço bem demorado. Eu esperava que um cumprimento desajeitado daqueles se resumisse a um breve aperto; após contar até três, já teria acabado. Mas não: o abraço se prolongou e se instalou; deve ter durado uns bons dez segundos. Aquilo não era um mero equivalente a um aperto de mão: era um contrato. Um elo. Tratei de mastigar e engolir o mais rápido possível.

– E aí, Charlotte – falei, me desvencilhando.

Então ouvi o gritinho, e soube que Jazza tinha chegado. Quando me virei, lá estava ela vindo a toda. Jazza sempre me lembrou um pequeno golden retriever, num bom sentido. A começar pelo movimento alegre do cabelo comprido (que estava sempre bizarramente macio e brilhoso) enquanto ela se aproximava às pressas, pela felicidade genuína que transmitia. Quase me derrubou do banco ao me abraçar.

– Você voltou! – exclamou ela. – Você voltou, você voltou, você voltou...

É, eu estava de volta.

5

Eu estava em sono profundo quando meu celular vibrou. Estiquei a mão em um movimento automático para silenciá-lo com um tapa. Em seguida o peguei e ergui bem na frente do rosto. Era uma e trinta e quatro. Eu tinha recebido uma mensagem, que dizia:

Desce – S.

Pisquei.

Stephen?, escrevi.

Segundos depois veio a resposta: É. Venha agasalhada.

Eu me ajoelhei na cama e olhei pela janela, mas não vi ninguém lá fora. Só a praça deserta, a calçada deserta. Londres deserta, já recolhida para a noite. Naquele deserto, eu não me sentia nem um pouco segura. E não estava no clima para mensagens esquisitas me mandando sair à rua no meio da noite, ainda mais porque eu não via ninguém lá fora.

O que não significava que eu não ia obedecer, é claro, por motivos de... Stephen.

Então me levantei fazendo o mínimo possível de barulho, peguei os tênis no pé da cama, um casaco no cabideiro junto à porta e saí de fininho, fechando a porta bem devagar. Jazza nem se mexeu. No térreo, as luzes do hall estavam acesas, embora não houvesse ninguém por ali. Isso era incomum à noite. Talvez fosse parte do novo plano de segurança da escola: parecer sempre a postos, dar a impressão de que sempre havia alguém em casa, manter sempre iluminadas as áreas de uso coletivo. Não ouvi nenhum barulho ao passar pela sala de Claudia. Quando cheguei à porta do prédio, me lembrei do alarme, que soaria se eu tentasse sair. Stephen estava acenando para mim e ergueu o polegar em sinal de positivo. Sorri e retribuí o polegar. Então ele balançou a cabeça em negativa e digitou algo no celular.

Abra a porta.

Não posso, escrevi. **O alarme vai tocar.**

Ele balançou a cabeça de novo e digitou mais uma mensagem.

Abra.

Respirei fundo e obedeci. A porta se abriu sem alarde, sem berros nem luzes piscando; não surgiram barras de metal. Saí na noite fria. Minha respiração se condensava em uma grande nuvem na frente do rosto.

Eu estava acostumada a ver Stephen em uniforme de policial, mas naquela noite ele usava um suéter preto e calça jeans. No pescoço, um lenço bem apertado, daquele jeito dos ingleses de usar lenços (nunca entendi, por mais que tentasse). E, apesar do clima muito frio, estava sem casaco. Alguns ingleses devem achar que casaco é para os fracos.

Eu tinha esquecido como Stephen era alto e parecia sempre *preocupado*. Suas sobrancelhas muito finas e muito escuras viviam levemente repuxadas na direção do nariz em um franzido de tensão, como se alguém tivesse acabado de comunicar algo um tanto problemático – não terrível nem trágico, só chato e trabalhoso de resolver. No momento, aquele olhar vagamente atormentado estava pousado em mim, que era seu problema mais recente e mais imediato.

– E aí – falei. – Estou vendo que você soube da minha volta.

Minha relação com Stephen era estranha desde o início. Ele não era a mais aberta das pessoas, e por muitos motivos. Mas ali estava ele. Acho que eu já imaginava que ele apareceria. Meu impulso inicial era agarrar seu torso comprido e magro e abraçá-lo até a cabeça dele pular fora, mas Stephen não era muito dado a abraços.

Abracei-o assim mesmo. Ele aceitou razoavelmente bem, embora não tenha retribuído o gesto. Acho que eu esperava algum sorriso ou coisa parecida, mas sorrisos também não faziam parte do repertório de Stephen.

– Sua colega de quarto – disse ele. – Julianne. Ela está dormindo? Faz meia hora que a luz do quarto de vocês está apagada.

Conversas também não, aliás.

– Você ficou meia hora olhando para minha janela? – perguntei.

– Você não me respondeu.

– Ela está dormindo. Ou pelo menos está calada. Não disse nada quando me levantei.

– Ela diria alguma coisa, normalmente?

– É bom ver você também – debochei. – Eles disseram que o novo sistema de segurança era uma maravilha, mas, pelo visto...

– É muito bom, sim.

– Então por que o alarme não soou? – indaguei.

– Desarmar o alarme de um colégio não é exatamente a tarefa mais complicada que os serviços de segurança já precisaram fazer.

– Os serviços de segurança...
– Temos que sair daqui.
– O quê?
– Vamos.
– Mas...

Ele já tinha passado um braço muito sério pelas minhas costas e me conduziu pela rua de paralelepípedos até virarmos a esquina. Stephen era a única pessoa no mundo de quem eu toleraria esse tipo de gesto, porque de uma coisa eu sabia: se ele tinha me arrancado da cama e estava me conduzindo pela noite escura, era por um bom motivo. E eu estava segura ao seu lado.

Chegamos a um carro vermelho. Ouvi as portas serem destrancadas quando Stephen apontou o controle para o veículo.

– Não é uma viatura – falei, afirmando o óbvio.
– É um veículo sem identificação. Entre.
– Aonde vamos?
– Eu explico aí dentro.

Havia alguém no banco do passageiro. Reconheci de imediato a cabeleira branca e o rosto jovem demais que a acompanhava: era o sr. Thorpe, o agente do governo que tinha falado comigo no hospital. O que havia me impedido de dizer qualquer coisa sobre o que acontecera.

– O que ele...?
– Está tudo certo – disse Stephen, abrindo a porta traseira para mim. – Entre.

Ele manteve a porta aberta até eu obedecer.

– Aurora – disse o sr. Thorpe, virando-se para trás. – Que bom ver você. Me desculpe por tirá-la da cama assim, no meio da noite.

– O que vamos fazer? – perguntei.

– Precisamos conversar.

Stephen ligou o carro.

– Aonde vamos? – indagou.

– Gostou de ter voltado? – replicou o sr. Thorpe.

Ele não parecia o tipo de pessoa que se importava com o fato de eu estar me ajustando bem ou não às minhas novas circunstâncias. Stephen, enquanto isso, de repente tinha se concentrado por completo na direção.

– Está tudo bem – respondi. – Acabei de chegar. Imagino que vocês saibam disso.

– Nós sabemos.

– Por que eu tenho a sensação de que minha volta tem o dedo de vocês no meio?

– Sim, foi obra nossa – respondeu o sr. Thorpe –, mas espero que você tenha ficado feliz.

– Aonde estamos indo?

– Vamos só dar uma volta – respondeu Thorpe. – Não tem com o que se preocupar.

Pelo retrovisor, Stephen olhou para mim e assentiu, confirmando. Abracei meu corpo, com frio. Ele aumentou a calefação do carro.

Mesmo após virar em uma rua ou outra, eu ainda sabia mais ou menos onde estávamos: nos arredores de Wexford, seguindo na direção sul. Depois, nos perdemos em um labirinto de ruazinhas estreitas, até sairmos perto da King William Street, onde ficava a antiga base do esquadrão – onde tínhamos enfrentado o Estripador. Logo nos afastamos dali, pegando uma rua que segue ao longo do aterro Victoria. Sem dúvida, estávamos seguindo para o oeste. É o sentido de quem vai para o centro de Londres. Os carros pretos dos táxis se tornavam mais numerosos, as árvores ao longo do Tâmisa se multiplicavam, havia mais edifícios chamativos, mais luzes na margem oposta. A London Eye surgiu ao longe, brilhando intensamente na escuridão, e então pegamos a direita, rumo ao coração da cidade.

Paramos em uma entrada para carros circular, em frente ao que a princípio me pareceu um hotel. Levei um segundo para notar a placa do metrô, o marcante círculo vermelho cortado por uma barra azul. Estávamos na estação Charing Cross. Stephen estacionou bem em frente à porta. Thorpe logo desceu do carro, enquanto Stephen abria a porta para mim.

– Vamos – chamou Thorpe. – Por aqui. Entre.

Uma policial estava a postos junto a uma das portas, que ela abriu quando nos aproximamos. Foi um movimento rápido, como se ela estivesse nos esperando e sua tarefa mais importante da noite fosse abrir aquela porta.

Charing Cross é um ponto central para as redes de trens e metrô. A grande área interna é cheia de lojinhas e bilheterias, com um teto de vidro revestido por treliça de metal. Uma mulher vestida de preto estava à espera no meio do saguão.

– O circuito interno está desligado? – perguntou Thorpe à mulher, em voz baixa.

Ela assentiu.

– Fiquem na sala de controle. Ninguém entra.

Lancei a Stephen um olhar de *que porcaria é essa?* e recebi como resposta um olhar de *está tudo bem, sério*.

– Vamos só descer até as plataformas – disse Thorpe. – Por aqui.

E foi na direção da passagem com a sinalização indicando **METRÔ**. Descemos atrás dele, cruzando os portões abertos para nossa passagem. A estação de metrô de Charing Cross é um lugar um tanto lúgubre, com piso de lajotas marrons e paredes também de lajotas, em variados tons de marrom; as paredes das máquinas de bilhete são de um verde-limão elétrico que chega a ser alarmante. Tivemos que descer os degraus até a plataforma, pois as escadas rolantes estavam desligadas. Stephen ia à frente; Thorpe atrás. Era esquisito estar em uma estação de metrô fora do horário de funcionamento, sem o calor corporal dos milhares de pessoas que geralmente passam correndo por ali, sem o som dos músicos tocando, de gente falando e rindo, sem o ronco dos trens em movimento. Ao descer, ouvíamos cada passo nosso nos degraus de metal.

– Bakerloo? – perguntou Thorpe.

Stephen assentiu.

Ergui os olhos para a placa de letras marrons que indicava a linha Bakerloo. Linha Bakerloo em Charing Cross... aquilo me lembrava alguma coisa. Mas o significado só me voltou à memória quando chegamos à plataforma.

– Está vendo alguém? – perguntou Thorpe, dirigindo-se a mim.

Havia uma mulher ao final da plataforma. Ela tinha o cabelo loiro platinado, penteado para trás em ondas largas. Usava um suéter preto de gola drapeada e uma saia cinza – roupas até bem comuns. Deve ter sido os sapatos que denunciaram que ela era de outro tempo: um tanto pesados demais, o salto como um tijolo. Ela estava bem na beirada da plataforma, o olhar fixo na parede do outro lado. Da última vez que eu havia falado com aquela mulher, tudo o que ela dizia era "Eu pulei", vezes sem fim, em um sussurro frágil. Sua aparência era vulnerável e pálida. Para ser sincera, era deprimente ficar perto dela. Só de me aproximar, meu coração já se apertava.

– Essa mulher – falei, olhando de relance para Stephen. – Eu já a encontrei uma vez.

Thorpe assentiu para Stephen, que pigarreou de leve.

– Vamos lá falar com ela – disse Stephen.

– Por quê? – sussurrei. – O que é que estamos fazendo aqui?

– É importante, juro. Eu não teria trazido você até aqui se não fosse. Só preciso que você fale com essa mulher.

Contemplei a extensa plataforma vazia, onde a mulher estava parada logo à boca do túnel silencioso. Ela se virou na nossa direção com ar de expectativa. Stephen começou a se dirigir até ela lentamente, esperando que eu o acompanhasse. Ela não podia me fazer mal algum, eu sabia. Mas eu não estava com medo. O problema era aquela tristeza tão aparente – algo que ia além da tristeza, colocando-a em uma terrível condição de existência. Sua figura era toda composta em uma paleta de cinzas, e eu não queria nem chegar perto dela.

– É você – disse a mulher quando a alcançamos.

– É – confirmou Stephen. – Vim aqui faz uns dias.

– Você voltou. E a trouxe.

– Trouxe. Rory, esta é Diane.

– Olá – falei, me mantendo um ou dois passos atrás de Stephen e olhando-a com cautela.

– Ele disse que você ia me ajudar – disse Diane, com desespero no olhar. – Você vai me ajudar?

– Ajudar em quê? – perguntei.

– A acabar com isso. Ele disse que você podia acabar com tudo isso.

A princípio, me recusei a aceitar o que tinha acabado de ouvir. Senti um leve enjoo. Stephen não teria me levado até ali para fazer o que eu estava pensando. Ele nem *sabia* que eu era capaz...

– Não precisa fazer se não quiser – disse ele. – Mas ela está sofrendo.

No entanto, estava claro que ele *sabia*.

– Por favor – insistiu Diane. – Por favor, por favor. Não posso continuar assim. Por favor. Eu nunca quis isso. Pensei que seria rápido. Pular foi rápido, mas eu nunca fui embora. Eu pulei... mas nunca fui realmente embora.

Eu já tinha usado um terminal, então a questão não era que eu me opusesse à ideia, de forma geral. E se tinha alguém que precisava de um terminal era aquela pobre mulher, presa em uma plataforma de trem por trinta ou quarenta anos, presa eternamente no lugar onde havia se matado. Aquela mulher cinzenta e triste...

Mas... eu tinha sido levada até ali em todo um manto de segredos e propósitos ocultos. Stephen sabia de uma coisa que não era para ele saber, enquanto Thorpe, na outra ponta da plataforma, assistia ao show. Era como eu me sentia: fazendo um show. Recuei um passo e fiz sinal para que Stephen se aproximasse. Ele estava de cabeça baixa e não conseguia me encarar.

– Como você descobriu? – perguntei, bem baixo, para que Thorpe não ouvisse.

– Fiquei de olho em você em Bristol – respondeu ele.

– Ficou de olho em mim? Você me seguiu? E não me contou?

– Queria ter certeza de que...

– E contou ao Thorpe? Você disse a essa mulher que eu ia resolver as coisas para ela? Vocês me trouxeram até aqui para me testar ou o quê?

– Não precisa fazer nada, se não quiser – disse Stephen, erguendo a cabeça só um pouco. – Se preferir, podemos ir embora agora mesmo.

– Ah, claro.

– É sério. Vamos embora agora mesmo se você quiser.

Olhei mais uma vez para Diane, rapidamente, mas tive que desviar o olhar. Ela era a personificação da tristeza, do desespero. Aliviar seu fardo seria um ato justo, correto. Eu poderia voltar ali outro dia e talvez fazer isso. Mas não naquele momento. Não depois de ter sido levada até ali daquele jeito.

– Então tá – falei, me empertigando o máximo possível. – Vamos embora. Agora.

Stephen piscou devagar.

– Se é o que você quer...

– É o que eu quero.

Stephen ficou me observando e se balançando para a frente e para trás ligeiramente, apoiado nos calcanhares. Estávamos quase grudados. Eu sentia o cheiro do frio que as roupas dele exalavam.

– Tudo bem – disse ele.

Diane devia ter ouvido tudo, porque soltou um uivo de lamento. Bloqueei o som, pois era perturbador. Segui de volta para onde Thorpe estava, deixando Stephen para tentar explicar a ela. Aquilo era culpa dele. Stephen tinha me enganado, então ele que se virasse para explicar à mulher que eu não ia fazer o que ela estava me pedindo.

– O que está havendo? – perguntou Thorpe.

– Nada – respondi. – Eu vou embora.

– Já foi feito?

– Não.

– Você não consegue... fazer o que ela pediu?

– Eu não...

– Rory! – gritou Stephen.

Foi quando senti algo estranho nas costas. Era como um vento passando; um vento frio e intenso. Uma vibração elétrica subiu pela minha coluna, me impedindo de me mexer ou de falar.

Não foi muito diferente da sensação de estar no alto de uma montanha-russa, naquele exato instante em que você para de ouvir o ruído mecânico do carrinho subindo, então algo se solta, e você sabe que a sensação só vai ficar mais intensa e extrema. Tudo sobe: seu batimento cardíaco, o sangue vai para a cabeça, até os órgãos internos parecem dar um salto quando o corpo desaba. O ar entra nos pulmões mais rápido do que sua capacidade de processá-lo, fazendo você engasgar por um instante.

O som do meu coração batendo reverberava nos ouvidos à medida que o sangue era bombeado com violência pelas veias. O mundo ficou branco. Até que, por fim, tudo passou, tão rápido quanto tinha eclodido, e senti novamente o cheiro de flores e fumaça, e o mundo voltou a entrar em foco.

Caí de joelhos e teria ido de cabeça nos trilhos se não tivesse me agarrado à borda da plataforma. Então senti alguém me segurar pela cintura, me ajudando a recuperar o equilíbrio, me colocando sentada.

– Está tudo bem – disse Stephen. – Está tudo bem. Ela veio por trás e agarrou você. Foi tudo muito rápido, não consegui impedir.

Thorpe foi às pressas até nós.

– Aconteceu alguma coisa? – perguntou ele.

Como resposta, me ajoelhei na faixa amarela, bem na borda da plataforma, me debrucei e comecei a vomitar nos trilhos. Alguém (Stephen, imagino) me segurou por trás para evitar que eu caísse. Vomitei só um pouco, mas o mal-estar logo passou. Eu me ajeitei, sentando sobre os calcanhares, e limpei a boca.

– Não fiz nada – falei assim que recuperei o fôlego.

– O quê? – perguntou Thorpe.

– Aconteceu – respondeu Stephen. – Foi Diane que a tocou, não o contrário. É isso que Rory quer dizer.

– Mas você tem *certeza*.

– Não tem como haver dúvida – disse Stephen, um tanto rude. – Não é algo sutil.

– Então a leve de volta para a escola e cuide para que fique bem.

Não falei nada e, quando ele tentou me ajudar, me desvencilhei de suas mãos e saí andando pela plataforma. Eu sabia que Stephen ia alguns passos atrás de mim, em silêncio, nervoso. Vi vários ratos fugirem conforme passávamos, correndo pelos cantos e pelos degraus da escada, assustados com nossa presença. À noite, o metrô pertence a eles.

Fiquei parada em frente à estação por um minuto, inspirando profunda e intensamente o ar frio. A policial me observava de certa distância – impassível. Ela não devia ter ideia do que eu tinha ido fazer ali ou do que tinha acabado de acontecer. Tentei entender o que eu estava sentindo. Não era propriamente raiva, mas algo parecido. Exaustão? Até mesmo alívio, quem sabe? Era tudo isso junto, talvez, mas eu não queria sentir nada daquilo, então decidi ignorar todos os sentimentos e me concentrar em respirar direito, devagar.

Um minuto depois, Stephen apareceu. Ele seguiu direto para o carro e abriu a porta do carona para mim.

– Não temos que esperar por Thorpe? – perguntei.

Minha voz saiu com um leve rosnado, principalmente porque eu tinha vomitado. Fez parecer que eu estava furiosa, o que não era problema nenhum.

– Ele pode ir com o outro policial. Mandou que eu levasse você de volta.

Entrei no carro. Stephen fechou a porta, acionou o motor e ligou a calefação na intensidade máxima. O sopro quente fazia barulho ao sair, indo direto no meu rosto. Acionei o controle e diminuí um pouco.

– Achei que você estivesse com frio – disse Stephen.

– E estou, mas é bom. Acabei de vomitar.

– Ela foi rápida demais, não consegui evitar – explicou ele. – Às vezes eles são muito rápidos, mais do que nós. Não tive como impedir.

Eu tinha visto acontecer. Sabia que era verdade. Não havia nada que ele pudesse fazer, uma vez que a mulher foi tão rápida quanto desejava. Os fantasmas são bem velozes quando querem.

Mas eu não ia absolvê-lo assim tão fácil e me mantive em silêncio frio por alguns minutos.

– Pode ficar com raiva, mas tudo o que fiz foi por um bom motivo.

– Tipo o quê?

Stephen tirou os óculos pretos e limpou as lentes na calça, sacudindo a perna de leve, em sinal de tensão.

– Rory, é só que... é... é muito complicado.

– Pode começar.

– Rory...

– O que Thorpe está fazendo ali na porta?

Ele não estava na porta, só falei isso para distrair Stephen e arrancar a chave da ignição.

– Fale – exigi, jogando as chaves dentro da blusa e apertando-as contra o peito. – Fale, ou não vamos a lugar algum. Se você não me explicar, vou começar a gritar. Quer que eu chame atenção sobre o que está acontecendo aqui? Eu não hesitaria em fazer isso.

Um suspiro profundo. Stephen deixou a cabeça cair no encosto do banco e encarou o teto do carro.

– Iam acabar com o esquadrão. Eles ficaram satisfeitos com a solução do caso do Estripador, mas, sem os terminais, achavam que não tínhamos mais como operar.

– Vocês ainda têm um – falei. – E aquele do banheiro? O que Jo usou para destruir Newman?

Stephen enfiou a mão no bolso e pegou um pequeno saco plástico. Então acendeu a luz interna do carro para que eu visse o conteúdo: uma pedra cinza.

– É isso – disse ele. – Ficou turvo, como você pode ver. Não funciona mais. Já tentamos, mas é como uma lâmpada queimada.

– E quanto àqueles dois que foram jogados no rio? Não tem como recuperá-los? A polícia pode recuperar coisas do Tâmisa... armas, evidências... não pode?

– Armas, talvez, em um dia bom, mas não duas pedras tão pequenas. O Tâmisa é um rio caudaloso. Os diamantes devem ter sido levados pela correnteza por alguma distância antes de afundar por completo e provavelmente estão em algum lugar no meio de milhões de toneladas de sedimentos e lodo. Portanto, você é o único terminal. Quando vi o que aconteceu com você... Precisava mostrar a Thorpe que ainda restava um terminal. E também precisava de um bom motivo para trazê-la de volta. Nunca me senti confortável com o fato de terem levado você embora daquele jeito, sozinha, sem apoio. Isso foi uma forma de solucionar os dois problemas. Vamos poder continuar por um tempo agora que ele viu.

Stephen tinha razão. Eu não tinha como ficar em Bristol sem ninguém com quem falar sobre aquilo. Ele pegou de volta o saco plástico e o guardou no bolso.

– E como você fez isso? Como conseguiu que eu voltasse? – perguntei.

– Foi Thorpe. Para ser sincero, não sei exatamente como. Só sei que ele sugeriu à sua psicóloga, com muita ênfase, que você tivesse permissão para voltar a Londres. Mas não me deu detalhes.

Claro. Tudo fazia sentido. A repentina conclusão de Julia de que meus pais deveriam me mandar de volta para Londres, a mentira descarada de que havíamos feito um grande progresso na terapia.

– A decisão coube a você – continuou Stephen. – Eles perguntaram se era sua vontade, e você disse sim.

– Mas eu não falei que ia... encenar um show bizarro para Thorpe, ou fazer uma mulher sumir do mapa. Você podia ter me explicado aonde estávamos indo.

– Eu não sabia se você concordaria em... em fazer. Mas imaginei que se você visse o sofrimento de Diane... Era por um bom motivo, Rory. Ela estava em agonia. Bem, já lhe contei tudo, então me dê as chaves. Agora.

O suor tinha grudado as chaves no meu peito. Dei um tapinha para soltá-las, e elas acabaram caindo, graciosamente, bem entre minhas pernas. Entreguei-as de volta a Stephen, que ligou o carro outra vez. Ele começou a dar marcha à ré, mas parou.

– Bu e Callum – disse Stephen, recuperando a voz macia e suave. – Eles sabem que você voltou. Podemos ir vê-los agora e falar sobre isso. Se você quiser. Podemos ir agora mesmo, ou algum outro dia. Não sei se você está se sentindo bem para isso.

A rápida mudança de atitude, a recusa em me encarar... Stephen ainda se sentia muito culpado. Ele podia ter tido boas intenções, mas não deixava de se incomodar por ter me usado daquela maneira, por ter escondido de mim o que estava acontecendo.

Eu queria ver Bu e Callum. Para ser sincera, estava feliz até em ver Stephen. E, para ser mais sincera ainda, era até um pouquinho divertido brincar com a culpa dele. E ele realmente se sentia culpado. Após as últimas semanas, eu estava aceitando qualquer diversão possível.

– Podemos ir vê-los agora – falei baixinho, limpando um pedacinho da janela embaçada.

6

Depois de virar aqui e ali, nos aproximávamos do reluzente olho dourado do relógio no alto do Big Ben. As Casas do Parlamento estavam com a iluminação noturna acesa, e a London Eye assomava logo do outro lado do rio, um círculo em neon roxo-azulado a girar lentamente. Naquela área de Londres, tudo era iluminado. Na altura do Parlamento, cruzamos a ponte para a margem sul.

Após a estação de Waterloo, seguimos pelas tranquilas vias residenciais que predominam a partir dali, até chegarmos a uma rua com uma lojinha de *fish and chips* na esquina. Stephen estacionou na única vaga livre por perto.

– Nós mudamos de endereço... – começou ele.

– Eu sei.

Stephen pareceu surpreso. Ele sabia algo sobre mim, mas eu também sabia algo sobre ele.

– Ah. Bem, o proprietário do apartamento anterior decidiu que estava na hora de cobrar três mil libras pelo aluguel. Não tinha como. Já que fizemos um bom trabalho no caso do Estripador, o governo de Sua

Majestade nos deu um escritório decente e um lugar para morar. É logo ali.

Ele apontou para uma das muitas construções quase idênticas que se multiplicavam na rua: uma longa fileira de casas duplas de tijolinho e aparência simples, do tipo que se vê em toda parte em Londres. Definitivamente não tão bacana quanto o apartamento da Goodwin's Court.

– Tem mais uma coisa – continuou ele. – Eu disse a Bu e Callum que iria a uma reunião hoje, mas não falei do que se tratava. Por duas razões. Primeiro, porque eu não sabia o que esperar. Você poderia se recusar, ou talvez não funcionasse. Segundo, por causa de Bu, que nunca concordaria com a ideia. E eu não podia contar a Callum sem contar a ela. Eles não sabem que chegamos muito perto de sermos extintos.

– Pelo visto você tem guardado muitos segredos – falei.

– Faz parte do trabalho. Agora vamos lá.

A entrada era um corredor muito estreito, onde pisamos em uma pilha de correspondências e folhetos de propaganda ao passarmos. O papel de parede tinha uma textura estranha, e a lâmpada do teto não cumpria direito sua função, emitindo um brilho quase vertical que formava uma poça de luz no vestíbulo, mas deixava a escada no escuro. Não havia corrimão, e o carpete que revestia os degraus estava escorregadio de tanto ser pisado. Subi me apoiando nas paredes, os dedos percorrendo o código Braille do papel que as revestia. Mais um tilintar de chaves. Ouvi vozes vindo do apartamento: uma mais grave, rindo, a outra aguda e insistente. A última eu conhecia muito bem. Tinha morado com aquela voz.

Quando Stephen abriu a porta e enfiei a cabeça, reconheci muitos dos móveis, entre eles os dois sofás velhos e a mesa de cozinha bamba com cadeiras diferentes uma da outra. Aquele apartamento era menor que o anterior, de forma que toda a mobília ficava entulhada, deixando espaço suficiente apenas para transitar pelo local. Havia livros empilhados no chão junto a toda a extensão das paredes, pilhas e mais pilhas de livros, em variadas alturas. Havia também caixas de documentos e grossos folders. Mapas e pequenas anotações cobriam as paredes, revestidas pelo mesmo papel texturizado, só que uma versão em cor mostarda. O efeito era ainda mais claustrofóbico devido às cortinas de tecido xadrez vermelho, muito bem fechadas na janela que dava para a rua.

A cabeça de alguém surgiu acima das costas do sofá. Em seguida, apareceu o restante de Callum, que pulou o sofá para ir até mim.

– Ei! – exclamou ele. – Veja só quem está aqui!

Callum me deu um abraço forte, me envolvendo com os músculos salientes dos braços e do peito. Bu estava no outro sofá, a perna engessada esticada à frente. Ao tentar me proteger do Estripador, ele a tinha empurrado na frente de um carro.

– Solte ela, seu tarado! – gritou Bu para Callum. – Venha cá, Rory!

Fui até lá abraçá-la. Ela tinha feito umas mudanças muito legais no cabelo, que já não era mais o chanel reto meio Louise Brooks com uma mecha vinho nos fios pretos. Passaram a ter um toque violeta nas pontas da franja, formando uma linha roxa horizontal logo acima dos olhos. Parecia uma cicatriz de lobotomia, só que bonita.

– Vai ficar com isso até quando? – perguntei, apontando para o gesso.

– Só mais alguns dias. Mas já estou me acostumando. Tenho que subir a escada sentada, me arrastando.

– É bem divertido de ver – comentou Callum.

– Vá fazer um chá para a gente – ordenou Bu. – O meu já esfriou, e Rory precisa de uma xícara.

– Mal posso esperar para você tirar esse troço da perna – resmungou ele.

– Também quero chá – pediu Stephen.

Com um empurrão, Bu me fez cair no sofá ao seu lado.

– Como você está? – perguntou ela.

– Bem.

– Mesmo?

– Razoavelmente bem. E você?

– Vou indo – respondeu ela, dando de ombros.

Bu e Jo eram melhores amigas. A morte de Jo (ou melhor, a morte pós-morte de Jo) foi um forte golpe para ela, e a dor desse golpe ainda era evidente no rosto de Bu, mas, assim como eu, ela estava seguindo em frente como podia.

– Estou fazendo umas pesquisas – disse Bu, dando tapinhas nas pastas ao lado no sofá. – Assim que tirar o gesso começo o treinamento. Vou trabalhar no metrô, como Callum, ou entrar como aprendiz na estatal de gás.

Ela continuou me contando sobre suas possibilidades de trabalho, me mostrando brochuras de papel brilhoso em que pessoas de macacão olhavam atentamente para canos e fios e desciam escadas até lugares escuros no subterrâneo. A ideia parecia maravilhar Bu. Stephen foi até a escrivaninha junto à janela e ficou mexendo no laptop como quem na verdade está só tentando se afastar da conversa um pouco.

– Os funcionários da empresa de gás podem entrar em qualquer lugar, por todo o subsolo – continuou ela. – Eu ficaria bem com um capacete de segurança, não acha? Um cinto de ferramentas?

– Com essas garras, você nem precisa de ferramentas – comentou Callum, passando com algumas xícaras de chá equilibradas em um livro grande. – Dá para abrir um buraco no chão com isso aí.

Bu abriu bem as mãos, esticando os dedos para exibir as compridas unhas postiças pintadas de roxo, e deu uma arranhada de brincadeira na cintura dele. Em seguida, pegou o chá, passando uma xícara para mim. Callum foi levar a de Stephen.

– Meu atlas – disse Stephen, indicando o livro que servia de bandeja.

– Desculpe, meu bem.

– Eu já reclamei disso com você.

– Ninguém precisa de um atlas quando se tem internet – retrucou Callum, oferecendo a ele a última xícara. – Seu chá.

Stephen foi se sentar junto de nós três, e o clima alegre na sala murchou na mesma hora.

– Então, hoje tivemos um encontro com Thorpe... – começou ele.

– Ainda não entendi por que esse encontro tinha que ser às duas da manhã – interrompeu Bu.

– Era esse o horário – retrucou Stephen.

Callum olhou de relance para Bu.

– E agora temos permissão oficial para continuar – completou Stephen.

– Permissão para continuar? – indagou Bu. – Eles iam acabar com o esquadrão?

– Estavam cogitando.

– E você nem *mencionou* isso? – insistiu ela.

– Estavam preocupados por não termos mais nenhum terminal.

– Assim como eu – disse Callum, a raiva transparecendo na voz. – Por favor, diga que a solução envolve novos terminais.

– Sim – confirmou Stephen. – Envolve Rory.

Os dois me olharam com expectativa. Stephen pigarreou de leve.

– Ela... é um terminal.

Não posso culpar os dois por não saberem o que dizer.

– Você está de brincadeira – disse Callum após alguns instantes.

– É sério – respondeu Stephen. – Só pode ter acontecido em algum momento depois do ataque final do Estripador. E é por isso que você precisa nos contar tudo o que aconteceu com você no minuto do impacto, Rory.

Voltei a ser o foco principal. Julia havia passado semanas tentando chegar exatamente àquele tópico: a sensação da ponta da faca entrando, os minutos que passei caída no chão, vendo o sangue brotar da barriga. O momento em que o Estripador – seu nome era Alexander Newman – disse que eu ia morrer.

Não era algo que eu gostasse de relembrar, mas parecia haver um motivo importante para falar sobre aquilo. Havia um sentido em contar a eles.

– Ele me esfaqueou – comecei. – Disse que tinha feito o corte de tal forma que eu sangraria até morrer, devagar. E me deu o terminal para segurar.

– Ele *deu* o terminal para você?

– Eu não conseguia me mexer. Ele tinha a teoria de que se alguém com a visão morresse conectado a um terminal, essa pessoa voltaria... Porque ele próprio tinha morrido dessa forma. Ele queria ver o que aconteceria quando eu morresse. Foi então que... Jo atravessou a porta.

– A porta estava trancada – lembrou Stephen.

– Ela *atravessou* a porta.

– Deve ter doído – disse Bu, baixinho. – Ela disse que doía. Que tinha a sensação de estar sendo rasgada por dentro.

Fiz uma pausa, em respeito a Jo. Eu não sabia que ela sentia dor, nem que havia sofrido para me salvar.

– E depois que Jo entrou? – perguntou Stephen.

– Ela pegou o terminal de mim e foi até Newman. E foi aí que... tudo explodiu. Surgiu uma luz muito forte e os espelhos se estilhaçaram. Então os dois sumiram, e eu fiquei inconsciente.

– Quando foi que você descobriu o que era capaz de fazer? – continuou Stephen. – Foi em Bristol, com aquele homem sentado no banco?

Callum e Bu me olharam sem entender, mas não perguntaram nada; devem ter optado por deixar que eu continuasse. Aquela história era cheia de surpresas estranhas.

– Não – respondi. – Teve uma vez antes dessa, no dia em que fui embora de Wexford. Encontrei uma mulher no banheiro onde tudo aconteceu. Fui até lá antes de deixar Londres, só para dar uma última olhada, e a encontrei na cabine.

– Ela já tinha aparecido ali outra vez?

– Não. Eu nunca a tinha visto. Não sei de onde ela veio. A mulher estava se escondendo na cabine e parecia muito assustada. Ela não falou nada. Acho que não conseguia. Só estendi a mão... falei que estava tudo bem. Eu ainda não sabia. Só a toquei. E aconteceu.

– Você teve que tocá-la de alguma forma específica? – quis saber Callum. – Manteve a mão sobre ela, por exemplo?

– Não sei. Eu só toquei no ombro dela. Aconteceu na mesma hora, acho.

– Algum sintoma físico depois? – perguntou Stephen.

– Um formigamento no braço – respondi.

– Mais nada?

– Não.

– Doeu?

– Não. Não é dor. Eu sinto como se meu braço estivesse sendo sugado, e começa a tremer. É uma sensação... uma sensação elétrica, talvez. O resto acontece como se eu estivesse usando um terminal. A luz, o cheiro de queimado. E só.

– Mas hoje você se sentiu mal depois – lembrou Stephen.

– Hoje? – perguntou Bu. – Então foi isso que vocês foram fazer? E se for perigoso? E se fizer mal a ela?

– Eu pensei nisso – respondeu Stephen. – Mas duvido que algum dia a gente venha a saber ao certo. Deve ser como nossa visão, que não se revela em nenhum tipo de exame. Talvez a gente possa marcar um check-up completo para Rory...

Uma vez que Bu tinha sugerido a possibilidade, o medo ficaria na minha mente. E se realmente me fizesse mal? E se um terminal interno fosse como um câncer?

Ou: e se me tornasse mais saudável que o normal?

Caramba, como eu estava cansada!

– Parem – falei, estendendo a mão. – Será que a gente pode... parar com isso? Já tive minha cota de médicos nas últimas semanas, então... Não.

Assim se encerrou aquele assunto, com todos parecendo muito desconfortáveis. Até entre meus amigos esquisitos eu era a esquisitona.

– Preciso deixar uma coisa clara – disse Stephen. – Rory não é uma arma. Como ela vai usar essa habilidade fica a cargo dela.

– Tudo bem – disse Callum –, mas não somos policiais se não temos o poder de fazer nada. Isso continua sendo nosso problema, mesmo que Rory seja um terminal. Se ela não estiver por perto, ou se... não me leve a mal, Rory... se ela não puder ou não quiser usar essa habilidade, como ficamos?

– Ficamos do mesmo jeito que estávamos nas últimas semanas – respondeu Bu. – Ainda podemos fazer nosso trabalho, só que sem armas. Policiais convencionais não andam armados.

– Mas contam com unidades armadas, que podem acionar se precisarem. Certo?

– Callum levantou uma questão válida, mas concordo com você, Bu – disse Stephen. – O esquadrão surgiu bem antes dos terminais. De acordo com os registros que eu tenho, só passaram a ser usados nos anos setenta.

– Como eles surgiram? – perguntei.

– Não sei bem – respondeu ele, coçando o contorno do maxilar.

– De algum lugar eles vieram – insisti.

– É claro que vieram de *algum lugar*, mas não se sabe de onde. Existem muitos países que produzem diamantes. Índia, Rússia, Canadá; vários da África.

– Não importa de onde vieram os terminais – opinou Callum. – A questão é que não temos nenhum e precisamos deles. Estou há semanas recebendo ligações, todo tipo de problema no metrô. Trens atrasados, situações perigosas em que as pessoas podem sair feridas ou mesmo morrer.

– O metrô funcionou por muitos anos sem nossa ajuda – argumentou Bu. – Eles não precisam de nós para continuar. E, se houver algum problema, nós vamos lá e resolvemos. Pelo *diálogo*.

– E se eles não nos derem ouvidos? O Estripador nos ouviria? O próximo que aparecer vai nos ouvir?

– Nada disso precisa ser resolvido hoje – disse Stephen, encerrando a conversa. – Está tarde. Tenho que levar Rory de volta antes que alguém dê pela ausência dela. Outro dia tratamos dos problemas internos.

Fiz minhas despedidas: mais abraços demorados em Callum e Bu enquanto Stephen esperava à porta, chaves na mão. Voltamos ao carro, rumo a Wexford.

– Como vai ser daqui para a frente? – perguntei.

– Você segue com sua vida. De volta ao colégio.

Tamborilei os dedos na janela do carro.

– Pelo que você disse, se houvesse algum problema como o Estripador, ninguém me forçaria a ir atrás dele.

– O Estripador se foi. Newman se foi.

– Mas e se acontecesse algo do tipo?

– Embora seja muito improvável que aconteça de novo algo desse tipo, sim, foi o que eu disse.

– Mas não vale para Thorpe – falei. – Thorpe me forçaria.

– Esqueça Thorpe. Ele já viu o que precisava.

– Ele não *viu* nada – corrigi.

– Viu sua reação. Foi real. Ele sabe. De qualquer forma, Thorpe é problema meu, não seu. O que aconteceu com você... só cabe a você decidir como usar. A decisão tem que ser sua.

– Ele pode tornar a sua vida um inferno.

– Como se minha vida já não fosse um inferno – retrucou Stephen, fazendo o mais vago esforço para sorrir.

Acho que foi uma piada. Em se tratando de Stephen, era muito difícil saber.

Estávamos quase chegando a Wexford quando paramos em um sinal vermelho em frente a um pub que continuava promovendo eventos temáticos do Estripador. Dose dupla de Bloody Mary ("O drinque preferido de Jack"). Era tudo uma grande piada. Pessoas haviam sido assassinadas, mas pouco importava. Era só Jack, o Estripador, que estava morto, portanto era divertido tomar Bloody Mary e tirar uma foto deitado no chão em um cenário que reproduzia a cena do crime.

— Então... A história do Estripador... Como eles fizeram? – perguntei.

— Como assim?

— Como mantiveram a verdade em segredo?

— Não foi tão difícil – respondeu Stephen. – Ninguém além de nós viu o que *realmente* aconteceu. E só você viu como tudo terminou.

— Qual foi a explicação para os vidros do banheiro?

— Eles concluíram que houve luta; resistência. O assassino deve ter quebrado os espelhos e a janela.

— Mas o que divulgaram foi que a polícia perseguiu o cara – lembrei. – Um corpo foi retirado do rio.

— Tudo encenado – respondeu ele. – Algumas viaturas foram enviadas em perseguição a um suspeito.

— E o corpo?

— Um indigente do necrotério. Deram um nome e uma identidade ao desconhecido. Foi tudo organizado por gente lá de cima. A maioria das pessoas envolvidas pensou que estava em uma perseguição real.

— Mas e se tentarem ir atrás da história desse cara? – insisti.

— Cuidaram de tudo. A história é que ele era só um morador de rua sem ninguém, sem familiares vivos nem amigos. Ninguém que possa dar entrevista. Só um homem muito infeliz com distúrbios mentais.

— E quanto a todas as imagens das câmeras de segurança em que não aparecia ninguém?

— Todas manipuladas. Ficou provado.

— Não eram, não.

— Bem, agora são.

– E a rachadura no chão?

– O quê?

– Como eles explicaram? – continuei. – Quer dizer, quebrar um espelho durante uma briga, tudo bem, mas ninguém quebraria o piso, certo?

– Está me dizendo que aquilo não estava lá antes?

– Aham – confirmei. – O piso rachou naquela noite. Foi uma explosão das grandes.

– Bem, então é muita sorte que você tenha sobrevivido.

Tínhamos chegado a Wexford. Stephen parou o carro no fim da rua de paralelepípedos.

– Daqui posso ver você até chegar à porta – disse ele. – Deve estar destrancada. Desativamos o sistema do prédio e deixamos uma pessoa de prontidão para ninguém entrar até restaurarmos a segurança. Vou ficar aqui até você entrar.

Eu sentia que deveríamos fazer uma despedida melhor que aquela, mas não sabia o que dizer. Já tinha abraçado Stephen uma vez aquela noite.

– Claro – falei, tirando o cinto de segurança. – Então tá. Beleza. Bem, vejo você outro dia ou...?

– É só me procurar. Se precisar de mim.

– Certo. Tudo bem. Então...

Segui sozinha pela rua. A porta estava destrancada, como ele havia prometido. Olhei para o fim da rua e ergui a mão, como última despedida. Não vi Stephen; estava muito escuro naquele trecho da rua. Mas o carro continuava lá, os faróis acesos como dois olhos brilhantes virados para mim, esperando até que eu estivesse em segurança.

7

— Muito bem, vamos começar – disse Mark, apagando a luz para dar início à aula de História da Arte na manhã do dia seguinte. – John Constable, pintor romântico inglês, viveu de 1776 a 1837...

A aula de História da Arte era longa: três horas, com dois intervalos de dez minutos que geralmente chegavam a quinze, mas mesmo assim... longa. Eu anotava os nomes dos quadros e observava os slides, mas minha mente estava muito longe dali. Na plataforma de Charing Cross; no carro, com Stephen; com Callum e Bu, na casa deles.

Naquela noite, senti mais do que apenas a náusea. Algo real. Algo... empolgante? A sensação de estar novamente completa. Sem contar que Jerome estava com a perna apoiada na minha – de leve, mas ali. John Constable, pintor romântico inglês, não tinha como competir pela minha atenção. (Aliás, que fique registrado: se alguém é considerado romântico, deveria significar sensual, penso eu. Mas não. Na verdade, são pessoas com camisa bufante que provavelmente já tiveram muitas experiências sensuais na vida real, mas que pintavam unicamente colinas ou gente em poses dramáticas – fingindo ser Ofélia morta no rio, por exemplo. Eu chamaria esses quadros de baboseira, isso, sim.)

Três horas depois, emergimos da aula com o cérebro transbordando de imagens de céu e lagos e gente deprimida. Jerome saiu da sala cambaleando um pouco, como se estivesse andando em uma corda bamba.

– Que foi? – perguntei.

– O que você pretende fazer hoje?

– Estudar – respondi. – Acho que... É, estudar. Estou meio atrasada nas matérias.

– Também tenho uns trabalhos para fazer, mas estava pensando... que a gente podia... sair? Um encontro. De verdade. À noite?

– Um encontro?

Eu nunca havia tido um encontro de verdade. Volta e meia ia a um lugar ou outro com pessoas (garotos, quer dizer), mas era sempre meio... bem, meio que uma porcaria. "Encontros" pareciam existir apenas nos filmes e na TV, ou em um passado mais certinho, em que as garotas começavam a namorar no colégio, se casavam ao fim da faculdade e logo tinham dez filhos. Encontros não eram para mim. Mas ali estava eu, sendo convidada para um encontro de verdade por meu talvez-namorado e olhando para ele sem expressão.

– Sim – respondi. – Encontro. Sim.

– Beleza. Legal. Então, sei lá, em vez de jantar... a gente sai?

– Isso. Claro.

– Você prefere comer fora ou ver um filme? – perguntou Jerome.

– Claro.

– Qual dos dois?

– Não sei – respondi. – Qualquer coisa.
– Então, sei lá, a gente vê.
– Legal – falei.
– Legal.

E cada um seguiu seu caminho, meio sem jeito, assentindo.

Eu tinha um encontro marcado, um encontro, um encontro! Fiquei repetindo mentalmente a palavra enquanto colocava o dedo no leitor digital e subia aos tropeções a escada de Hawthorne. A palavra tinha uma cadência que combinava com o rangido dos degraus: encontro, encontro... Abri com um empurrão a primeira porta corta-fogo e inspirei aquele cheiro estranho, químico e de carpete que só se encontra entre esse tipo de porta. Abri a segunda porta... Um encontro. Um encontro com meu homem. Meu garoto. Meu cara. Meu namorado? Enfim. Meu compromisso para aquele dia tinha um nome, e o nome era *encontro*.

Jazza não estava, de modo que o quarto era todo meu. Sentei à escrivaninha e contemplei a pilha de livros. O aquecedor de parede emitia estalos e chiados leves. Eu ouvia as garotas voltando para o prédio, o abrir e fechar de portas, fragmentos de conversas. Todos os familiares ruídos e cheiros de Wexford, além daquele novo elemento... um encontro.

Uma batida à porta interrompeu meu devaneio. Quando gritei para que o visitante entrasse, Charlotte surgiu e entrou com calma. Acho que essa foi a primeira estranheza, porque Charlotte não era de movimentos suaves. Charlotte se movia de um lugar a outro de forma resoluta, como um trem de alta velocidade. Andava até a sala de aula com determinação. Andava até o refeitório com determinação. Andava até o banheiro com determinação e escovava os dentes com determinação e passava a mão pelo cabelo com determinação.

– Olá – disse ela, e se sentou na cama de Jazza, unindo os joelhos e pousando as mãos nas coxas.

Charlotte olhou para as próprias mãos, depois para mim. Tudo indicava que teríamos algum tipo de conversa. Eu nunca havia tido uma conversa com Charlotte e não sabia se estava preparada, ou mesmo disposta, a ter uma conversa com ela, mas se tem uma coisa que aprendi ao morar no colégio é que nem sempre temos escolha nessas situações.

– Não sei se eu conseguiria voltar – começou ela.

– Ah, bem... Sabe, sim.

Charlotte recebeu solenemente essa minha afirmação vazia e assentiu em compreensão. Comecei a me perguntar se ela estaria se sentindo bem. Afinal, o Estripador tinha acertado um abajur na cabeça dela na noite em que fui atacada.

– Está tudo bem? – perguntei.

– No início não estava – respondeu ela. – Fiquei uma semana sem dormir. Vivia exausta e não parava de chorar. Comecei a ter crises de ansiedade. Meu corpo inteiro tremia, minha cabeça ficava a mil. Meus pais acharam que talvez fosse melhor me afastar da escola por um tempo... Foi quando conheci uma mulher incrível. Tudo mudou.

Por um terrível segundo pensei que Charlotte ia dizer que, após levar um golpe de abajur na cabeça, passou a ver fantasmas. Não seria engraçado.

– É uma psicóloga – explicou ela.

– Ah. – Meu corpo relaxou em alívio. – Eu tenho uma psicóloga também. Mas não adiantou muito.

– Essa mulher é especial. Ela mudou minha vida. Se não fosse por ela, eu não terminaria o ano letivo. Depois da sessão, me sinto muito melhor. Aliás, acabei de vir do consultório dela e estou muito bem.

Estranhamente, eu via isso em Charlotte. Algo nos olhos, na postura relaxada.

– Ela soube o que aconteceu e disse que você pode ligar para ela. É uma psicóloga particular, mas ela não cobra pelo atendimento.

– Não?

– Acho que ela já é rica, não depende disso para viver. Só atende por indicação, em especial pessoas que foram vítimas de violência. Quem me passou o contato dela foi uma amiga da Eloise.

A porta se abriu. Era Jazza, arrastando o estojo do violoncelo.

– Opa – disse ela ao ver Charlotte sentada em sua cama. – Olá...

Ela ficou parada à porta, abraçando o violoncelo como proteção. Charlotte se levantou devagar e se alongou.

– É muito bom ter você de volta – disse ela. – Tome. Eu só queria que você ficasse com o cartão dela, caso precisasse.

E, com uma jogada do cabelo ruivo e um aceno para Jazza, saiu.

– O que foi isso? – perguntou Jazza.

– O nome da psicóloga dela – respondi, erguendo o cartão.

Jazza bufou. Bufou de verdade.

– Ela tem posado de *grande vítima*. Deve estar furiosa porque você voltou para roubar os holofotes.

Era estranhamente reconfortante saber que o ataque do Estripador tinha deixado outra pessoa abalada – e muito mais do que a mim. Por outro lado, era um pouco irritante. Se alguém tinha o direito de estar abalada, era eu. A não ser que eu estivesse agindo do mesmo jeito que Charlotte: frágil em um segundo, ultraconfiante no seguinte, minha personalidade piscando como uma lâmpada prestes a queimar.

– Você também achou que ela estava estranha? – perguntei. – Sei lá, muito calma?

– Não faço ideia – respondeu Jazza, carregando o violoncelo pelo quarto e o enfiando ao lado do armário.

Jazza tinha tempo para todo mundo, menos para Charlotte. Havia ali uma rixa antiga, anterior à minha chegada. Charlotte era a lua cheia que despertava a lobijazza.

Olhei para o cartão. Claro que aquela mulher era boa, se tinha dado um jeito em Charlotte, mas, no fim das contas, era só mais uma psicóloga com quem eu não poderia me abrir. Enfiei o cartão na gaveta da escrivaninha.

– Tenho um encontro hoje à noite – anunciei. – Um encontro de verdade.

– Você parece surpresa com isso.

– Não.

Eu me recostei na cama.

– É só que... Um encontro. Soa tão formal.

– E é formal?

– Acho que vamos jantar fora.

Jantar e... talvez compensar o fiasco da última sessão de amassos. Fiquei alguns bons e agradáveis minutos fantasiando com isso. Até chegar à parte em que a mão imaginária de Jerome deslizava por baixo da minha blusa imaginária...

E encontrava a cicatriz. Aquela cicatriz desagradável, repuxada e feia. A mão imaginária recuou, horrorizada. Minha mão verdadeira levantou um pouco a blusa para conferir se era tão ruim ao toque quanto aos olhos. Definitivamente dava para sentir. O que será que meu namorado faria quando visse? Meu recém-intitulado namorado, que, aliás, mal tinha se aventurado naquele território. Minha blusa nunca tinha sido tirada. Eu não fazia ideia de quando chegaríamos à fase Sem Blusa. Talvez nunca, já que nós dois sabíamos o que havia ali embaixo além das atrações de sempre.

– Preciso lhe mostrar uma coisa – falei para Jazza. – E preciso que você seja sincera. Promete?

– Claro.

– Sincera *mesmo*.

Eu me levantei da cama e ergui a blusa até a altura do peito, expondo a barriga. Já tinha me acostumado à cicatriz, mas devia ser um choque ver pela primeira vez aquela coisa frankensteinesca, cheia de marcas ao longo da linha da costura.

– Está feio, mas não dói mais – falei, dando uma cutucada para provar.

– Não está... tão feio assim. Não é para tanto.

Ah, era. A expressão de sofrimento de Jazza, seus olhos arregalados e aquela mentira deslavada indicavam que estava, sim, bem feio. Hora de encerrar o assunto.

– Na verdade, já vi piores – comentei, baixando a blusa. – Já contei sobre o silicone duvidoso que minha avó colocou em Baton Rouge alguns anos atrás?

– Hã... não?

– Ela só botou o silicone porque ganhou um cupom de desconto. *Vinte por cento.* Cupom para cirurgia. Peitos na promoção. A cicatriz ficou pior que a minha.

Não era bem verdade. Tudo bem, minha avó realmente colocou silicone usando um cupom de desconto de vinte por cento que saiu no jornal local. Ficamos horrorizados quando soubemos. Mas só descobrimos bem tarde, duas semanas após a cirurgia. E não ficou uma cicatriz ruim. Essa parte era mentira.

– Não parecem nem um pouco verdadeiros – continuei. – Os peitos não mexem. Mas até que enganam bem. E são grandes e muito empinados. Minha vó diz que fez uma revisão na "suspensão dianteira" quando fala dos peitos, coisa que ela faz bastante. Ela põe umas blusas superdecotadas e diz: "Vou só testar a suspensão dianteira."

Essa parte era inteiramente verdade.

– Eu acho que você é muito corajosa – declarou Jazza, mudando o corpo de posição e se empertigando. – E não tem nada de feio. Não *mesmo*. Não está feio, não. É só... uma linha.

– Mas minha carreira como modelo de moda praia está arruinada. A não ser que eu faça anúncios de biquínis para piratas. Ninguém se importa se você tem uma cicatriz horrenda se estiver usando um biquíni de pirata. Seria incrível. Em cada peito uma caveirinha com dois ossos cruzados...

Jazza ergueu a mão, talvez porque eu estivesse dizendo demais a palavra "peitos".

– Não precisa fazer piada disso – disse ela. – Você já foi lá no lugar onde aconteceu?

– Pulei essa parte.

– Quer ir agora? Você e eu? – sugeriu ela, estendendo a mão. – Juntas.

Jazza Benton tornava o mundo estável e seguro, uma garota capaz de dar vida a um suéter sem graça e resmungar em alemão. Eu tive saudade de ver o rosto dela, com as bochechas grandes e os olhos pequenos de bichinho da floresta.

Descemos juntas.

O banheiro ficava no final do curto corredor, apenas algumas portas depois do salão comunitário. Tínhamos dado apenas alguns passos e eu já me sentia em outro mundo, um mundo onde eu estava descendo para um lugar silencioso onde viviam meus medos. A porta havia sido trocada. Alguém me dissera que a anterior tinha sido arrombada pela polícia, arrancada da parede. Abri.

A luz estava acesa. Antes havia um interruptor, mas, ao que parecia, a iluminação passou a ser permanente.

Era isso. Só um banheiro. O vidro quebrado da janela também tinha sido substituído, assim como os espelhos. Havia um cheiro de tinta fresca no ar. A rachadura no chão continuava ali, embora houvessem tentado preenchê-la com algum tipo de massa branca. Fui até o ponto em que havia sido esfaqueada – junto às pias – e corri a mão pela parede. Tinha caído ali. Deslizado até o chão. Eu me lembrava de olhar em volta e pensar que ia morrer naquele lugar.

Mas não morri.

Cruzei o banheiro até a cabine, onde eu vira (e acidentalmente eliminara) a mulher. Abri a porta.

Apenas o vaso sanitário. Mais nada.

– Só um banheiro – falei.

– Só um banheiro – repetiu Jazza.

Olhei para a rachadura no piso: parecia muito minha cicatriz. Aquele cômodo e eu havíamos sido quebrados e guardávamos uma marca de formato parecido, a nos lembrar o ocorrido. E se o Estripador voltasse – coisa que não aconteceria –, eu o destruiria, transformando-o em uma bola gigante de luz branca e fumaça. Um movimento de mão, simples assim. Eu tinha *poder*, literalmente. Precisava me lembrar. Eu era maior e mais forte que qualquer fantasma que cruzasse meu caminho. Isso ainda não havia me ocorrido. Eles deveriam me *temer*. E eu nunca tinha sido amedrontadora para ninguém.

– Melhor? – perguntou Jazza.

– Sim.

Assenti, oferecendo o melhor sorriso que consegui considerando as circunstâncias.

– Acho que sim.

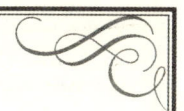

8

Naquela noite, depois que Jazza saiu para um encontro de imersão na língua alemã em um pub, fui me arrumar para meu encontro, o que basicamente se resumiu a escolher uma entre as poucas e parecidas roupas que eu tinha e fazer um penteado no cabelo para logo em seguida desfazê-lo.

Assim que me aprontei (cabelo preso, calça jeans), passei quinze minutos olhando pela janela na expectativa de avistar Jerome vindo de Aldshot. Não queria esperar lá fora. Seria muito mais glamoroso descer a escada como Scarlett O'Hara, com um "demorei?" forçando um sotaque americano sulista. (Eu tinha reparado que contava com isto a meu favor: meus amigos ingleses adoravam quando eu carregava no toque sulista. Se alguém da minha cidade me ouvisse, me perguntaria por que de repente eu tinha começado a falar como uma fazendeira com criadas que prendem magnólias no cabelo da patroa, mas meus amigos ingleses não sabiam diferenciar o sulista verdadeiro do sulista estereotipado, o que para mim era ótimo.)

Ele apareceu às cinco para as sete, a cabeça cacheada cruzando a praça, o cachecol enrolado de maneira casual no pescoço. Fiz questão de demorar os cinco minutos tradicionais, mesmo o vendo logo ali embaixo.

– Então, eu estava pensando, vamos comer e... Sei lá – disse Jerome, se balançando para a frente e para trás nos tornozelos. – Podemos ir a qualquer lugar que você queira.

– Aonde as pessoas costumam ir?

– Não faço ideia. Vai querer comer alguma coisa? Está com fome?

– Estou sempre com fome – respondi.

– O que você quer comer?

– O que você quiser.

– Por mim, qualquer coisa está bom – disse ele. – O que você quiser fazer.

– *Você* está com fome?

– É, estou.

Depois de chegarmos ao consenso de que estávamos os dois no clima de comer, levamos cinco minutos para definir que a comida seria italiana e mais dez procurando no celular de Jerome lugares possíveis que servissem esse tipo de culinária. Decidimos ir a um restaurante perto do Spitalfields Market, que é aonde praticamente todo mundo vai no sábado à noite. Todos os pubs estavam lotados, com gente transbordando até as ruas. Tivemos que desviar de um grupo de mulheres muito bêbadas que riam como bobas, todas com adereços na cabeça exceto pela que usava um diminuto véu de noiva.

O lugar era minúsculo, com cerca de dez mesas. Restaurantes pequenos, concluí, são lugares assustadores. Restaurantes pequenos ficam observando você. Ficam esperando algo de você. É preciso ser um tipo superior de pessoa, e eu não sabia se já tinha chegado lá. Fomos conduzidos a uma mesa como se fôssemos um casal, o que de fato éramos. Quando me ofereceram uma taça de vinho para começar, ri bem alto, e o garçom só me olhou e se afastou. Um pratinho com pães surgiu na mesa entre nós dois e as taças foram retiradas com um movimento rápido que achei meio carregado de julgamento.

Como eu já tinha planejado, pedi o prato mais barato ou quase o mais barato, o que acabou sendo espaguete com almôndegas. Jerome pediu risoto, que só parece mais refinado. Minha comida soava como refeição de criança. Talvez eu devesse pedir também um giz de cera.

– Como estão indo as coisas desde que você voltou? – perguntou ele.

– Bem – respondi.

– É mesmo?

– Aham. Quer dizer, ainda não estudei nada, então vamos ver como eu me saio.

Embora eu falasse com Jerome todo dia quando estava em Bristol, não tinha mencionado que estava ignorando todos os deveres e matérias da escola. Nunca discutíamos o assunto. Como se meu empenho escolar, ou melhor, a falta dele, fosse meu segredinho sujo – ao contrário das coisas melosas e às vezes vagamente safadas que dizíamos um ao outro. Era minha vergonha secreta.

– E você? – perguntei.

– O processo de seleção para Oxford e Cambridge abriu em outubro. Não me inscrevi. Os de Bristol e Durham abrem em janeiro, mas... acho que vou tirar um ano para tentar abrir um negócio próprio, só para ver se dá certo.

– Uma empresa?

– Turismo – respondeu ele. – Comecei a fazer uns tours do Estripador, como guia, quando você estava fora. Não contei antes porque... bem... Eu não mencionava você. Mas é que tinha tanta gente por aqui o tempo todo, querendo conhecer a área, então...

– Não tem problema – falei.

E não tinha mesmo. Jerome havia ficado obcecado pelo Estripador desde o início.

– Minha ideia era continuar aqui em Londres durante meu ano sabático e fazer essas caminhadas turísticas guiadas e uns trabalhos como freelancer. Vou ficar esse tempo no quarto de hóspedes de um tio meu em Islington. Assim posso juntar dinheiro para pagar a faculdade. Não é o ano sabático mais empolgante do mundo, mas pelo menos vou conseguir me virar. E você?

– Acho que... que vou voltar para os Estados Unidos e...

Nesse ponto fui interrompida pela chegada de um prato que continha pouquíssimo espaguete e três almôndegas sugestivamente grandes.

Processos de seleção. Eu deveria estar pensando nisso. Deveria ter feito os exames em novembro, mesmo não estando nos Estados Unidos. Deveria começar a pedir cartas de recomendação. Muitas coisas não tinham acontecido. O buraco chamado "meu futuro" se alargou um pouquinho mais.

Eu podia voltar para os Estados Unidos e repetir de ano. Podia trabalhar na mercearia da srta. Gina e passar um ano guardando dinheiro, como Jerome pretendia fazer. Talvez eu fosse assimilada de volta na teia de maluquice que era Bénouville, Louisiana, e nunca, jamais, saísse de lá novamente. Afinal, aquele lugar era um pântano, e pântanos sugam as pessoas.

– Estou meio que no modo improvisação por enquanto – falei, cutucando meu macarrão.

O garçom pairava ao redor, mudando de lugar nossa cesta de pães e vagando perto da mesa sem propósito, solicitando atualizações quanto a nossos níveis de satisfação enquanto enfiávamos garfadas de comida na boca. Se encontros fossem sempre assim, então eram meio estranhos. Eu sentia como se estivessem vigiando cada movimento meu. Acho que Jerome se sentia tão desconfortável quanto eu, portanto dispensamos a sobremesa, pagamos a conta e decidimos dar uma volta pelo mercado. Em seguida, andamos pelas ruas agitadas, de mãos dadas. Jerome falou sobre algumas coisas que estavam acontecendo no prédio dele, e foi bom ouvir um pouco para variar.

Voltamos para Wexford pelo caminho mais longo, que era pela Bishopsgate Road, atravessando a multidão de gente a entrar e sair da estação de Liverpool Street. De lá, pegamos a Artillery Lane, uma rua muito estreita e muito dickensiana que segue ao longo do campus. Não havia ninguém por perto. Ali era, na prática, o mais próximo possível que chegaríamos de Wexford sem entrar na propriedade em si. Paramos em um pequeno recuo na calçada próximo a um dos prédios, uma espécie de apêndice do beco onde ficavam as lixeiras. Um sub-beco reservado a sacos de lixo é também um bom lugar para beijar. Quer dizer, as pessoas comentam sobre o topo da Torre Eiffel e praias tropicais ao pôr do sol... mas esses lugares exercem muita pressão, como se esperassem alguma coisa do casal. É carregar demais no cenário. Um beco escuro de Londres oferece privacidade real e não julga ninguém. Deve até ficar feliz por receber visitantes com a intenção de se beijar, já que esses becos provavelmente veem cenas muito mais desagradáveis, noite após noite.

Prova disso era a pequena pilha de garrafas de vodca vazias, a camiseta descartada e o pé de tênis sem o par, todos largados no canto mais escuro.

Apoiei as costas no muro, sentindo os tijolos gelados no pescoço. Jerome afastou o cabelo do meu rosto, porque o vento tinha apertado um pouco e jogado algumas mechas na minha boca. (Ah, a eterna paixão entre cabelo e boca. Ele sempre atrás dela. A boca se abre e o cabelo diz: "Vou entrar! Vou entrar!", como um dentista obcecado.)

– Está tudo bem? – perguntou Jerome, naquele tom de voz grave e meio rouco, a voz universal dos momentos de beijo.

– Hã? – falei, muito sexy.

– A gente aqui. Tudo bem... por você?

– Ah. Sim. Não. Quer dizer, tudo bem. Está ótimo. Vamos lá.

Aí, sim, ficou esquisito. Nunca seja esfaqueado: torna *tudo* esquisito.

Ele se inclinou devagar, se aproximando mais, e eu me vi dividida entre duas emoções muito díspares: uma era o calor borbulhante e a excitação geral, o formigamento no corpo, e a outra era a consciência crua de que beijar é meio estranho. Os olhos semifechados; a boca em formato de *O*; aquele pedacinho do interior dos lábios do outro que você vê quando ele faz biquinho para o beijo.

Jerome parou quando estava quase chegando ao meu rosto.

– Isso não está certo – disse ele.

– Está, sim – falei. – Muito certo. Vem cá.

Então o puxei e arranquei um beijo dele. E acho que ele gostou do ímpeto da coisa (embora talvez eu tenha exagerado um pouco no ímpeto, porque cheguei a sentir o leve retinir de dentes batendo). Após alguns instantes, comecei a relaxar e me permiti fechar os olhos por completo, enfiando a mão no cabelo de Jerome, sentindo o calor de todo aquele envolvimento. Estava tudo indo bem, até que alguns garotos do colégio passaram por ali e começaram a dar risadinhas. Um deles nos interrompeu para reclamar que a maçaneta do quarto dele tinha quebrado.

– Acho que é melhor a gente entrar – disse Jerome.

No caminho, passamos pelo pub Royal Gunpowder. A calçada em volta estava repleta de flores e de velas presas no gargalo de garrafas.

– Por que essas coisas estão aqui? – perguntei.
– Ah. Então. Aconteceu depois que você foi embora.
– Aconteceu o quê?
– Um dos funcionários matou o dono – contou ele.
– Houve um assassinato ao lado de Wexford?
– Não teve a ver com aquilo. O cara que matou tinha problema com drogas. A imprensa fez um alarde com o caso, por causa da história toda do Estripador, que tinha acabado de ser encerrada, mas foi apenas uma coisa chata, só isso.

"Coisa chata" não deve ser a melhor forma de se descrever um assassinato, mas entendi o que Jerome queria dizer. Um incidente daqueles ali tão perto da escola era bizarro e desagradável. Julia tinha mencionado que, se eu soubesse de outros casos de violência nos jornais, poderia imaginar relações com o que acontecera comigo ou ter lembranças desagradáveis despertadas. Mas eu entendia: coisas como aquela aconteciam. Não eram legais, mas tampouco tinham relação uma com a outra. Mantive a calma.

Acho. Talvez eu tenha me afastado dali meio que às pressas, mas, fora isso, mantive a calma.

Podíamos ter ficado um pouquinho mais, pois ainda não tinha dado o toque de recolher, mas sentíamos que o encontro já chegara ao fim. A ida ao restaurante, as conversas – tinha sido exaustivo. O beijo foi bom enquanto durou, mas o começo tinha exigido certo esforço. E havíamos encerrado a noite passando pelo cenário de um crime. Hora de Rory ir para a cama.

Trocamos um beijo rápido em frente a Hawthorne. Nada muito efusivo, mas o suficiente para atrair a atenção das pessoas em volta. Um beijo de declaração. Então entrei e subi os degraus rangentes para o quarto. Jazza ainda não tinha voltado da social germânica, por isso eu tinha o quarto só para mim por um tempinho. Vesti o pijama e me deitei.

Por que aquela noite tinha sido tão *estranha*?

Um pensamento muito desconfortável me ocorreu: eu não conseguia identificar muito bem *por que* gostava de Jerome. Tudo bem, ele gostava de mim. E era inglês. E bonito. Meio que bonito? Qual era meu conceito de "bonito"?

Ele tinha uma cabeça meio grande.

Por que eu estava me lembrando disso naquele momento? Quais eram meus padrões para julgar? A cabeça de Jerome era *normal*. Aliás, por acaso a aparência importava? Eu gostava de ficar de amasso com ele. Gostava de namorar Jerome, gostava que nos vissem juntos. De forma geral, era tudo bom.

Talvez os relacionamentos fossem assim.

Eu estava pensando demais nisso. As sessões com Julia não tinham avançado muito, mas ela tinha me dito que eu poderia vir a reagir de forma estranha em "situações de intimidade física e emocional". As coisas podiam ser estranhas no início, mas, no geral, eu estava indo bem. (A propósito, é evidente que eu tinha prestado muita atenção ao que ela dizia. Julia tinha entrado na minha cabeça.)

Levantei da cama e fui até o quarto ao lado. Gaenor e Angela estavam lá. As duas eram facilmente as garotas mais barulhentas do corredor, talvez do prédio inteiro. Talvez do mundo. Elas nunca se incomodavam que eu fosse ao quarto delas para espairecer um pouco. Era suficiente para afastar a escuridão que me rondava: ser normal.

Apenas ser normal. Era disso que eu precisava.

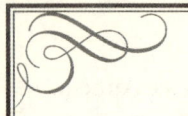

9

N<small>O DOMINGO, QUANDO ACORDEI, J</small>AZZA <small>JÁ TINHA</small> saído. Porque acordei ao meio-dia.

Em casa, eu sempre acordava a essa hora nos fins de semana, mas nunca tinha feito isso em Wexford. Ninguém fazia, a não ser que estivesse doente. Havia algo de indizivelmente decadente em acordar tão tarde. Eu me sentia extravagante, como se fosse sair por Wexford usando o robe de poliéster sedoso que minha avó tinha me dado de aniversário. Minha avó basicamente usa seja lá o que a celebridade do momento esteja usando e tende a me dar itens desse tipo também. Entre eles está o robe sedoso já mencionado, um baby-doll do mesmo tecido, uma camisola de renda transparente e uma meia arrastão. Eu não tinha levado o robe para Wexford, porque achava que a boa gente inglesa não precisava ver o contorno das minhas coxas sob a seda enquanto eu caminhasse languidamente pela manhã.

Além do mais, me dei conta de que estava sozinha mais uma vez. Antes – o grande antes, que parecia muito remoto e muito diferente do agora –, eu sempre me sentia sem privacidade alguma. Sempre tinha mais alguém no quarto. Geralmente Jazza, e certamente Bu, que costumava me seguir como uma sombra aonde quer que eu fosse. Mas Jazza vivia saindo. Afinal, estava chegando a semana de provas, portanto a agenda dela estava cheia de encontros de grupos de estudo e ensaios. O quarto vinte e sete era todo meu. Um quarto grande, solitário e frio. Vesti o casaco – que servia não só como casaco, mas também como roupão e amuleto da sorte.

Ao cruzar o corredor, notei que estava tudo muito quieto. Por algumas portas entreabertas, vi garotas concentradas nos estudos, debruçadas sobre livros e laptops. Eu era a única passeando pelos corredores, recém-desperta. Tomei um banho, me vesti e tentei entrar no ritmo em que todos os outros estavam. Deixei apenas uma fresta aberta na porta do quarto e me instalei à escrivaninha. (A questão da porta era para ser convidativa a visitas e porque eu sentia que tendia a estudar mais se tivesse gente me vendo.)

E realmente estudei. Li um pouco das matérias. Fiz uns exercícios de francês, alguns de matemática.

Só fiz um intervalo quando notei que tinha escurecido lá fora; ainda não por completo, mas a atmosfera tinha adquirido um tom turvo, um desvanecer ressaltado pelo céu nublado. Três da tarde e já parecia fim de tarde. Avaliei meu rendimento até então, passando o polegar pelas bordas das páginas lidas e enumerando as tarefas que eu concluíra. Tinha me saído razoavelmente bem, melhor do que qualquer coisa que eu havia feito nas semanas anteriores, mas ainda estava ridiculamente longe de ser suficiente.

Então me veio a certeza, total e absoluta, de que eu seria reprovada em todas as matérias. Eu já sabia, já tinha até enunciado o fato em voz alta. Mas nunca o tinha absorvido no corpo. Cheirado. Sentido o gosto.

Aquilo era fracassar. Fazer tudo o que era possível e mesmo assim saber que não seria suficiente.

Fechei a porta para entrar em pânico sozinha.

O que eu estava fazendo ali? Tinham me trazido de volta para Londres, e para quê? Eu me sentia fingindo, interpretando o papel de uma estudante. Tinha o figurino e os adereços, mas não pertencia àquele lugar. Eu havia prendido anotações no mural de cortiça idiota em frente à escrivaninha, marcado trechos de livros... mas nada tinha *sentido*.

Passei quase uma hora seriamente tentada a pegar minha mochila, enfiar algumas coisas e entrar no primeiro trem para Bristol. Se eu fosse rápida, estaria de volta ao sofá dos meus pais ainda naquela noite. Poderia admitir que não estava preparada para tudo aquilo, que aquele semestre já era. Eles iam amar, com certeza. Não pelo semestre letivo jogado fora, mas por terem a filha de volta, onde podiam protegê-la. Seria tão fácil. O simples pensamento já me enchia de calor. Não tinha problema desistir; eu havia sido corajosa. Todo mundo diria isso.

Mas... mesmo ao abrir uma das gavetas do armário e considerar, naquele cenário hipotético, o que levar para Bristol, eu me lembrei do problema.

Ainda haveria fantasmas.

Eu ainda tinha um futuro.

Ainda teria que voltar para o colégio *algum dia*. Não dava para ficar encolhida no sofá e me negar a viver indefinidamente. A vida nunca deixaria de ser uma série de momentos dolorosos, e a questão era: eu ia me recolher à posição fetal ou ia posar de adulta? Fui me deitar em posição fetal para decidir. Até que era uma posição bem confortável.

Eu precisava de ajuda.

Arrastei o corpo até o pé da cama e estiquei o braço ao máximo para alcançar a primeira gaveta da escrivaninha e pegar aquele cartão. Jane Quaint. A psicóloga que tinha transformado Charlotte na resplandecente Nova Charlotte. Que tirara dela o medo da escola e da vida. Dei uns tapinhas no cartão com a unha, passei a borda sob o queixo. Eu já havia tido uma psicóloga, que se provara um exercício inútil. Uma perda de tempo. Uma encheção de saco total. Mas aquela mulher fez alguma mágica em Charlotte, tornando-a plenamente funcional. Talvez eu ficasse plenamente funcional também.

A escuridão se acumulava lá fora. Meu Deus... tão escuro, tão cedo. Meus livros tão grandes. Minha confusão tão completa.

Não custava nada ligar.

Eu ia ligar.

E logo. Ia ligar naquele momento.

Os telefones ingleses têm um toque duplo que eu ainda achava engraçado e charmoso, quase como um sapinho coaxando. No terceiro coaxar, eu estava prestes a desligar, quando uma voz atendeu, surpreendentemente grave, mas, ao mesmo tempo, nitidamente feminina.

– Oi. Meu nome é Rory e eu...

– De Wexford? – interrompeu-me a mulher.

– Hã... sim.

– Sei quem você é, querida. Amiga de Charlotte, não?

Eu não diria exatamente amiga, mas por que entrar naquele detalhe?

– Isso.

– Fico contente que você tenha me ligado. É um grande alívio para mim.

– É?

– Não foi pouca coisa pelo que você passou – disse ela. – E, pela sua voz, estou com a impressão de que seu dia também não está sendo muito fácil.

Pigarreei.

– É, não está mesmo – confirmei.

– Por que não dá um pulo aqui?

– Como assim? Agora?

– Por que não? Meu domingo está bastante tranquilo. Por que não dá um pulinho aqui, para nos conhecermos?

Por mais curto que tivesse sido nosso diálogo até então, entendi o fascínio de Charlotte por ela. Julia era agradável, mas fria; conversava em um tom claro e firme. Julia não me convidaria para "dar um pulinho" no consultório. O tempo de duração era exato; os minutos, cravados. Já aquela tal de Jane falava mais como uma amiga. Ela me deu um endereço em Chelsea e, quando perguntei em qual estação do metrô deveria saltar, dispensou a ideia.

– Ah, pegue logo um táxi, querida. Eu pago quando você chegar.

– Você... Sério?

– Claro. Venha logo. Eu tenho um tempinho.

Já estava arrependida de ter ligado. Tinha concordado em ir encontrar aquela estranha e não podia voltar atrás. Ela ia até pagar o táxi para mim, o que era... bem, esquisito à beça. Se bem que os assuntos médicos na Inglaterra eram diferentes. Bem, não tinha volta. Eu havia ligado e aceitado ir encontrá-la. Tentei me consolar dizendo a mim mesma que fazer alguma coisa era melhor do que continuar perdida e desesperada.

No táxi, enquanto eu serpenteava pelas ruas, começou a cair uma chuva forte. E Londres é uma cidade muito sinuosa. Acho que não existe uma única linha reta na área metropolitana.

A água da chuva descia abundante pelas janelas do táxi, a ponto de eu nem sequer enxergar por onde passávamos. Captava apenas o brilho dos letreiros e o vermelho dos ônibus. Quando chegamos ao endereço, o temporal tinha engrossado de tal forma que me perguntei como atravessaria a calçada até a porta. É por isso que os ingleses não saem de casa sem um guarda-chuva. Eu era uma idiota.

Trinta e seis libras. Era um valor altíssimo a se pagar por uma corrida de táxi, e senti uma pontada de pânico, porque não tinha essa quantia na carteira. Havia entrado naquele táxi acreditando na palavra de uma pessoa desconhecida com quem eu falara ao telefone. Olhei para a casa, me perguntando o que ia acontecer. A casa recuada e gentilmente protegida por um muro de tijolinhos com um portão de ferro preto. Esse portão foi aberto por uma mulher que trazia um guarda-chuva de proporções industriais. Deduzi que fosse Jane, pois ela se dirigiu direto à janela do motorista, e, quando ela falou com o taxista para pagar a corrida, reconheci a voz. Era mesmo Jane.

Jane Quaint parecia ter uns sessenta anos. Seu cabelo era de um tom ruivo-alaranjado furioso, que causava um contraste gritante com a pele muito clara e muito delicada. Não tinha como aquela cor ser natural – aquele tipo de laranja pulsante raramente existe senão em frutas ou pássaros tropicais. Ela usava uma roupa que consistia em muitas dobras e vincos e camadas de um fino tecido de lã cinza que dava voltas e mais voltas no corpo, vindo de todas as direções possíveis. Não identifiquei se era um xale, um suéter ou um vestido. Descia muito folgado até os joelhos, altura em que parecia virar uma calça. O troço todo era preso no alto do ombro direito, por um comprido alfinete prateado no formato de uma seta curva.

Abri a porta do táxi, hesitante, quando Jane se aproximou, abrindo espaço para mim sob o guarda-chuva.

– Que dia *lamentável* – comentou ela. – Venha. Vamos entrar e fugir disso.

O portão encerrava uma área reduzida com piso de lajotas vermelhas, pontuada por algumas pequenas plantas em vasos. Era, sem dúvida, uma casa grande para os padrões londrinos: três andares, três janelas na fachada. Por não dividir nenhum muro com casas vizinhas, erguia-se como uma imponente pilha de tijolos completada por um estreito pórtico em frente à porta principal.

Jane deixou o guarda-chuva em um suporte no hall de entrada, que estava às escuras. O papel de parede era de um preto intenso, com uma estampa de conchas em dourado metálico. Toda a decoração tendia para tons escuros, geralmente preto com detalhes dourados. Minha atenção foi capturada por um leopardo de tamanho real em um canto, todo em porcelana e pintado de prata e preto.

– Ainda sou muito apegada aos meus gostos da juventude – explicou Jane. – Eu era um tanto roqueira. Depois passei dessa fase e entrei para a psicologia, mas mantive a decoração. Ao que parece, se você guarda as coisas, após um tempo elas voltam como estilo.

– Gostei – falei.

– Que gentil. Uma amiga minha diz que parece um bordel vitoriano em Marte, uma definição que sempre me agradou bastante. Venha comigo até a cozinha. Acho que precisamos de chá.

A casa estava bem aquecida, o que era ótimo, e a cozinha, mais ainda. Era imensa e sem nada preto. Ao contrário do pesado estilo *art déco* do hall, a cozinha era de um verde alegre, com uma grande mesa rústica e vários pratos decorativos em volta.

Jane foi fazer o chá. Eu me instalei em um banco e tentei pensar em uma forma de abordar a parte mais embaraçosa daquilo tudo. Concluí que seria preciso perguntar diretamente e pronto.

– Charlotte me disse que o valor da sessão...

– Eu não cobro – declarou ela, me interrompendo. – Tenho minha independência financeira e faço esse trabalho por vocação. Quem pode prover um serviço gratuito à sociedade deve fazê-lo. É como penso. Então: chá ou café?

– Café, talvez?

– Certo. Ah, e aqui...

Ela indicou o balcão junto à janela, coberto por recipientes de plástico que continham, ao que parecia, doces de confeitaria. Muitos, muitos doces.

– Tenho uma cliente que é confeiteira – explicou Jane. – Não aceito dinheiro, mas algumas pessoas me trazem pequenos presentes. Essa cliente sempre garante que eu tenha um estoque completo de doces. Espero que você não seja daquelas meninas que não comem.

– Ah, sim, eu como.

– Que bom. Não é à toa que as pessoas buscam conforto na comida. Não estou querendo dizer que devemos comer esse tipo de coisa o tempo todo, mas é inegável que a comida proporciona certo consolo. E, se você está em um dia ruim, talvez a melhor solução seja recorrer a um brownie. Seja gentil consigo mesma e recorra à boa e velha glicose. Tome.

Fui presenteada com um brownie em um lindo pratinho de porcelana rosa-claro decorado com um desenho rebuscado típico das louças inglesas.

– Experimente – disse Jane. – Angela é ótima. Ela usa todo tipo de ingrediente exótico: curry, folhas de chá, pimentas, ervas. Temperos que você jamais pensaria em usar em doces.

Ela tem um talento assustador. Acho que ela vai aparecer em algum programa de culinária... Não posso me esquecer de perguntar quando vai ser.

Jane aprontou uma bandeja com um conjunto de chá e café, incluindo folhas de chá para ela e, para mim, uma glamorosa cafeteira francesa de dose única.

– Muito bem – disse ela, pegando a bandeja. – Por aqui. Pode abrir a porta para mim?

Ela me conduziu por portas duplas a um cômodo que nada tinha a ver com a entrada preta: era todo em branco e prata, totalmente suave. Havia um tapete branco muito fofo, poltronas de couro branco, um sofá branco. As paredes ali eram nuas exceto por alguns diplomas emoldurados. Identifiquei os nomes da Universidade de Oxford e do King's College. Em uma das pontas do tapete vi uma cadeira em formato de bola, de um prateado brilhante, como um ovo em que se podia entrar. Um casulo. Era exatamente o que eu queria naquele momento.

– Vá em frente – disse Jane, apontando com o queixo para o foco do meu olhar. – As pessoas adoram essa cadeira.

Ela se instalou no sofá e encheu uma xícara de chá para si.

– Muito bem. Vou lhe dizer o que sei sobre você, e o resto você me conta. Sei que se chama Aurora, ou Rory, e sei que foi perseguida e atacada pelo Estripador.

– Eu mesma.

– E imagino que todo mundo esteja perguntando como você se sente com o que aconteceu. Vou arriscar um palpite: você não se sente bem. Mas, para quem vê de fora, você parece estar indo muito bem no processo de recuperação.

– Sério?

— Ora, você voltou para o colégio e, pelo que ouvi de forma muito casual, está se saindo muito bem. Charlotte tem grande estima por você.

— Tem, é?

— Claro.

Dei mais uma garfada grande no brownie.

— Olhe, é que eu já fiz terapia, e não foi... Eu não gosto muito de falar sobre o que aconteceu.

— É compreensível. Mas você deve saber que falar sobre algo geralmente é o caminho para lidar com uma questão, digeri-la.

— Eu sei, mas... não consigo.

Julia teria laçado aquele ponto e descido com tudo, explorando minha alma sem piedade, mas Jane apenas deu de ombros, tirou os sapatos e ergueu as pernas, enfiando os pés debaixo do corpo.

— Há quem prefira falar sobre os episódios ruins que enfrentaram, para processar pouco a pouco. Outros, não. Por que não conversamos sobre como tem sido sua volta para Londres? Podemos conversar sobre o que quiser. Por que você me ligou hoje?

— Eu estava fazendo trabalhos para a escola e estudando e percebi que estou morta – expliquei.

— "Morta" seria um termo forte para o caso, não?

— Não.

— Que tal você me explicar melhor?

E expliquei. Contei sobre o colégio, contei que quando estava em Bristol tinha recebido todas as matérias e deveres, mas nem tinha tocado neles. Contei que tinha empilhado meus livros e meio que me sentido indiferente àquilo por um tempo, mas que, de repente, todos os sentimentos vieram à tona. Contei do medo de ficar para trás e, de forma geral, de não me sentir pertencente a Wexford. Contei que, se eu fracassasse na escola, não teria mais lugar no mundo e que meu futuro parecia muito nublado no momento, como se eu estivesse dirigindo debaixo de um temporal: poderia até estar no caminho certo, mas o mais provável era que estivesse indo direto para um muro ou prestes a cair em um rio caudaloso.

Falei que, apesar da saudade de casa, não tinha a menor vontade de voltar. E que era empolgante ter um namorado, mas que às vezes eu nem sabia por que gostava dele.

Caramba, como eu falei! Até para meus padrões, falei muito. Entendi por que Charlotte se sentia melhor perto de Jane: eu sentia que podia contar tudo. E ela não ficava de olho no relógio. Apenas ouvia. Não tentava me obrigar a ir por determinado caminho ou explorar algum assunto. Jane só me interrompeu quando falei que só queria ser normal.

– Vou dizer uma coisa... – Ela se inclinou para a frente e ajeitou na mão a xícara de chá havia muito vazia. – Não existe um normal. Eu nunca conheci uma pessoal normal. É um conceito equivocado, porque sugere que só há um jeito que as pessoas devem *ser*, o que é impossível. A experiência humana é diversa demais.

– Mas eu conheço gente normal – retruquei. – Juro.

– Você conhece gente que leva bem a vida, e algumas das pessoas que mais bem sabem levar a vida estão longe de ser o que a maioria chamaria de *normal*. E é por isso que eu nunca me preocupo com o normal. O que penso é que, em termos gerais, existem dois tipos de pessoas: aquelas que já viram a morte de muito perto e as que não viram. Pessoas que sobrevivem, como nós...

– Como nós?

– Ah, sim. – Ela assentiu. – Eu sou como você. Também já estive muito perto da morte. É por isso que estou aqui. Por isso é que faço o que faço. Porque eu *sei*.

Ela recuou ligeiramente, instalando-se melhor no sofá, e ajeitou as dobras da complicada roupa que vestia.

– Em Yorkshire, onde cresci, havia um homem no fim da minha rua que consertava TV. Nunca gostei dele. Sempre sentia que ele me olhava estranho quando eu passava. Nunca tinha pensado realmente que havia alguma coisa errada com ele, só sabia que não gostava de como me sentia quando ele me olhava. Certa noite, mais ou menos nessa época do ano, estava tarde e eu estava voltando a pé da casa de uma amiga. Peguei um atalho por um campo. Aquele tipo de coisa nunca tinha me preocupado, porque não acontecia nada de ruim na nossa cidadezinha. Foi quando percebi que não estava sozinha. O homem vinha atrás de mim. Perguntei o que ele estava fazendo ali, e ele respondeu que tinha me visto passar e me seguido para me proteger até em casa. E acho que naquele momento eu percebi. Acho que percebi que se alguém segue você a alguns passos de distância não é bom sinal. É nosso instinto animal. Quando ouvi que ele apertava o passo, saí correndo. Fui na direção do bosque que havia na extremidade do campo. Ele me alcançou.

"Vou lhe dizer, ele não esperava que eu resistisse como resisti. Peguei um pedaço de um tronco grosso de uma árvore caída e dei um belo de um golpe nele. Nunca vou esquecer, porque a lua estava muito clara aquela noite, e eu estava enfrentando um homem com um tronco de árvore, usando uma força que eu desconhecia em mim. Quase o venci, mas ele tirou o tronco de mim. Eu fugi e comecei a gritar. Era um lugar razoavelmente distante de qualquer casa, mas meus gritos devem ter cruzado aquela distância. Com certeza assustaram as ovelhas."

O tempo passava a uma velocidade estranha. Eu estava imersa na história, como se estivesse lá enquanto acontecia.

– Olhe, ele me acertou com uma força... – continuou Jane. – Um soco bem na nuca. Fiquei atordoada. Acho que àquela altura ele estava em pânico, porque xingava e arfava. Fui arrastada campo adentro, pela lama e pelo esterco, e ele então me deu mais uma pancada e me empurrou para um lago pequeno que havia ali, de onde os animais bebiam água. A profundidade era de apenas alguns metros, mas foi suficiente. Perdi a consciência por alguns instantes, acho, mas uma parte minha me mandava ficar acordada. E eu fiquei. Lutei e fiquei acordada. Eu nadava muito bem, era como um peixe dentro d'água, e o que fiz foi: me fingi de morta. Ele fugiu, assustado. Então saí do lago e desabei na grama, e ali eu olhei para o céu... e tudo estava diferente. Depois disso, eu sentia como se tivesse duas vidas. Havia a Jane de antes, aquela que todos conheciam e achavam agradável, aquela que queriam consolar e ajudar a se recuperar, e havia a outra Jane, uma Jane oculta que ninguém jamais via. Havia uma Jane que tinha sentido o gosto da morte. E aquela Jane sabia coisas que os outros não sabiam. Você entende?

Só assenti. Minha cabeça latejava de leve; eu precisava voltar para Wexford. Estava ficando tarde.

– Preciso ir – falei. – Eu já... já estou me sentindo melhor.

– Que ótimo.

Jane me acompanhou até a porta. A chuva tinha diminuído até se tornar um chuvisco leve, e o céu estava escuro e limpo. As lâmpadas dos postes tremeluziam e refratavam a luz. Londres é linda; ah, se é. E tem um cheiro muito límpido depois da chuva.

– Gostaria de conversar com você novamente – disse Jane. – Minha política é de que, uma vez que assumo um cliente, me coloco à disposição. Pode vir aqui sempre que tiver um dia ruim.

– Obrigada.

– É sério. Espero ver você de novo. Pegue um táxi para voltar – disse ela, botando duas notas de vinte na minha mão.

– Não posso aceitar – falei. – Não precisa fazer isso.

– Eu sei que não preciso, Rory. Mas quero. – Ela pôs a mão no meu ombro. – Vou lhe dizer mais uma coisa. Após aquela noite, eu nunca mais fui a mesma, mas de um jeito bom. Fui embora da minha cidade e vim para Londres. Fiz tudo o que sonhava fazer. Conheci astros do rock e muita gente incrível. Tive uma vida maravilhosa. E tudo porque naquela noite, naquele campo, vi algo muito poderoso. *Senti* algo muito poderoso. Eu sobrevivi. Assim como você. O que as pessoas nunca vão lhe dizer, ou talvez jamais consigam entender, é que o que aconteceu a nós duas pode ter um efeito muito positivo. Pode nos tornar fortes.

Uma coisa estranha aconteceu quando me afastei da casa de Jane: eu estava finalmente pensando com *clareza*. Charlotte tinha razão: Jane sabia ajudar as pessoas. Depois que coloquei para fora algumas questões, que meu cérebro estava livre do pó e da sujeira, eu conseguia, finalmente, pensar com clareza. A chuva tinha um forte cheiro de ferro. O frio me deixava alerta, mas sem incomodar. Minha respiração saía em uma grande nuvem branca em frente ao rosto; eu ri: parecia que estava respirando fantasmas. Eu não estava na terra de longas vias expressas e lojas repletas de caixas enormes e intermináveis verões úmidos; estava em Londres, uma cidade de pedra e chuva e magia. Os ônibus vermelhos, as cabines telefônicas e as caixas de correio causavam um choque violento em contraste com o cinza do céu e das pedras. O vermelho representava sangue e corações pulsantes.

E eu era forte.

10

Amanhã seguinte foi a mais úmida que eu já tinha visto na vida, e eu já tinha enfrentado alguns furacões. Não sei se realmente chove mais na Inglaterra ou se é só que lá a chuva parece tão deliberadamente irritante. Cada gota atingia a janela com um rabugento "Estou incomodando você? Deixando você molhado e com frio? Oh, perdão". A praça tinha virado uma piscina de lama, e os paralelepípedos estavam escorregadios; quase morri umas seis vezes no caminho até o prédio principal.

Minha primeira aula do dia era Matemática Ulterior, que tinha multiplicado o nível de complicação até alcançar uma zona incompreensível de matematicidade. Em seguida, Francês, descobri que minha turma havia começado a ler um romance. Um *romance*. Em francês. Além de não ter começado a leitura, eu nem sequer tinha o livro, então fiquei lá olhando para o nada enquanto todo mundo lia um livro que eu não tinha. Gaenor se sentou ao meu lado para que eu acompanhasse com ela, mas não foi de muita ajuda, porque eu não sabia o que tinha acontecido na história até ali e não entendia rápido sem a ajuda de um dicionário.

Normalmente eu já me distraio vez ou outra durante as aulas, e naquele dia eu estava cansada, estava chovendo e a turma inteira lia um negócio que eu não entendia. As palavras nas páginas se fundiam umas nas outras, enquanto o ritmo da chuva tamborilava na minha mente. A sala estava tão quentinha...

Acordei com uma cotovelada de Gaenor, que me acertou bem na região da cicatriz. Acho que ela percebeu, porque levou a mão à boca, assustada. Mas não doeu. A professora estava nos olhando. É claro que ela tinha me visto cochilando. Esfreguei o rosto e tentei fingir que nada tinha acontecido. Talvez meus olhos não tivessem se fechado.

Quem eu estava tentando enganar? Minha cabeça estava *longe*.

– Está se sentindo bem? – perguntou madame Loos ao fim da aula.

– Eu tomei um... hã... um analgésico – falei. – Tive que tomar. Desculpe.

Que grande mentirosa eu era. E a mentira veio com uma rapidez desconcertante. A professora assentiu brevemente, e fim de conversa. Ninguém ia reclamar de analgésicos com a Garota da Facada.

Na aula seguinte, de Literatura Inglesa, aconteceu a mesma coisa. Eu estava tão atrasada na matéria que não entendia nenhuma referência. Passei o dedo pela borda das páginas da antologia que era nossa leitura principal, tentando estimar quantas páginas eu estava devendo. Umas cento e cinquenta, ao que parecia. Só havia uma saída: ler aquilo tudo. Eu teria que ler, ler, ler e ler até os olhos caírem. Afinal de contas, encarar ensaios e poemas de 1770 não é propriamente a mesma coisa que devorar um romance contemporâneo. Exige mais concentração, mais tempo para processar o conteúdo.

Então fiquei rabiscando com nervosismo um cavalo peidando um arco-íris enquanto tentava parecer muito absorta em reflexões. Dali em diante teria que tomar muito mais café. O dia inteiro, todos os dias.

O estranho era que eu *realmente* me sentia melhor quanto à situação toda. Jane tinha feito alguma coisa. Os fatos permaneciam os mesmos, mas meus sentimentos em relação a eles estavam muito mais positivos. Sim, eu estava cansada e atrasada nas matérias. Grande coisa. Eu tinha sobrevivido. Estava seguindo em frente. O caminho era pegar o laptop, me entupir de café e obrigar o cérebro a absorver informações. Dizem que o café deixa as pessoas mais inteligentes. E eu tinha a tarde inteira pela frente. Com determinação, dá para fazer muita coisa em uma tarde.

Peguei a Artillery Lane com destino a uma cafeteria. No caminho, parei em frente ao Royal Gunpowder para olhar as diversas homenagens deixadas ali para a vítima. Havia garrafas, mas também mensagens e flores, algumas já murchas ou secas em meio a outras recém-depositadas. Haviam colocado por dentro da janela, virada para a rua, a foto de um homem de meia-idade. Parecia grandalhão e simpático, com um rosto muito vermelho. Ao lado da foto, uma vela votiva não acesa. Na parede, logo abaixo da janela, alguém havia escrito em caneta pilot preta: JUSTIÇA PARA CHARLIE.

Quando a chuva ficou mais forte, tive que apertar o passo para que o laptop não molhasse. Estava na minha mochila e eu tinha um guarda-chuva, mas sempre fico paranoica com esse tipo de coisa. Na cafeteria, já a salvo da chuva e com uma xícara cheia de café à frente, acessei o Wi-Fi e decidi procurar algumas matérias sobre o que tinha acontecido no pub. Havia muitas à escolha. Existem alguns jornais ingleses bem fuleiros, de forma que me deparei com várias manchetes deste tipo:

PROPRIETÁRIO DE PUB PAGA O PREÇO POR BOAS AÇÕES

Charles Strong conhecia bem os perigos da bebida. Reabilitado do alcoolismo havia quinze anos, ele mantinha um pub sem tocar em uma gota do que servia. "Charlie acreditava que o pub era o centro da comunidade local", conta a nora, Deborah Strong. "Mesmo não bebendo, ele sempre abria o local para os clientes. Estava sempre pronto para ajudar todo mundo."

Mas Charles nunca esqueceu como é superar um vício. Ele estabeleceu para si a política de só contratar pessoas em recuperação, dando-lhes a chance de voltar ao mercado de trabalho. Charles tinha orgulho de seus funcionários, muitos dos quais já haviam até trocado de emprego. No entanto, o altruísmo de Charles pode ter sido o que o levou à morte. Na manhã do dia onze de novembro, Charles foi espancado até a morte pelo funcionário Sam Worth, um ex-viciado em drogas com histórico policial de violência. O próprio Worth chamou a polícia e indicou onde encontrar o corpo. Na cena do crime, ele alegou inocência, mas, diante de evidências irrefutáveis, assumiu a culpa. O autor do crime não ofereceu explicação para o ato, e a polícia não determinou o que pode tê-lo levado a assassinar o empregador, mas suspeita de que tenha sido uma discussão a respeito de dinheiro.

O incidente foi um choque para uma área de Londres que ainda se recupera dos assassinatos cometidos pelo Estripador. Apenas dois dias antes do assassinato de Charles Strong, uma aluna do Colégio Wexford sofreu agressão na propriedade da instituição, apenas a uma rua do Royal Gunpowder. A polícia aumentou a presença na área e declarou, por uma porta-voz: "Embora não haja conexão entre os dois infelizes acidentes…"

A BBC optou por um tom menos sensacionalista:

ASSASSINATO EM PUB PERMANECE SEM MOTIVAÇÃO APARENTE

A polícia continua em busca da motivação que levou ao assassinato de Charles Strong, cinquenta e seis anos, proprietário do pub Royal Gunpowder. Strong foi morto em onze de novembro, por um funcionário, o bartender Samuel Worth, trinta e dois, de Bethnal Green. Worth já havia sido preso por lesão corporal grave e posse de drogas, mas estava livre do álcool e de outras substâncias tóxicas por mais de um ano. Não há relatos de que tenha ocorrido uma discussão entre Worth e o empregador, e a polícia não encontrou pistas do que pode ter motivado o crime.

Worth está sendo mantido sob observação no Bethlehem Royal Hospital, após uma tentativa de suicídio. A princípio ele negou qualquer envolvimento no crime, mas, já na delegacia, voltou atrás e se declarou culpado. Worth aguarda avaliação que determinará se será levado a julgamento...

Jerome tinha contado de um jeito que fazia o caso parecer bem mais simples: funcionário mata patrão. Aquelas matérias pintavam um cenário um pouco diferente. Um homem tinha matado o próprio empregador *com um martelo* e sem motivo aparente. Talvez eu estivesse um pouco paranoica, mas sabia coisas – sabia, por exemplo, que uma história falsa sobre o Estripador havia sido inventada para despistar a população. Claro, talvez aquele cara fosse só desequilibrado, mas... dois dias depois de encerrado o caso do Estripador e virando a esquina de Wexford? Quais eram as probabilidades? Londres podia até ser uma cidade enorme e agitada, mas as pessoas não saíam por aí se matando com aquela frequência.

Peguei a Artillery Lane no sentido de volta e, no caminho, parei em frente ao pub. Andei ao redor um pouco. Estava fechado, as luzes apagadas. Espiei pelas janelas, mas não havia nada além de mesas, cadeiras e um balcão de bar, todos à espera na escuridão. Um lugar tão comum... Anúncios de drinques especiais, um caça-níquel no canto aguardando em silêncio por um jogador.

Quando estava dando a volta para olhar mais uma vez a fotografia fixada na janela, algo no chão me chamou a atenção. Eu me ajoelhei e afastei algumas das flores e garrafas, para enxergar a linha em que a parede do pub encontrava a calçada.

Uma rachadura muito fina cruzava o concreto e se projetava pela lateral do pub. Embora fina perto da rua, alargava-se em direção à parede. Eu me posicionei de costas para o pub e me virei na direção em que a rachadura seguia: logo do outro lado da rua, ligeiramente à direita. Apesar do prédio no caminho, não havia dúvidas.

A rachadura apontava direto para Hawthorne.

Uma rachadura no chão não é nenhum motivo para se empolgar. Afinal, Londres é cheia de rachaduras. São muitas calçadas, e é uma cidade bem antiga. Mas aquele maldito ditado se repetia na cabeça: "Piso rachado, pescoço quebrado." (Quem é que inventou isso, aliás? Não seria uma consequência meio exagerada para um simples piso rachado?)

Mas havia uma rachadura na calçada, e havia uma rachadura no piso do banheiro.

Passei a noite inteira pensando naquilo. Durante todo o jantar minha mente vagava longe, e me retirei mais cedo para ir de novo até o Royal Gunpowder. Estava escuro demais para ver a rachadura no chão, mas um aviso havia sido colocado na janela havia pouco: **REABRIREMOS AMANHÃ NO ALMOÇO.**

Peguei o celular do bolso e fiquei com o dedo pairando acima do contato de Stephen, que estava devidamente registrado desde que ele mandara a mensagem. Estava prestes a clicar em LIGAR quando meu cérebro ensaiou o diálogo que se seguiria. "Só para avisar... tem uma rachadura... na calçada..." Após um silêncio de constrangimento, ele provavelmente diria: "Ah, sei. Bem, obrigado por me informar."

Sim, o chão do banheiro havia se rachado na noite da explosão, porque tinha havido uma explosão. Ou uma sobrecarga elétrica. Explosão ou não, o que acontecera também tinha quebrado os vidros. É claro que é preciso um pouquinho mais de força para quebrar o piso, mas... Além do mais, a rachadura da calçada já devia estar lá havia tempos. Eu estava inventando conexões, e para chegar aonde? E daí que havia uma rachadura na calçada?

Se eu ligasse para Stephen a fim de falar essas coisas, passaria por idiota. E eu me recusava a fazer isso.

Guardei o celular.

Por acaso eu mencionei que, às vezes, quando enfio uma ideia na cabeça, ela não sai mais?

E olha que eu tento. Se parece realmente inútil ou prejudicial para mim, tento esquecer; mas essas ideias... como elas grudam! Parecem presas ao corpo por uma corrente de ferro, indo atrás de mim aonde quer que eu vá, sempre me lembrando de que estão ali. A rachadura, a rachadura. Piso rachado, pescoço quebrado.

Aquilo me perseguiu durante toda a quarta-feira, impedindo que eu me concentrasse nas aulas (o que não é tão difícil, confesso). Pensei em ir à biblioteca para expor minha questão a Alistair, mas desisti ao lembrar que quase o matei da última vez que o encontrei, e por puro acidente. Talvez fosse melhor evitá-lo até eu desenvolver algum tipo de controle sobre aquele meu novo truquezinho.

Por que eu estava tão hesitante em ligar para Stephen? Que importava se ele achasse que minha suspeita era idiota?

Naquela tarde, fiquei sentada à escrivaninha matutando sobre isso até a hora do jantar, sem fazer nada de produtivo. Já estava quase na hora de descer para o refeitório quando me ocorreu que eu não precisava falar com Stephen, pois Callum e Bu tinham registrado seus números no meu celular.

Callum com certeza faria algo a respeito, daria uma investigada. Prontamente tomaria uma atitude. Nem me questionaria. Por que eu sempre pensava em Stephen na hora de ligar para um deles?

Mandei uma mensagem.

Quer dar uma volta hoje à noite?

Não recebi nenhuma resposta durante os quinze minutos que passei encarando o celular. Por fim, voltei para o quarto, me sentei novamente à escrivaninha e tentei fazer mais alguns exercícios de matemática, mesmo olhando para o aparelho a todo momento. O jantar foi servido, e ainda nada de resposta. Mal consegui participar das conversas. Não ajudou muito o fato de grande parte das conversas à minha volta ter girado em torno das provas, um assunto em que eu não queria entrar. As provas começariam na quarta-feira seguinte, e todo mundo estava começando a meio que surtar. Meus amigos, geralmente calmos e controlados, davam pequenos sinais de desespero. As pessoas começavam a transparecer a falta de sono e a ficar irritadiças. Volta e meia alguém batia uma porta. E ali, durante o jantar, uma irritabilidade permeava as conversas. Alguns alunos repetiam o jantar duas vezes, enquanto outros simplesmente não comiam. Alguns estudavam e jantavam ao mesmo tempo.

Eu só comia. E esperava. Meu celular vibrou quando eu estava me levantando para pegar sobremesa.

Estava no metrô, sem sinal. É o que eu acho que é? Não estou longe de você. Liverpool Street? Que tal às sete e quinze?

Em vinte minutos eu chegaria lá. Respondi um breve Ok e guardei o celular.

11

— Não vou mentir – disse Callum. – Estou muito, muito feliz.

Tínhamos nos encontrado na entrada da estação. Dar uma escapada do refeitório e explicar aonde eu estava indo: isso exigiu certa dose de raciocínio rápido. Aleguei que precisava ir à farmácia e, quando Jazza se ofereceu para me acompanhar, inventei que no caminho ia telefonar para meus pais a fim de ter uma longa conversa. E de fato dei uma ligada muito breve enquanto ia correndo ao encontro de Callum, só para me sentir um pouquinho menos mentirosa.

– Estou com uma lista enorme de você-sabe-o-quê que precisam tomar jeito – disse ele. – Vamos lá dar umas explodidas.

– Tudo bem, mas antes você precisa ver uma coisa – concordei, erguendo as mãos.

Levei Callum pela Artillery Lane até o Royal Gunpowder.

– Soube do homem que foi assassinado aqui? – perguntei.

– Ah, sim, saiu em todos os jornais. O caso do martelo. Bem feio.

– Aconteceu alguns dias depois da noite em que eu fui atacada. E é tão perto do dormitório... – Apontei para Hawthorne. – É uma distância de, sei lá, alguns metros. Por aí. Ou uns trezentos passos. Não é longe. E dois dias depois do Estripador. E tem uma rachadura, olhe!

Tive que explicar minha teoria. Callum ouviu tudo com as mãos nos bolsos do casaco, se balançando ligeiramente nos calcanhares.

– Eu adoraria que fosse um caso para nós, pode acreditar, mas é só um assassinato puro e simples – disse ele. – Um homem matou o patrão. Ele confessou.

– Mas a rachadura... – insisti.

– Estamos em Londres. O chão é todo rachado.

– Mas o piso do banheiro também tem uma rachadura. E esta aqui... Olhe, parece que vem da direção de Hawthorne.

– É recente? – perguntou ele.

– Não faço ideia. Mas não é suspeito?

– Se o cara não tivesse confessado, talvez... – respondeu Callum, em tom de quem pede desculpa. – Mas ele confessou. A polícia sabe que foi ele. Encontraram o cara coberto de sangue, e ele já tinha feito esse tipo de coisa. Bem, podemos entrar e dar uma olhada, se quiser.

– Só vai reabrir amanhã. Mas e se a gente entrar de *outra* forma?

– Isso seria arrombamento e invasão – respondeu Callum. – Gostei da sua intenção de investigar e tal, mas realmente acho que não precisamos nos preocupar com esse caso.

– Mas você não acha que...

– Olha – interrompeu ele, mas não com rispidez –, quando a gente tem a primeira visão, é difícil entender, não é? Meu caso mesmo: depois que levei um choque muito forte por causa de um fio numa poça, fiquei com pavor de eletricidade e de poças. Poças, Rory. Faz ideia de como é difícil andar por aí com medo de poças?

Callum parecia não ter medo de nada. Talvez seja um engano pensar isso de alguém só por causa dos ombros largos e braços musculosos.

– A história toda do Estripador... aquilo foi terrível – continuou ele. – E você passou por poucas e boas, então... O que quero dizer é que a gente pode acabar ficando maluco se achar que tudo tem algum significado ou que aquilo pode acontecer de novo. Quer dizer, eu sabia que não seria eletrocutado de novo, mas passei mais de um ano morrendo de pavor de tudo... até de usar o celular se começasse a chover. Eu achava que qualquer coisa que envolvesse água ou eletricidade ia me matar.

Fazia sentido. Eu ia acabar enlouquecendo se ficasse enxergando algo a mais em tudo o que via.

– Não estou dizendo que não acho estranho esse assassinato justo aqui – prosseguiu Callum. – Mas as pessoas andavam tensas, certo? O Estripador deixou todo mundo assustado. E esse cara que matou o dono do pub usava todo tipo de drogas. Mas já se sabe que foi ele, então não deixe que isso assuste você. Podemos trabalhar com os casos concretos, que tal? Tenho milhões de problemas que preciso resolver, então vamos mandar ver.

Como eu o tinha chamado até ali, achei no mínimo justo que eu o acompanhasse aonde ele queria ir. E o primeiro fantasma que Callum queria eliminar estava bem ali na Liverpool Street.

– Ele tem andado por aqui faz algumas semanas – explicou Callum enquanto descíamos pela escada rolante. – Estou doido para me livrar dele.

Callum olhou em volta, observando a plataforma apinhada de gente desde a extremidade até a parede. Ainda era a hora do rush londrino.

– Três minutos para o próximo trem. Aí você vai ver o cara.

O trem chegou, despejando um monte de gente pelas portas ao mesmo tempo que outro monte de gente forçava a entrada, até que a plataforma ficou vazia por alguns segundos. Exceto por um homem. Um homem magro e barbudo, vestido apenas com um lençol sujo. Ele ria e fazia uma espécie de dança, dando pulinhos para o lado. Então se inclinou para a frente, aproximando o rosto das portas duplas quando estavam se fechando, e gritou alguma coisa para dentro do vagão. Não era inglês. Acho que não era nenhum idioma, na verdade. Parecia tipo *lupgaluparg*.

As portas se abriram novamente, para logo voltarem a se fechar. Mas o homem riu ainda mais e fez o truque de novo.

– É um imbecil – reclamou Callum. – E parece que não entende nada do que digo. Mas ele não gosta quando faço assim...

Callum deu um tapa na cabeça do homem. Não era um fantasma tão sólido quanto Jo e Alistair, mas ele levou um susto e se afastou alguns passos. As portas enfim se fecharam e o trem partiu.

– Então é isso o que eu tenho feito – concluiu Callum. – Dou tapas na cabeça de fantasmas. A que ponto cheguei.

Ele me olhava com expectativa. Olhei para o homem estranho dando pulinhos.

— Ele está fazendo alguma coisa realmente errada? – perguntei.

— Atrasar a partida dos trens provoca um caos tremendo.

— Mas, assim, errada, *errada*. Tipo, errada *mesmo*.

— Caos nos trens não é suficiente?

A plataforma estava voltando a encher, nos obrigando a diminuir o volume da conversa.

— É muita gente – justifiquei, olhando em volta. – Não vou conseguir com tanta gente aqui. Eu me sinto mal depois, vomito.

— Não, claro. Sem problema. Bem, conheço alguns outros em lugares menos públicos. É só que estava realmente querendo dar um jeito nesse. Mas tudo bem, deixe para outro dia. Vamos embarcar.

Entramos no trem. Olhei a escuridão que nos cercava: pelas janelas eu via nosso reflexo se misturando às paredes do túnel. O movimento me embalava, para a frente e para trás, suavemente.

— Andei pensando – disse Callum. – Falei com Stephen que você devia, sabe, se juntar a nós. Oficialmente.

Pelo jeito como ele disse isso, achei que estava forçando um tom casual, tentando fazer parecer só uma pequena ideia que lhe tinha ocorrido no momento para mencionar na conversa. Mas claro que não havia nada de casual naquela afirmação.

— E o que ele disse? – perguntei.

— Que você é americana e ainda está no colégio.

— Que diferença faz?

— A parte de ser americana dificulta que contratem você para uma atividade que é, em essência, um serviço secreto. Mas isso pode ser contornado.

Eu não sabia ao certo como minha vida seria afetada se me juntasse a eles. Provavelmente, ficaria mais um bom tempo na

Inglaterra, não poderia manter uma rotina óbvia e precisaria lidar com muitas e muitas mentiras... Eu não fazia ideia de como realmente seria, mas a ideia me atraía. Era um futuro que eu conseguia imaginar para mim.

– Não sei, Callum. Nunca pensei sobre isso.

– Não é fácil – admitiu ele. – Mas se tem *alguém* que é indicado para o trabalho, esse alguém é você. É melhor começar a pressionar Stephen antes que seja tarde demais.

– Tarde demais para quê?

– Não sei quanto tempo vai levar, e você não vai ficar aqui para sempre, certo? E Stephen ainda precisa ser convencido. Não sei por que ele está tão resistente. É tão óbvio! Bem, chegamos.

Mais uma estação, mais um fantasma. Esse era muito menos divertido que o primeiro; uma criatura patética que mal se via. Era uma garota, mais ou menos da minha idade. Não identifiquei o que ela estava fazendo de mau, mas Callum a acusava de ser a provável responsável por uma perturbação no sinal. Eu não entendia como, porque ela só ficava sentada no canto, logo depois da barreira de segurança, e parecia apavorada com tudo, principalmente com nossa presença.

– Callum, acho que eu não vou conseguir. Eu...

– Já imaginava – disse ele, desanimado.

– Sinto muito. É que ela nem está fazendo nada. Não consigo.

– Tudo bem. Entendo.

Ele tentou dizer isso como se não o chateasse, e eu apreciei o esforço.

Novamente no trem, cutuquei Callum.

– Talvez eu ainda precise de um tempo para me acostumar à ideia – falei.

– Olhe, não me entenda mal, mas quem dera tivesse sido eu – disse ele. – O que eu não daria para ser o que você é agora!

– Eu sei. Sinto muito.

– Não sei até quando vou conseguir continuar com isso. Sem um terminal, quer dizer.

– Você vai deixar o esquadrão? – perguntei.

– Provavelmente já teria deixado, mas... tem Bu. E Stephen. Acho que ele não conseguiria superar. Somos como a família dele, sabe? Mas talvez... talvez nem seja preciso. Talvez o esquadrão inteiro seja desativado.

– Mas vocês acabaram de receber permissão para continuar...

– Por um tempo – disse ele. – Continuamos sem condições de fazer nada efetivamente. O terminal é você. Nós somos só um pessoal que vê fantasmas e não pode fazer nada para controlá-los. Stephen devia ter nos avisado que corríamos o risco de nos descartarem, mas sabe como ele é. Guarda tudo para si, não divide as responsabilidades. Bu e eu estamos ficando loucos com essa situação. É muito difícil, sabe? Eu era bom no futebol, mas sofri o acidente que me deu a visão e não pude mais jogar. Só que aí eu entrei para esse trabalho, recebi um terminal e voltei a ter um propósito na vida. Estava no controle de novo. Odeio dizer isto, mas eu *entendo* por que Newman queria tanto um terminal. Não que ele estivesse certo em *matar todo mundo com quem trabalhava*, mas entendo o desejo.

Eu me encolhi de leve no casaco. Tinha eliminado da mente esse detalhe da história de Newman: ele antes fazia parte das Sombras, mas foi mandado embora porque deu sinais de instabilidade, e lhe tomaram o terminal. Desesperado para recuperá-lo, ele confrontou os outros membros do esquadrão na antiga base deles, que ficava na estação de metrô abandonada da King

William Street. Ali, na tentativa de se apossar de um terminal, ele matou todos os ex-colegas e, por fim, foi morto.

Era bizarro ter a visão. Era bizarro ser uma Sombra. Ele tinha sido levado à loucura por tudo isso.

– O que foi mesmo que Newman disse a você naquela noite, sobre morrer com um terminal? – perguntou Callum.

– Ele tinha uma teoria qualquer de que, se alguém com a visão morresse com um terminal, essa pessoa voltaria. Como fantasma, quer dizer.

– E como ele sabia?

– Não sei se ele realmente sabia ou só imaginava – respondi.

– Stephen está convencido de que existem mais informações disponíveis, só nunca tivemos acesso a elas. Um arquivo. Talvez ele tenha razão. Talvez Newman tivesse informações que não dividem mais conosco, mas…

– Mas…?

– Sei lá. Acho que eles nem se importam com a gente a ponto de esconder alguma coisa. E qual seria o sentido de esconder informações de nós? Acho que é um pouco de paranoia do Stephen. Como ele esconde coisas da gente, acha que escondem coisas dele também. Quer dizer, se existisse uma forma de fazer as pessoas virarem fantasmas ao morrer, acho que eu até entenderia, mas… não. Sei lá.

Callum balançou a cabeça e coçou o braço.

– Você sabe, eles acham que somos aberrações – continuou. – Você sabe que Thorpe odeia lidar com a gente. E como não odiar?

Chegamos à Liverpool Street, nós dois em silêncio e pensativos. Callum saltou comigo e me acompanhou pela Artillery Lane.

– Sério, eu vou me esforçar – falei quando alcançamos os fundos de Hawthorne. – Não desista ainda, ok?

– Relaxe – respondeu ele, me dando um tapinha tranquilizador no ombro. – Estou é feliz com sua volta. Tudo fica mais interessante com você por aqui.

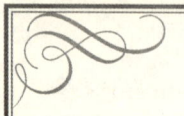

12

Na quinta-feira, eu estava na aula de História, ouvindo o professor enumerar tudo o que poderia cair na prova, quando me ocorreu, como uma sensação vaga e distante, que eu não fazia ideia do que ele estava falando. Eu ouvia as palavras e as reconhecia como palavras, mas estavam organizadas de uma forma que não tinha significado – talvez porque todos os monarcas da história da Inglaterra têm *os mesmos nomes*: Henrique, Guilherme, Eduardo, Carlos, Tiago, Ricardo, Jorge, Elizabeth, Maria. Se não é isso, são os títulos que se revezam, aparecendo em pessoas diferentes em todas aquelas histórias. Um príncipe de Gales aqui, um duque de Gloucester ali. Um Richmond e Buckingham e Guildford e por aí vai.

Para completar, quando você assiste a aulas de História Inglesa na Inglaterra, eles meio que supõem que você conheça cada maldito lugar citado; que saiba quais cidades ficam ao norte, quais ficam ao sul e quais ficam perto do mar. É o tipo de coisa que não me causava problema nos Estados Unidos, quando estudamos a Guerra de Secessão: eu sei visualizar onde está a Filadélfia, a Carolina do Sul, a Virgínia. Essas coisas fazem sentido. Não preciso olhar o mapa o tempo todo ou tentar imaginar de qual dos nove milhões de duques de Buckinghamshiremondlands o professor está falando ou quem era quem na Guerra das Rosas ou, aliás, por que rosas? Sério, por que rosas?

Mas, enfim, ele dizia palavras que eu deveria conhecer e que provavelmente deveria estar anotando. Tentei me esforçar, escrevendo "Eduardo" e "Tiago" e "batalha de...". Reconheci que eu deveria estar me preocupando mais com o fato de não ter ideia do que estava acontecendo, mas eu não sentia nada definido. Sempre tinha sido uma aluna exemplar. Wexford era um colégio muito mais exigente, e, quando cheguei ali, vivia em pânico por não conseguir acompanhar. Em seguida, entrei em pânico porque estava sendo perseguida por um fantasma assassino. Então, depois que voltei, que não havia nenhum fantasma assassino à minha caça e que eu finalmente tinha esquecido a rachadura na calçada, estava tão atrasada nos estudos que já me via fora do páreo. Quando eu olhava para os livros, não sentia nada além de uma agradável sonolência.

– Aurora – disse o professor. – Uma palavrinha.

Minha experiência me dizia que meu professor de História era uma pessoa sensata. Eu tinha certeza de que ele não gritaria comigo por parecer aérea. E eu estava certa. Ele me entregou um grande envelope selado.

– Preciso avaliar em que altura da matéria você está, para determinar quais questões da prova selecionar para você. É um questionário rápido. Faça na biblioteca. Lá haverá uma pessoa para marcar o tempo e recolher suas respostas quando você terminar. Vai levar só meia hora. Escreva respostas curtas e simples; só preciso saber onde você está, em termos básicos.

Eu me sentia carregando minha sentença de morte... ou, se não uma sentença de morte, talvez instruções para minha tortura. A bibliotecária, sra. Feeley, de fato estava me esperando. Ela me instalou a uma mesa, sozinha. O teste de avaliação eram apenas três perguntas, cada uma com espaço para uma resposta de um ou dois parágrafos.

Explique as causas das Guerras dos Bispos de 1639 e 1640.

Dê a cronologia básica e os principais eventos da Guerra Civil Inglesa de 1642 a 1651.

Cite três consequências imediatas do Grande Incêndio de Londres.

Não eram questões absurdas; qualquer um que estivesse acompanhando a aula responderia com facilidade. A terceira eu sabia; a segunda, mais ou menos; e a primeira tinha esquecido. Eu tinha meia hora para fazer as três. Hesitei por alguns minutos, me decidindo se começava pela que sabia ou pelas que não sabia. Talvez, se forçasse meu cérebro a responder, acabaria fazendo brotar algum conhecimento. Então me empenhei um pouco na segunda, anotando na margem, a lápis, algumas datas e tentando dar uma coerência a elas, acrescentando qualquer coisa que eu lembrasse. O resultado foi uma cronologia tão incompleta e pobre que tive que apagar tudo. Tempo perdido. Hora de seguir para a terceira questão.

Três consequências imediatas do Grande Incêndio. Em 1666, um fogo começou na Pudding Lane, a rua com nome de pudim. Londres era muito povoada, as construções tão próximas que as casas de cada lado das ruas quase se tocavam. Assim, o fogo se alastrou depressa e ardeu por vários dias, arrasando grande parte da área oriental da cidade antiga, a que ficava nos limites dos muros. Os muros da cidade terminavam logo depois de Wexford, área que foi preservada pelo fogo.

– Cinco minutos – avisou a sra. Feeley.

Cinco minutos? Como? Eu tinha acabado de começar! Três consequências imediatas... Os prédios e casas passaram a ser erguidos de forma mais segura, em pedras e tijolos, e em ruas mais largas. E o fogo eliminou grande parte dos ratos que transmitiam a peste...

Aquela área não tinha sido afetada pelo fogo.

A rachadura voltou à minha cabeça.

Eu me lembrei da mulher que tinha visto – e acidentalmente destruído – no banheiro. Será que ela era mais ou menos daquela época? Era possível. Eu vinha dando uma olhada em um monte de quadros de meados do século XVII para a aula de História da Arte, e eram todos muito parecidos, mas a vestimenta dos camponeses não devia ter mudado muito da Idade Média para a Renascença. Se era para ver aquela gente, eu teria que começar a estudar História da Moda.

Mas, se a área ao redor de Wexford não tinha sido atingida pelo Grande Incêndio, o que havia ali antes? O que havia embaixo de Wexford? Talvez eu devesse começar por esse ponto. Tinha que haver mapas daquela época.

– Acabou o tempo – anunciou a bibliotecária.

Tudo o que eu tinha escrito era uma resposta pela metade, para apenas uma das questões.

– Posso perguntar uma coisa? – falei, entregando o teste.

– Claro – respondeu a sra. Feeley.

– O que havia aqui?

– Você pode ser mais específica? – pediu ela.

– Neste terreno.

– Originalmente, Wexford era um abrigo.

– Não, bem antes disso – insisti. – Essa área toda.

– Bem, não conheço a história inteira deste lugar, mas sobre qual período você quer saber?

– A época do Grande Incêndio – especifiquei. – Pouco antes e pouco depois, talvez.

– Bem, naquele período, esta área devia ficar logo depois dos limites do Muro. Logo depois mesmo, para sermos exatas. A Bishopsgate era uma rua limítrofe. Com certeza havia muitos campos. Henrique VIII também usava a área para estoque de artilharia e treino de soldados. Daí vêm os nomes das ruas: Gun Street, Artillery Lane.

– Existem mapas que retratam aquele tempo? – perguntei.

– Não temos propriamente uma seção de cartografia, mas a British Library conta com uma coleção bastante vasta – respondeu a sra. Feeley.

– É muito longe daqui?

– Que nada. Fica bem ao lado da estação de King's Cross.

Após terminar o teste, ainda me restavam três horas livres naquela tarde. Se eu fosse rápida, chegaria em meia hora.

O nome *British Library* evoca a ideia de algo ancestral. Eu esperava um prédio muito antigo e imponente, mas o que encontrei foi uma construção moderna, cheia de telas interativas, mesas esquisitas com "cadeiras de pé" (que são, basicamente, tábuas em que você se apoia e trabalha ou estuda de pé) e cafeterias chiques.

Como vim a descobrir, havia várias salas de mapas, mas, para ter acesso ao acervo, precisei ir primeiro ao térreo, ao guarda-volumes, onde os visitantes deixam casacos, todo tipo de líquidos e todo tipo de canetas. O material a ser levado (dinheiro, laptop, papéis, lápis) tinha que ser colocado em uma sacola plástica transparente. Então, tive que entrar na rede do museu e passar meia hora tentando descobrir de quais arquivos precisava para, em seguida, pedir que me trouxessem.

Quando entreguei o pedido, fui informada de que eu receberia os mapas dali a mais ou menos uma hora, uma hora e meia. Enquanto esperava, fui dar uma volta, vendo as pessoas estudarem. Fiquei verificando obsessivamente o status do pedido, aguardando a mensagem de que os mapas tinham chegado. Por fim, lá estavam. Recebi uma pilha de enormes portfólios, espécies de pastas gigantes, que carreguei com cuidado para uma das mesas próximas. Abri todas as abas do primeiro, revelando uma única folha. Quase parecia novo, embora datasse de 1658. E eu podia *tocar*.

Era uma visão detalhada de Londres da época em que a cidade ocupava apenas dois quilômetros ao longo do Tâmisa, cercada por muros. O artista havia desenhado navios pelo rio, fileiras de casas, arcos por toda a muralha. (Eram os portões dos muros, cujos nomes ainda existem: Bishopsgate, Aldgate, Moorgate... Eu conhecia todos esses lugares.) Olhando bem de perto, dava para ver moinhos, árvores e até pessoinhas minúsculas. Áreas que eu conhecia hoje como bairros agitados do leste de Londres apareciam ali como campos.

E ali estava a Artillery Lane – "Artillerie Lane", no mapa –, a rua ao longo da qual a propriedade de Wexford se estendia e onde ficava o Royal Gunpowder. Eu tinha pesquisado sobre a rua na internet: ali ficava um estoque de munição e uma base de treino militar. Do outro lado da Bishopsgate Road, em um pequeno aglomerado de construções, vi a palavra *Bedlam*.

Aquilo era familiar. Minha avó dizia muito, para se referir a loucura. Por exemplo, quando os dois cachorrinhos dela a ouviam abrir latas com o abridor, a cozinha virava *bedlam*.

Pesquisei a palavra na internet. Bedlam: o Bethlehem Royal Hospital. Uma das primeiras instituições psiquiátricas do mundo, embora todas as informações relacionadas dificilmente caracterizassem cuidados médicos adequados: algemas, correntes e afins, baldes d'água, celas frias e aterrorizantes. O lugar era até aberto ao público, que podia pagar para ver os pacientes. Um zoológico humano. Pregadores loucos gritavam das janelas e atraíam seguidores devotos; pacientes brilhantes porém doentes desenhavam projetos elaborados de máquinas controladoras de mentes. O hospital já teve instalações em lugares diversos, mas por um bom tempo funcionou naquela pequena torre com a bandeira no topo, no lugar onde é hoje a estação de Liverpool Street.

Praticamente debaixo de Wexford.

Minha mente estava a mil por hora. Se o hospital ficava ali, muitas pessoas devem ter morrido no local. E, provavelmente, precisaram ser enterradas. Pesquisei, então, "enterros Bedlam" e logo fui premiada com muitos resultados. A revista *Current Archaeology* tinha publicado uma matéria de capa intitulada "As sepulturas de Bedlam", acompanhada de uma imagem em que um esqueleto entranhado na terra era desencavado. Abri várias outras matérias semelhantes, muitos esqueletos sendo descobertos. Tinham sido encontrados em 1863, à época em que estava sendo construída a estação Broad Street, próxima a Wexford e hoje desativada. Posteriormente, em 1911, mais uma grande quantidade de esqueletos foi encontrada ao ser aberto o túnel para a estação de Liverpool Street.

Estávamos instalados bem em cima do cemitério da instituição psiquiátrica mais mal-afamada do mundo, o que é talvez centenas de vezes pior que os antigos cemitérios supostamente mal-assombrados que, nos Estados Unidos, sempre dão lugar a novas construções. Um monte de fantasmas loucos... que podiam ter sido perturbados por, digamos, uma grande explosão responsável por abrir uma rachadura que muito possivelmente tinha lhes permitido atravessar? E eles poderiam, por exemplo, matar pessoas com martelos...

Eu tinha um bom motivo para ligar para Stephen.

Ele não atendia. Liguei várias vezes enquanto voltava correndo para o metrô e seguia pela multidão que enxameava a estação de King's Cross, na tentativa de voltar a Wexford antes que notassem minha ausência. Cheguei quinze minutos antes do jantar. Jazza estava sentada na cama, parecendo uma criança que acabou de ver um lobo comer seu coelhinho de estimação.

– E aí – falei. – Como vai minha colega de quarto preferida?

– Falei que estou ferrada em Alemão?

– Você diz isso todo dia, mas eu não acredito.

– Ah, eu não sou boa o suficiente para quem quer fazer faculdade de letras.

– Mas é boa o suficiente para *mim*, não é o que importa?

– Não. Vou ser reprovada.

Eu não fazia ideia de como Jazza estava indo em Alemão, mas duvidava muito de que ela fosse reprovada. Eu é que seria, em tudo. Eu era uma reprovação ambulante.

– Você tem Cheez Whiz?

A situação estava feia se Jazza estava querendo Cheez Whiz antes do jantar.

– Se eu tenho Cheez Whiz? Essa minha colega de quarto faz cada pergunta! Aquecedor ou micro-ondas?

– Micro-ondas.

Quando eu estava em Bristol, tinha recebido três potes da melhor substância existente no mundo. Peguei um da última gaveta da escrivaninha. Estava levando pelo corredor a maravilha de queijo quando Charlotte se materializou na minha frente.

– Como você está? – perguntou ela.

– Bem.
– Recuperando o atraso?

Eu não tinha cara para dizer que sim. Além do mais, considerando que ela deu uma encolhida ao final da pergunta, tive a nítida impressão de que Charlotte já sabia a resposta.

– É um processo em andamento – respondi, colocando o pote no micro-ondas.

– É uma boa forma de encarar as coisas – disse Charlotte. – Soube que você foi ver Jane. Ela é ótima, não é?

– Ela é boa.

Ficamos as duas observando o pote girar lentamente.

– Ela está ajudando você? – perguntou Charlotte.

– Só fui lá uma vez, na verdade.

– Ah. Bem, ela é muito boa, eu acho. Acho que você até já parece melhor.

O micro-ondas apitou. Abri a portinha.

– Estou feliz – falei.

Então sorri e passei por ela para seguir de volta ao quarto. Eu também tinha gostado de Jane, mas era um pouco esquisito o jeito como Charlotte falava dela. Como se gostasse *demais* de Jane. Mas eu nem sabia o que isso representava ou por que seria um problema.

Talvez eu fosse meio possessiva com psicólogos.

Enfiei o dedo no pote e peguei um pouquinho do molho, mas acabei me queimando. Chupei o dedo depressa e abri a porta do quarto com o cotovelo.

– Charlotte não anda meio esquisita? – perguntei a Jazza, fechando a porta com o pé.

– Esquisita como?

– Hã... esquisita. Sei lá. Esquisita.

– Não é a primeira palavra que me vem à cabeça para descrever Charlotte.

Ela estava remexendo a pequena despensa à procura de algum petisco que combinasse com o Cheez Whiz. Mas o Cheez Whiz é um complemento pouco exigente: basta um biscoito ligeiramente mais firme que o próprio molho. Inclusive já comi Cheez Whiz com fatias de queijo de verdade.

– Mas ela mudou desde o ataque? – insisti.

– Definitivamente. Está um pouco mais gentil, mas de um jeito forçado. Toda hora quer *ajudar*. E eu não quero a *ajuda* dela. É isso o que você quer dizer com "esquisita"?

– Acho que sim.

– Deve ser uma coisa boa, essa mudança – disse ela, com um leve suspiro. Jazza não conseguia ser má por muito tempo; após um ou dois minutos, um interruptor dentro dela era acionado. – Eu sei que ela tem feito terapia. Deve estar ajudando. Tudo bem, sei que ela também ficou ferida, mas o que aconteceu com você foi muito pior.

Era verdade. Comigo tinha sido pior. Meu título estava garantido.

Meu celular tocou, exibindo o número de Stephen. Eu precisava atender, mas não podia conversar com ele na frente de Jazza. Seria um problema, pois não saíamos do quarto para atender ligações, mas eu não tinha escolha, então me levantei de um pulo com um breve "Já volto!".

– Por onde você andou? – perguntei a Stephen.

– Fazendo meu trabalho. O que houve?

Fui às pressas até o vestíbulo e fiquei entre as portas corta-fogo. Aquilo era o máximo de privacidade que eu teria.

– Não posso falar muito. Estou no dormitório. Muita gente – expliquei.

E comecei a contar o que tinha descoberto. Stephen não me interrompeu. Contei tudo o que eu tinha anotado: a localização de Bedlam, a pouca distância em relação a Wexford, os corpos descobertos. Ele escutou tudo e, de alguma forma, embora ele não comentasse nada, eu sabia que tinha despertado sua atenção. Stephen gostava de pesquisar. Gostava de números de referência de mapas, gostava de datas, da palavra *cartografia*.

– Tudo bem, tem razão – disse ele, por fim. – Vale a pena investigar.

– O que você faria normalmente, a partir disso tudo?

– Conversaria com o suspeito.

– Tudo bem. Vamos falar com ele, então.

– O suspeito em questão está em uma instituição psiquiátrica, sob vigilância estrita – objetou Stephen.

Jazza vinha na minha direção, acenando para mim.

– Tenho que ir – falei ao telefone. – Será que você pode...

– Tudo bem – disse ele, com um breve suspiro. – Vou dar uma olhada.

Na sexta-feira, eu estava na aula de Francês quando senti o celular vibrar no bolso. Dei um jeito de pegá-lo discretamente e escondê-lo no colo, nas dobras da saia. Era uma mensagem de Stephen.

Amanhã de manhã vou encontrar o suspeito do Gunpowder.

Fazia tempos que eu tinha aperfeiçoado a arte de digitar mensagens com só uma das mãos e sem olhar o celular. Quer dizer, sem olhar muito.

Que horas vc me busca?

A resposta veio rápido:

Buscar para quê?

Vou com vc.

Fora de cogitação.

A professora estava me olhando. Rapidamente, fiz o celular desaparecer entre minhas coxas fechadas.

– Vou só repassar tudo o que você conseguiu fazer até agora – falei.

Liguei para Stephen assim que a aula terminou. Não ia desistir. Fiquei andando de lá para cá no gramado, celular colado no ouvido. Ali, no meio da praça do colégio, era o lugar mais seguro para falar com tranquilidade. Nas laterais ficava gente demais.

– Você convenceu minha psicóloga de que eu precisava voltar para Londres. Violou o sistema de alarme do colégio. Me levou a uma estação do metrô em plena madrugada para fazer um showzinho para Thorpe...

– Rory...

– Sem contar todo o resto que eu não sei. Ah, e encobertou o caso do Estripador com um cadáver falso?

– Eu não fiz isso – defendeu-se Stephen.

– Você entendeu. Dê um jeito de me levar.

– Rory, é uma instituição mental de internação compulsória para suspeitos de crimes. De segurança média. Esse homem confessou um assassinato. É coisa séria.

– E das outras vezes não era sério? – argumentei.

– É claro que eram, mas...

– Me responda uma coisa, então – interrompi. – Se existe alguma coisa naquele porão que precise ser resolvida, quem vai resolver? Quem é o terminal? Eu. E, se você quiser que o terminal se comporte, vai ter que me levar.

Até eu fiquei surpresa com essa última parte. Foi bem ousado. Acho que o silêncio inicial de Stephen foi de choque.

– Aviso você mais tarde – disse ele por fim.

E avisou. A resposta chegou após o jantar, quando eu estava voltando para o dormitório.

Encontro você amanhã, depois da esquina, 9h45. Sem atraso. Vá de blusa branca lisa e calça ou saia preta. S.

13

Meu plano era infalível, exceto por um pequeno detalhe: eu tinha aula de História da Arte no horário em que iríamos ao hospital. Como regra geral, não sou de matar aula. Antes daquele dia, só tinha feito isso uma vez, e sem querer. Foi no ano anterior, ainda nos Estados Unidos. Eu estava atrasada para o colégio e não tive tempo de tomar café. E Rory sem café é uma Rory burra. Durante o primeiro tempo de aula, foi uma batalha manter os olhos abertos. No segundo tempo, achei que fosse o terceiro, então, em vez de ir para a aula de Francês, fui para a biblioteca cumprir o Horário de Estudos. Sentei no canto, no pufe felpudo e meio murcho que ninguém usava porque alguém tinha dito que era cheio de percevejos. Acordei com a bibliotecária me sacudindo. Minha ausência do Francês havia sido notada, e tinham acionado um alerta pela escola inteira. Meu ex-colégio fazia isso. Eles rastreavam os alunos. Levei uma bronca fenomenal.

Wexford era outro estilo. Lá, os alunos não eram seguidos. Justifiquei aquilo para minha consciência com diversos argumentos: 1) A aula de Artes do sábado era meio que um bônus meio fajuto, não tão produtiva quanto as outras. Embora não fosse uma eletiva, não dava aquela sensação de "aula de verdade". Pode ser coisa da minha cabeça, mas ao menos era como me parecia. 2) Se eu já não fazia ideia do que estava sendo abordado, uma aula a menos não faria diferença. 3) Mark era um cara legal, que provavelmente imaginaria que eu teria ido a alguma consulta médica ou sessão de terapia. Como era professor novo ali, ele não conhecia minha história inteira nem conversava muito com os outros professores. 4) Eu tinha coisa mais importante a fazer: ir a um hospital psiquiátrico para conversar com um assassino. Não era possível que isso não fosse mais importante que avaliar obras de pintores de poças d'água e nuvens fofas.

Mas ao menos para Jerome eu precisava dar uma satisfação. Ele não entenderia minha ausência e ficaria preocupado. Será que ficaria preocupado? Que fofo.

Ou poderia supor que eu tinha perdido a hora. Muito mais provável.

Depois eu pensaria em alguma desculpa.

Improvisei o figurino exigido com uma camisa do uniforme e pretendia roubar uma saia do armário de Jazza assim que ela saísse do quarto. Tudo o que eu precisava fazer era sair do prédio e virar a esquina sem ser vista pelas pessoas erradas. E as pessoas erradas eram, em ordem decrescente de importância: Jerome, Jazza, meu professor Mark, quase todas as garotas do meu corredor e os colegas de turma de História da Arte. Não podia ir muito cedo, pois Jazza estranharia se eu saísse antes dela (e eu precisava da saia). O horário perfeito, portanto, era nove e meia, quando a maioria das pessoas estaria indo tomar café da manhã. Eu sairia de fininho sem levantar suspeitas.

Só que, naquele dia, todo mundo resolveu dar uma variada na rotina. Jazza demorou a sair do quarto; Gaenor passou para pedir um pouco de xampu; Eloise apareceu para conversar. E, quando finalmente todas foram embora, vi minha rota de fuga bloqueada por Claudia, que escolheu aquele exato momento para dar uma reorganizada no mural do vestíbulo e simplesmente *não saía de lá*.

O relógio marcou nove e meia. Nove e trinta e cinco. Nove e quarenta. Às nove e quarenta e um, comecei a entrar em pânico, o que me fez ter uma súbita inspiração. Em cada corredor havia um telefone, com uma lista de números de emergência e do ramal para a sala de Claudia. Liguei para o número dela e deixei o fone fora do gancho. Quando Claudia foi até a sala para atender, atravessei o vestíbulo às pressas e saí do prédio. Àquela altura, eu corria o sério risco de ser vista por alunos que se dirigiam à aula, mas não havia alternativa. Só me restava torcer para que o fato de eu estar correndo e em roupas comuns confundisse as pessoas para que não me reconhecessem. Bem improvável, eu sei, mas estou disposta a me enganar vez ou outra se isso tornar a vida mais palatável.

Como já devo ter mencionado, odeio correr, mas naquele dia eu corri. Corri como se minha vida dependesse daquilo e quase dei um encontrão nos transeuntes ao virar a esquina para a movimentada rua comercial. Por um momento pensei que Stephen tivesse partido sem mim ou mesmo nem ido me buscar, porque a vaga em que costumava parar estava ocupada por um pedante e pequeno Smart vermelho. Mas então avistei a viatura, do outro lado da rua. Atravessei ainda correndo.

– Consegui – falei ao entrar, colocando o cinto de segurança em um gesto triunfante.

Acho que Stephen não enxergava como um grande triunfo ser bem-sucedido na tarefa de entrar em um carro às nove e quarenta e cinco da manhã (quarenta e sete, na verdade). Ele realmente não entendia como minha vida era complicada.

– Quanta felicidade em me ver – comentei.

– Coloque isto – ordenou ele, me entregando uma espécie de capacete preto que parecia um chapéu-coco, com uma faixa de quadrados pretos e brancos como um tabuleiro de xadrez; isso e um casaco amarelo florescente de policial.

– Por quê?

– Porque você vai no banco da frente. Tem que parecer que é da polícia. Coloque.

Joguei o chapéu na cabeça e vesti o casaco. Ambos ficaram ligeiramente grandes, mas até que não caíram mal. Pelo menos eram femininos; eu já tinha usado o de Callum, que era imenso. O casaco exalava um inebriante cheiro de borracha ou plástico e ainda estava todo com marcas de dobras quadradas, como se tivesse acabado de ser retirado da embalagem. Dei uma conferida no visual no retrovisor: eu parecia... não exatamente uma policial, mas também não parecia uma farsa.

– Gostei – comentei. – Podemos ligar a sirene?

– Pare.

Stephen estava não só falando como também agindo de um jeito meio rígido, um indício de que não tinha gostado do meu ultimato. Ia me levar, mas estava com raiva.

– Você tem consciência do tipo de lugar aonde estamos indo? – perguntou.

– Tenho consciência de que estamos indo a um hospital psiquiátrico.

– Para encontrar um assassino.

– Não vai ser meu primeiro – retruquei.

– Eu sei. Foi só por isso que concordei em levar você. Eu acho. Que bom que Callum foi com Bu ao hospital para ela tirar o gesso, assim não precisei inventar histórias para explicar aonde estava indo.

Era uma manhã horrorosa, mais nublada que nunca. A umidade tinha embaçado as janelas do carro, mas os limpadores de para-brisas desanuviavam a visão e afastavam a chuva quase imperceptível.

– Soube que você e Callum se encontraram esses dias – disse Stephen.

– Ele contou?

– Não. Bu.

– Não era para ele ter contado nem a ela.

– Ele não contou. Bu simplesmente soube.

– Como?

– Bu é muito perspicaz – explicou ele. – Sempre sabe o que fazemos. Ela disse que Callum estava "radiante", o que significa, imagino eu, que ele sempre volta feliz depois de uma patrulha.

– Ou que engoliu um rádio.

Ele ignorou minha piada.

– Bem, já que você vai me acompanhar em uma atividade oficial, aí vão algumas informações: a vítima, Charlie Strong, era um alcoólatra reabilitado. Ele manteve o pub mesmo depois de parar de beber, mas tinha a política de só contratar pessoas em recuperação, como forma de apoiar a superação do vício. Sam Worth, o suspeito, tinha esse histórico e estava em reabilitação fazia pouco tempo. A ficha dele registra uso de drogas classe A, duas acusações de posse de tais substâncias. Cumpriu dois anos de prisão por espancar um homem com uma cadeira de metal e por pouco não o matou. Estava sob o efeito de ácido no momento do crime e achou que o homem estava tentando roubar suas orelhas.

– Roubar as orelhas?

– Parece que Sam pegava pesado nas drogas. O cara é rabiscado.

– Rabiscado?

– Tem um passado que o condena. Antecedentes criminais. Histórico de uso de drogas, de violência. Mas não foi encontrado resíduo de drogas no organismo dele no momento da prisão. Ele alegou inocência na cena do crime, mas na delegacia confessou. Semana passada ele tentou se ferir, ou mesmo se suicidar, batendo a cabeça na parede até estar coberto de sangue e todo ferido, e foi aí que o transferiram para uma instituição de tratamento para transtornos mentais. O que resta determinar é se ele está apto a ir a julgamento. E é nesse pé que estamos.

E, com essa conclusão alto-astral, Stephen encerrou a história. No ônibus à frente, uma propaganda cor-de-rosa vibrante de um musical chamado *Cantástico!* mostrava um homem e uma mulher sorrindo com tanta vontade que a pele parecia prestes a rasgar e cair do crânio.

– Vou ser reprovada em tudo – comentei, só para mudar de assunto.

– Você não parece muito preocupada.

– É só uma questão de perspectiva. Passei por coisas piores nos últimos tempos – respondi com frieza.

– Verdade. Mas você precisa seguir em frente.

– Estou seguindo em frente – retruquei.

– Precisa estudar, eu quis dizer.

– Você está me passando um sermão para eu não abandonar o colégio? É isso mesmo?

– Não estou dando nenhum sermão. Suas notas da escola são problema seu.

Talvez o melhor a fazer ali fosse não conversarmos. Não era o momento mais propício para um bate-papo descontraído, e, quando eu insisto em falar, as coisas só ficam ainda mais constrangedoras. Era hora de silêncio.

Não que eu tenha muito conhecimento sobre o assunto, mas o Bethlehem não parecia um hospital psiquiátrico. Era todo em tijolinhos, estilo bem americano, lembrando um prédio administrativo de algum campus universitário ou edifício da Avenida Principal, Cidade Qualquer, EUA: janelas largas, telhado vermelho, um pequeno torreão quadrado no alto. Um lugar agradável e funcional, mesmo todo envolto em teias de neblina. Estacionamos bem em frente, em uma vaga reservada para veículos oficiais.

– Vamos estabelecer algumas coisas – disse Stephen, desligando o motor. – Este homem está sendo acusado de assassinato. Não esqueça isso. Deixe que eu conduzo a conversa. Entendido?

– Perfeitamente.

– Mesmo que alguém lhe faça perguntas, você não vai responder. Ninguém pode ouvir seu sotaque.

– Tudo bem.

– Feche o casaco e não tire o chapéu. Você precisa dar a impressão de que está na sua função. Tecnicamente, você está incorporando uma policial, então precisamos fazer isso direito.

Tudo ia bem até cruzarmos a porta do hospital.

Foi o que eu chamo de "efeito parque aquático". Sempre acho que quero ir a parques aquáticos, adorando a ideia de descer em tobogãs, porque eu gosto de piscinas, e a conclusão lógica é de que vou gostar de um parque cheio de piscinas.

Portanto, todo verão, sem exceção, cometo o erro de ir ao Splash World, onde lembro que odeio parques aquáticos, porque a ideia central desses parques não são as piscinas – são os tobogãs. E grandes alturas. Geralmente, tobogãs muito altos que são fechados, e, como qualquer náufrago pode confirmar, água e lugares fechados não é uma boa combinação. Some-se a isso o fator queda livre e você obtém um resultado que a parte reptiliana do nosso cérebro abomina. O cérebro diz: *não*. O cérebro diz: *ruim*. O cérebro diz: *você vai cair e se afogar, talvez os dois ao mesmo tempo*.

Eu sei disso no instante em que me aproximo da roleta e compro uma entrada, porque é quando vem o cheiro de cloro. Assim que aquilo atinge meu nariz, meu cérebro reptiliano desperta, consulta seus arquivos e envia um alerta. E é por isso que eu sempre acabo alegando sentir cãibra, agarrada à toalha, enquanto criancinhas destemidas correm empolgadas ao redor.

Naquele dia específico, o cheiro não foi de cloro. Ao cruzarmos a porta principal, detectei o leve e penetrante cheiro de antisséptico e o estranho e artificial odor de ar parado típico de lugares com janelas fechadas. Cheiro de hospital.

Primeira parada: balcão da recepção. Dali, fomos conduzidos a uma série de corredores, passando por várias portas que só se abriam com cartões magnéticos. Stephen teve que mostrar o distintivo e assinar documentos presos em pranchetas.

À medida que avançávamos pelo prédio, percebi que penetrávamos em alas cada vez mais graves. No início, as paredes eram decoradas com pinturas feitas pelos pacientes. Primeiro os quadros estavam pendurados; depois, presos com pregos. Até que não havia mais quadros, e as paredes eram de um tom off-white liso e todo o resto era de um verde-claro tranquilizador. Tudo ali era calmo, organizado e formal.

Por fim, após os últimos documentos assinados, fomos levados até um quarto com porta pesada, fechada por fora com trincos muito sérios e grandes e com uma janelinha tão pequena que só permitia uma espiadinha lá dentro. A porta foi aberta e, assim que entramos, voltou a ser trancada.

A primeira impressão que tive do homem sentado à mesa foi de que ele era grande. Tinha uma barba desalinhada de poucos dias, em um grisalho levemente louro. Usava o traje do hospital, que parecia avental cirúrgico, e uma algema prendia suas mãos à mesa – o que me pareceu desnecessário. Sentado na cadeira com uma postura abatida, parecia frágil e derrotado. Cortes e hematomas cobriam sua testa em consequência do que fizera consigo mesmo, ao bater a cabeça na parede.

Havia no quarto apenas algumas cadeiras presas ao chão e a mesa, também presa; no canto, uma câmera de vigilância dentro de uma proteção de plástico grosso com apenas uma abertura circular para a lente. Stephen olhou para a câmera por um instante, e, de repente, a luz vermelha na lateral piscou e se apagou. Câmera desligada. Era uma entrevista sigilosa.

De cada lado da mesa havia duas cadeiras, mas eu não sabia se deveria me sentar ao lado de Stephen ou me posicionar atrás, já que era ele quem conduziria a conversa.

– Sou o cabo Dene – apresentou-se Stephen. – E esta é a cabo Devon.

Provavelmente meu sobrenome verdadeiro, Deveaux, chamaria atenção, e Devon soava mais inglês.

Sam ergueu ligeiramente a cabeça.

– Cabo? – repetiu ele.

– Imagino que você tenha conversado com policiais de patentes bem mais altas.

– Cansei de conversas. Já contei tudo.

– E imagino que você não queira contar sua história mais uma vez – continuou Stephen. – Entendo que já tenha tido que contá-la a várias pessoas, mas precisamos que conte de novo, para nós.

– Está com medo de se sentar? – perguntou Sam, dirigindo-se a mim.

Para falar a verdade, sim. Estava apavorada. Que simpático da parte dele ter notado.

– Cabo Devon, por que não se senta? – disse Stephen, sem se virar.

Toda a atenção estava sobre mim, e era possível que a conversa ficasse empacada se eu não saísse do lugar logo e obedecesse. Lembrei a mim mesma de que eu não era uma policial treinada, nem uma profissional de saúde mental nem nada parecido. Era uma estudante de ensino médio, uma estrangeira, e tinha me metido naquilo tudo por puro acaso, portanto não era minha obrigação ser forte e corajosa. Por outro lado, eu é que tinha exigido estar ali.

Dei um jeito de descolar o corpo da parede e depositá-lo na cadeira de plástico. Apoiei as mãos no colo, onde estariam a salvo de germes e de sei lá mais que outras ameaças eu tanto temia naquele quarto.

Podíamos continuar.

– Sei que isto é difícil para você – prosseguiu Stephen –, mas seria de grande ajuda, e você tem cooperado muito. Sabemos disso.

Sam suspirou: um suspiro de corpo inteiro, os ombros se tornando uma forma arredondada.

– Não quero. Estou cansado.

Ele baixou a cabeça, o queixo afundando no peito, e pôs-se a observar as algemas que o prendiam à mesa.

– Leve o tempo que precisar – disse Stephen. – Não queremos lhe causar problemas. Viemos ouvir o que você tem a dizer.

Sam fixou a atenção em mim. Seus olhos tinham uma nuance amarelada.

– Você não é da polícia – afirmou ele. – Ou é?

– A cabo Devon é agente de observação da divisão de atendimento social – interveio Stephen. – Eu é que vou...

– Mentira – insistiu Sam. – Nenhum dos dois é da polícia.

Stephen pegou o distintivo e o deslizou pela mesa até Sam, que se debruçou a fim de dar uma olhada.

– E o dela?

– O posto da cabo Devon não exige que ela ande com o distintivo – explicou Stephen, com suavidade e naturalidade.

– E por que ela não fala nada?

Era evidente que ele tinha me descoberto. Estava na cara que eu não era policial. Até uma criança ou um cachorro teriam percebido. Talvez eu tivesse achado que, como a ideia havia partido de Stephen, podia dar certo.

– Ela é agente de observação – repetiu ele. – Se a presença da cabo Devon o perturba, ela pode aguardar lá fora enquanto conversamos a sós.

– Quero saber quem ela é.

Não fazia sentido continuar com aquele jogo.

– Sou Rory – falei.

– Americana – completou Sam.

Stephen nem sequer emitiu um ruído, mas o suspiro contido fez seu corpo se contrair.

– Quem é você? – perguntou Sam. – O que veio fazer aqui?

– Estou aqui por causa das coisas ruins que aconteceram comigo.

Isso despertou o interesse dele.

– Que tipo de coisas?

Stephen pigarreou alto.

– Isto não é...

– Que tipo de coisas? – repetiu Sam, os olhos fixos em mim.

Aquele homem havia, supostamente, assassinado outro com um martelo. Minha presença ali, aquela conversa... talvez não tivesse sido a melhor das ideias. No entanto, falar ainda é meu maior dom, e era melhor falar do que ficar em silêncio.

– Fui esfaqueada – respondi. – Em Wexford.

– Você é a tal garota do Estripador. Foi uma americana, eu soube. Ela é a garota que o Estripador atacou. – Essa última parte foi dirigida a Stephen, que se viu obrigado a assentir. – Por que você trouxe a garota que o Estripador atacou?

Àquela altura, a coisa tinha desandado a tal ponto que Stephen não tinha uma resposta pronta para aquele questionamento bastante pertinente.

– Você deve ter visto nos jornais – respondeu ele por fim. – Lembra que nenhuma imagem do suspeito chegou a ser capturada pelas câmeras de vigilância?

Essas palavras tiveram um efeito imediato. Sam deixou cair os braços, e as algemas bateram na mesa. Todo o restante de seu corpo ficou mais alerta.

– Acredito que havia algo não muito comum naquele porão – disse Stephen.

Sam balançou a cabeça, como se quisesse tirar água dos ouvidos.

– Não – disse ele.

– Sam, não creio que tenha sido sua intenção matar Charlie – continuou Stephen. – Você o matou?

– Já falei que sim!

– Mas *foi* você?

Sam começou a chorar. As lágrimas desciam pela face e ficavam presas na barba. Ele sacudia a cabeça como se estivesse tentando secar o rosto.

– O que havia naquele porão, Sam? – pressionou Stephen. – Por que você pediu que Charlie descesse?

– Eu matei...

– Sam. – A voz de Stephen adquiriu uma entonação grave e monocórdica que era quase hipnótica. – Sam, você o chamou para descer ao porão. Por quê?

– O chão. Eu só queria mostrar o chão...

– O que tem o chão?

– A cruz.

– Que cruz?

– Quando eu desci para buscar as águas tônicas, não tinha cruz nenhuma. Mas então desci de novo para pegar batatas, e lá estava.

– A cruz? – perguntou Stephen.

– Em giz – explicou Sam. – Achei que eu não estava batendo bem da cabeça. E, quando cheguei perto, veio um copo de repente, do nada, como se tivessem jogado em mim. Eu gritei e chamei Charlie...

Notei que minhas unhas estavam cravadas nas coxas.

– Charlie achou que eu tinha tomado alguma coisa, mas não tomei nada, juro. E eu estava tentando contar que...

Sam tinha começado a tremer, um tremor que o dominava por inteiro, sacudindo seus braços e forçando as algemas. As lágrimas caíam livres.

– O que aconteceu depois, Sam? – inquiriu Stephen, em tom gentil.

Sam apenas balançou a cabeça.

– Nós vamos *acreditar* no que você disser.

– Não quero que acreditem em mim.

Era uma cena terrível, aquele homem atormentado preso à mesa.

– Charlie começou a limpar a cruz de giz – contou ele. – Estava ajoelhado, dizendo que ia só limpar aquilo e a gente ia tomar um chá e conversar... Ele achava que eu estava chapado e que estava vendo coisas. E foi aí que o martelo... o martelo se mexeu sozinho. Juro para vocês, o martelo foi direto no Charlie, sozinho. Em pleno ar. Não acreditei no que estava vendo. Eu teria impedido, só que nem conseguia entender o que estava acontecendo... Mas não foi assim, foi? O martelo não se mexeu sozinho. Só pode ter sido eu. Estávamos só eu e ele, e peguei o martelo quando caiu no chão, e... Só pode ter sido eu. Devo ter matado Charlie. Devo ter...

Então ele perdeu o controle, o corpo convulsionando. Preso à mesa, Sam estava em prantos agonizantes.

Stephen se levantou e fez sinal para que eu fizesse o mesmo.

– Você fez o certo em nos contar. Aqui é um bom lugar, vão cuidar de você.

Sam se virou para a parede, as lágrimas voltando a jorrar em abundância e velocidade. O som do choro dele tomava o ambiente, e o ar ficou denso e úmido. O horror de toda aquela história estava naquele quarto, na forma de suor, lágrimas e adrenalina: a dor de uma mente rejeitando algo aparentemente anormal, algo que não tinha lugar neste mundo. Algo violento desprovido de rosto e de corpo.

– Sam, vão cuidar bem de você – disse Stephen, com grande suavidade, mais do que eu o imaginava capaz. – Não precisa ter medo.

– Fui eu – repetiu Sam, em um gemido. – Eu o matei. Só pode ter sido. Por favor, diga. Por favor. Por favor, me diga o que está acontecendo...

– O que está acontecendo é...

Mas Stephen não terminou a frase, pois não sabia o que dizer. Como explicar uma coisa daquela a um homem que tinha visto uma pessoa ser morta bem na frente dele? Um homem que acreditava ter cometido um assassinato e se encontrava em um hospital, preso a uma mesa?

– Vou chamar alguém – disse Stephen, por fim. – Para trazer um calmante. Tudo vai se resolver. Você vai ter toda a ajuda necessária. Obrigado por conversar com a gente.

Stephen assentiu para mim. Eu me levantei devagar, e saímos do quarto.

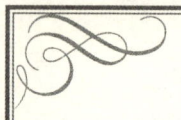

14

Quando terminamos, saí do hospital não exatamente correndo, mas quase isso. Assim que me vi na rua, joguei a cabeça para trás. A garoa atingiu meu nariz, assim como o cheiro de folhas molhadas no estacionamento. Eu tinha adorado tudo naquele estacionamento; tinha adorado a neblina que encobria a paisagem. O hospital em si não era ruim; pelo contrário, era um lugar ótimo, moderno. O problema era que me fazia sentir como se não pudesse respirar.

– Eu avisei que não seria uma experiência agradável – disse Stephen.

– Estou bem.

Ele se deu por convencido. Voltamos para o carro, mas ele não ligou o motor assim que entramos.

– Existem duas possibilidades nesse caso – começou ele. – Primeira: Sam matou o chefe a marteladas. Ou...

– Ou ele realmente viu o chefe ser morto por um martelo voador e agora está em um hospital para criminosos com distúrbios mentais – completei.

– Essa é a segunda.

– Em qual das duas você acredita?

– Não sei – respondeu ele, coçando a testa. – As provas da perícia se encaixam. O tipo das manchas de sangue encontradas nas roupas e no corpo dele indicaram que ele estava a meio metro da vítima no momento do primeiro golpe. Já o resultado dos exames feitos foi menos claro: havia marcas das digitais de Sam, mas pareciam ser antigas, porque apareciam embaixo do sangue. A forma como o sangue escorreu pelo cabo indica que o fluxo foi interrompido pelos dedos de alguém, mas não os de Sam. A melhor suposição é a de que ele empunhou a ferramenta pela ponta do cabo e talvez por cima de algum pano, mas esse suposto pano nunca foi encontrado. Só que essas incoerências a respeito da arma do crime podem ser desconsideradas diante da *confissão* dele.

– Então pode ter sido um martelo voador?

– Pode ter sido um martelo voador – confirmou Stephen. – Ou pode ter sido um jeito esquisito de segurar o martelo. E, se alguém resolve esmagar o crânio de alguém com um martelo, pode muito bem segurar o martelo de forma estranha, porque é um ato estranho... Tem certeza de que está se sentindo bem?

Eu achava que estava agindo de modo perfeitamente normal. Não estava gritando, nem chorando, nem sofrendo espasmos incontroláveis, e me sentia cada vez melhor a cada segundo desde que tínhamos saído do hospital. Só que, obviamente, eu devia estar irradiando sinais de que não estava bem.

– É só que, sei lá, lá dentro senti como se pudesse ser eu ali, sabe? Ruim da cabeça.

– Você não é ruim da cabeça.

– A galinha gigante aqui do meu lado não concorda.

– Você não é ruim da cabeça – repetiu ele, mais enfático. – Você passou por coisas horríveis, mas sobreviveu e se saiu incrivelmente bem. É uma garota forte. Pare de fazer piada, porque não tem nada errado com você.

Eu não esperava esse pequeno arroubo emocional, nem a raiva que transparecia na voz dele.

– Desculpe – falei.

– Não precisa se desculpar. É só parar com isso. É importante, por causa do nosso tipo de trabalho. Nunca esqueça que não tem nada de errado com você. Não brinque em relação à sua sanidade. Você não gostou de entrar nesse hospital, eu também não. É assustador porque quem tem a visão se pergunta se um dia vai acabar em algum lugar desses.

– Quem sabe? – falei. – Se eu tivesse contado a verdade a Julia, talvez acabasse internada. Talvez até gostasse. Acho que eles põem os pacientes para fazer um monte de artesanato. Eu curto artesanato, é legal. Sei bordar e tudo. E aposto que toda hora eles comem pudim. É só me dar pudim e artesanato que eu fico contente por um bom tempo...

– Não são lugares ruins. O tempo que passei num desses hospitais foi bem melhor que minha época de colégio.

Não é legal perceber que você acabou de fazer piada com uma situação pela qual a pessoa com quem você está falando já passou.

– Eu não quis dizer que...

– Eu sei. Só estou dizendo que, se uma pessoa precisa desse tipo de cuidados, esses hospitais são o melhor lugar para ela. Mas o que você tem não é um transtorno mental. Eu não fui internado porque via fantasmas, e sim porque tentei suicídio. E não teve nada a ver com a visão.

Eu nunca tinha ouvido alguém de repente falar sobre a própria tentativa de suicídio de maneira tão casual. Pensando bem, nunca tinha ouvido ninguém falar do assunto, de nenhuma forma. Alguma coisa no fato de termos entrado juntos naquele hospital havia aberto uma porta para o diálogo. Dava para sentir a abertura de Stephen para falar surgindo com cautela, como um gato saindo de baixo do sofá.

– Por causa da morte da sua irmã, não foi?

– E por eu não saber lidar com isso – completou ele. – Ou por minha família se recusar a enfrentar. Tanto faz; os dois contribuíram.

– Quanto tempo você ficou internado?

– Pouco mais de um mês. – Stephen esfregou o nariz. – Meus pais me mandaram para o Priory Hospital. Nada de saúde pública. Era um lugar de gente rica e o mais longe possível. Não sei se eles realmente acreditavam que aquilo era necessário ou se estavam só tentando se ver livres de mim por um tempo. Eu fui para o hospital, eles foram para a Grécia. Minha irmã tinha um motivo para se drogar tanto.

Ele quase sorriu.

– Vocês eram próximos? – perguntei.

– Ela era três anos mais velha. Nós dois estudamos em colégio interno, mas não o mesmo. Eu nem a via com tanta frequência. A gente se gostava, mas não vivíamos grudados nem nada. Eu não fazia ideia de tudo o que ela estava enfrentando, e acho que, em parte, foi por isso que me senti tão culpado. Ela estava lá usando grandes quantidades de drogas, quantidades realmente perigosas, e eu nem imaginava. Nenhum dos supostos amigos dela se surpreendeu muito quando ela teve overdose. Eu fui o único a ficar chocado. Passei três anos bem, até que...

Ele não terminou a frase. Tirou um fiapo imaginário da manga do casaco. Estava colocando um ponto final no assunto.

– Essas coisas... continuam acontecendo – falei. – Assassinatos.

– Não é que estejam acontecendo mais do que antes. Só que agora você está mais atenta a elas.

– Pois acho que estão *realmente acontecendo* mais assassinatos – insisti.

– Ainda assim, é uma questão de percepção. Durante o treinamento que cumpri para me tornar policial, tive que receber denúncias. No sábado à noite eu atendia na delegacia e assim via o que acontecia na cidade. Via pessoas espancando outras, pessoas esfaqueando outras. Você começa a ver violência por toda parte.

– Não posso continuar assim – falei. – O colégio é uma piada. Eu minto para todo mundo. Meus amigos acham que sou uma mentirosa patológica.

– Por isso é mais fácil simplesmente não dizer nada.

– Como é possível *não dizer nada* a ninguém? – questionei.

– É mais fácil se você não tem amigos – disse Stephen, com aquele estranho sorrisinho de lado.

– Isso não ajuda muito.

– Não... Mas, voltando à questão: será que é verdade o que Sam nos contou?

O momento de confissão tinha acabado, e estávamos de volta ao assunto em pauta.

– Acho que acredito nele – falei.

– Não sei muito bem o que pensar, mas vale no mínimo uma visita ao Royal Gunpowder. Callum e Bu já devem estar voltando do hospital. Posso ir lá com eles hoje à tarde ou amanhã.

– Ou agora – sugeri. – Comigo.

– Rory...

– Se tiver alguma coisa naquele porão, o que você vai fazer?

– A mesma coisa que venho fazendo há semanas: conversar com a pessoa.

– Sim, mas essa pessoa provavelmente matou um homem com um martelo, então talvez conversar não seja uma boa ideia – argumentei. – Você precisa de mim.

– Você precisa entender que esse é nosso trabalho. Fico feliz que você esteja de volta e que queira ajudar, mas...

– Vou sozinha, então.

– Mas você é teimosa, hein?

– Conte uma novidade.

– Isso não é uma brincadeira – disse Stephen.

– Em que momento essa história teve alguma diversão para mim? – perguntei. – Foi a parte de passar semanas sendo perseguida? Ou levar uma facada? Ir até uma estação de metrô abandonada, no escuro, para encontrar um homem que tinha matado uma dúzia de pessoas? Me mostre qual parte foi brincadeira, porque eu não sei.

Calei a boca de Stephen. Ele coçou o nariz de novo.

– Mesmas regras – disse ele. – Eu é que falo. E dessa vez é *sério*. Prometa. E cumpra a promessa.

– Prometo. Mas foi ele que falou comigo, você sabe. E ele só abriu o jogo porque eu abri a boca.

– Dessa vez a gente contornou a situação, mas não vai ser tão fácil em um contexto com mais gente envolvida – ressaltou Stephen. – Vamos alegar que você é assistente social, do departamento de Apoio a Vítimas, e que está fazendo um acompanhamento do caso. Seja discreta e não entre em nenhuma conversa. E lembre-se: os donos daquele pub acabaram de perder uma pessoa da família.

– Eu sei.

– Então é bom você ter um pouco de...

– Vou ficar na minha. Você é o líder. Já entendi.

O importante era que, acima de todas aquelas ressalvas, Stephen estava concordando em me levar.

O Royal Gunpowder estava lotado. Parecia que estava havendo uma espécie de cerimônia funerária: havia flores no balcão, e as conversas transcorriam em um volume respeitoso, mesmo que alto. Algumas pessoas lançaram olhares para nós quando entramos; quer dizer, para Stephen. Eu já não usava mais os acessórios de polícia, estava interpretando o papel de uma pessoa que não fala nada. Stephen se aproximou do balcão de um jeito experiente. (Eu já tinha reparado que a maioria dos ingleses sabia a técnica para chegar ao balcão do bar em um pub lotado. Havia uma forma socialmente compreendida de ir abrindo caminho sem chegar a furar a fila.)

A atendente ao balcão, em um vestido preto simples, conversava com um grupo de homens que seguravam suas fichas do AA. Ela assentia o tempo todo e secou os olhos algumas vezes. Stephen os interrompeu com o máximo de educação e mostrou o distintivo. Enquanto ele se apresentava e fazia algumas polidas perguntas sobre como as coisas estavam indo após a reabertura do pub, eu encarava as costas do casaco dele.

– A senhora se sente confortável aqui? – perguntou Stephen.

– Como assim, confortável? Meu sogro foi assassinado a marteladas no porão – respondeu a mulher. – Então, não, eu diria que não me sinto *confortável*.

– Sinto muito – disse logo Stephen. – Vou reformular minha pergunta: alguém tem perturbado a senhora? Vândalos, ou algum incidente do qual devemos tomar conhecimento? Às vezes, cenas de crimes atraem público indesejado, então sempre damos uma verificada.

Dei uma olhada por cima do ombro de Stephen de forma casual (ou assim eu esperava), para ver como aquilo estava indo.

– Ah – fez a mulher. – É claro. Entendo. Não, não houve nada disso.

– A senhora não me parece muito certa. Confie em mim, se tiver acontecido alguma coisa, por menor que seja, nós podemos verificar.

– Bem... – Ela ponderou por um instante. – Depois do que aconteceu, chamamos uma equipe de limpeza para vir dar uma geral. Sabe como é, existe esse tipo de serviço disponível. Eles vieram e esfregaram tudo, até o teto. Deixaram o lugar totalmente arrumado e novo. Foi quando desci ao porão pela primeira vez. Peguei algumas das flores que as pessoas têm deixado e coloquei no lugar em que aconteceu. No dia seguinte, quando voltei lá embaixo para trocar a água dos vasos, estavam todos em lugares diferentes. Perguntei aos funcionários se tinha sido algum deles, mas todos disseram que não tinham mexido em nada ali. Juraram que não foram eles. Mas são só flores. Eu não ia chamar a polícia porque alguém mudou minhas flores de lugar. Mesmo porque tenho certeza de que foi algum funcionário, talvez eles só não quisessem dizer quando perguntei. Podem ter achado que eu ficaria irritada.

– Seria útil se eu pudesse ir até lá dar uma olhada – disse Stephen. – Conferir se está tudo certo. Vai levar só um minuto.

– Quem é essa? – indagou a mulher, apontando para mim com o queixo.

– Apoio a Vítimas – respondeu Stephen, com muita suavidade. – Ela trata da papelada, para garantir que esteja tudo em ordem.

Fingi um grande interesse em um cardápio na parede anunciando um prato de cinco libras para o almoço. A mulher fez menção de nos acompanhar até o porão, mas Stephen ergueu a mão.

– Se a senhora puder ficar aqui... – disse ele. – É o procedimento. Exigências da corporação. Uma bobagem, eu sei, mas...

Para minha surpresa, a mulher assentiu e voltou para cima, fechando a porta. Fiquei pasma.

– Não acredito que deu certo – falei enquanto descíamos. – Procedimento? De onde eu venho, ninguém deixaria um *cara da lei* dar uma olhada no seu porão assim sem mais nem menos. Ou arranjariam um advogado ou uma arma; na dúvida, os dois.

– Isto aqui é a Inglaterra. É só alegar que é o procedimento e todo mundo acredita. Procedimentos inúteis são nossos maiores recursos naturais.

Logo ao pé da escada havia uma estante, cheia de papel higiênico: rolos e mais rolos de papel. Alguém ali era adepto de compras em atacado. À frente, um corredor curto se abria para a direita e a esquerda.

– Tem alguém aqui embaixo? – perguntou Stephen à escuridão. – Não queremos machucá-lo. Por favor, revele-se para nós se estiver aqui.

Nenhuma resposta.

– Rory, vamos fazer o seguinte – disse Stephen. – Quando chegarmos ao pé da escada, você vai para a esquerda dar uma olhada, enquanto eu vou para a direita.

Aquilo era ação policial de verdade: ir até a porta, se dividir e cobrir diferentes direções. E foi o que fizemos. Eu me vi diante de um cômodo cheio de barris e mangueiras de chope, sem possíveis esconderijos nem fantasmas.

– Nada – falei.

– Não estou vendo nada aqui – disse Stephen. – Mas esse lado é maior, tem mais uma sala depois.

Avançamos com cuidado até um cômodo estreito que abrigava quase unicamente caixas quebradas e, depois, até um cômodo bem maior, que parecia ser a área central do porão. Ali havia prateleiras por toda parte e os barris que alimentavam as torneiras de chope no bar. O cheiro de algum produto químico forte persistia no ar. Mas nada de fantasmas.

– Aqui embaixo o sinal não pega – comentou Stephen, olhando para o celular antes de guardá-lo. – Quer dizer, quase não pega. Não consigo acessar os arquivos, mas já olhei tanto para aquelas fotos... Tenho certeza de que é este o local do crime.

No chão, junto a alguns barris, via-se um vaso de narcisos murchos.

– Vamos repassar o que sabemos, tanto por Sam quanto pelo relatório feito pela polícia sobre a cena do crime – disse Stephen. – Sam disse que chegou ao trabalho aproximadamente às quinze para as dez da manhã. Logo que ele chegou, Charlie Strong saiu para comprar um sanduíche de bacon e chá. Temos o registro dessa compra; o recibo do caixa marca três minutos depois das dez. Enquanto Charlie estava fora, Sam aspirou o chão. Quando Charlie voltou, Sam desceu ao porão pela primeira vez, para buscar água tônica. Os registros policiais mostram que, quando Sam voltou lá para cima, Charlie estava vendo *Morning with Michael and Alice*, na parte da receita...

– Adoro esse programa – comentei. – Eu via muito nos Estados Unidos.

– ... e estavam preparando um frango assado. Essa parte do programa durou das dez e catorze às dez e dezessete. Em algum momento nesse intervalo de tempo, Charlie pediu a Sam que descesse ao porão para buscar amendoim e batata frita. E o que sabemos a partir disso é: pouco depois das dez e três, Sam desceu ao porão pela primeira vez. Não havia o desenho de cruz no chão. A receita estava sendo exibida na TV quando ele desceu e continuava passando quando ele subiu, então sabemos que ele desceu ao porão pela segunda vez entre dez e catorze e dez e dezessete, e, a essa altura, a cruz tinha aparecido.

– Você decorou tudo isso?

– Decorei. Bem, nesse momento, algo acontece. O copo é quebrado, o que Sam alega não ter feito. Isso sugere certa agitação por parte do... do que quer que estivesse aqui. Sam chama Charlie, que desce ao porão também. Charlie encontra Sam perturbado com a cruz no chão e, provavelmente, com o copo voador. E, segundo Sam nos contou, Charlie se abaixa para limpar a cruz desenhada no chão.

Stephen se ajoelhou no meio do cômodo.

– Charlie está ajoelhado. Limpando o chão. O que é uma cruz? É o símbolo da morte. O *X* marca o local da morte. Talvez o fantasma, ou fosse lá o que fosse, tenha marcado o local em que ele próprio está enterrado, será? E as flores... flores também marcam covas. Ela disse que as flores deixadas aqui embaixo também foram movidas, talvez para indicar o local... Será que Charlie foi morto porque estava interferindo no túmulo do agressor?

Enquanto Stephen desenvolvia o raciocínio, eu me aproximei da parede que dava para a Artillery Lane, onde a rachadura no chão encontrava o exterior do pub. Prateleiras cobriam toda aquela parede, cheias de copos e caixas de petiscos. Tentei enxergar a parede por entre as prateleiras, mas estavam cheias demais. Comecei a afastar as coisas.

– O que você está fazendo? – perguntou Stephen.

– A rachadura. Estou tentando ver se sobe pela parede.

Stephen se levantou e me ajudou a tirar caixas e copos, e, juntos, afastamos a estante de metal. Engraçado, eu sabia exatamente o que encontraria, mas mesmo assim foi um choque ver. A rachadura ia do teto do porão, ou seja, do nível da rua, e se estendia até o meio da parede, serpenteando ao longo do concreto que revestia os tijolos.

— Não chega até o chão — constatou Stephen. — Então imagino que, seja lá o que tenha escapado daqui, se é que algo realmente escapou, veio do que existe além deste muro, no subterrâneo.

— Que estranho pensar em gente enterrada debaixo da rua.

— São muitos os corpos enterrados aqui em volta. Mais de sessenta e oito mil só no antigo cemitério de Spitalfields. Não é só uma questão de haver cadáveres, porque, aqui em Londres, sempre vai ter algum cadáver enterrado por perto. Acho que é mais uma questão de mudança de estado. Talvez sempre tenha havido uma presença remanescente por aqui, que a explosão em Wexford fez acordar. Ou perturbou. Abalou de alguma forma. E se essa presença reagiu de forma violenta à perturbação gerada? Qualquer um ficaria abalado com uma explosão em volta.

— Então você acha que é só um fantasma irritado?

— Fantasmas *irritados* são chamados de poltergeists na linguagem comum. E poltergeists fazem coisas bem ruins.

Eu me virei para o outro lado, porque senti que vinha um sermão.

— Stephen.

— O que precisamos lembrar é que...

— Stephen — repeti, e o cutuquei no braço para obrigá-lo a se virar e olhar.

A criatura estava parada à entrada do cômodo. E digo "criatura" porque eu não identifiquei se era homem ou mulher, tampouco a idade. Era uma trouxa de panos, com traços aquosos e um ar cinzento. Nos lugares onde seriam os olhos havia apenas vazios profundos. A criatura se balançava levemente para a frente e para trás, como se levada por uma brisa.

— Olá — disse Stephen.

A criatura se moveu adiante cerca de meio metro, mas por nenhum método semelhante a caminhar. Simplesmente se *moveu* e continuou se balançando de leve, de um ponto um tanto mais perto.

– Não viemos lhe fazer mal – continuou Stephen. – Você nos entende? Por favor, dê um sinal de que nos entende.

A criatura permaneceu exatamente do mesmo jeito.

– Imagino que isso seja um não – disse Stephen, mais para mim do que para a criatura. – E acho que...

Nosso novo amigo escolheu aquele momento para responder: fez um barulho. Não falou nem gritou, mas começou a emitir um gemido grave e doloroso – um gemido que ele se recusava a *parar* de fazer.

– Acho que podemos ter bastante certeza de que sua hipótese está correta – disse Stephen, acima do ruído. – Havia algo aqui.

– Aham – falei.

Estávamos congelados junto às estantes, e minha impressão era de que aquela criatura, fosse o que fosse, não tinha a mais remota intenção de nos deixar sair dali. Ela estava *infeliz* e, provavelmente, da última vez que se sentira infeliz tinha martelado a cabeça de um homem.

– Acho que precisamos tomar muito cuidado – disse Stephen.

– Você *acha*?

– E acho também que eu devo ter acertado quando falei que esta entidade não gosta de mudanças. Se for um antigo paciente do Bedlam, deve ter algum TOC, ou ao menos o desejo de manter um ambiente estável. Ordem e estabilidade...

– Ele está chateado.

– É o que parece. Mas acho que também está nos ouvindo. Você está nos ouvindo? Pode nos entender?

O gemido continuava igual.

– Certo – disse Stephen. – Bem, imagino que esteja tentando se comunicar do jeito dele.

– Ele se comunica com martelos.

– É. Com martelos.

– O que significa que preciso dar um jeito nele – falei.

– Eu já disse que você não *precisa* fazer nada.

– Temos que sair deste porão. E ele matou uma pessoa.

– Não temos certeza. Mas é bem provável – confirmou Stephen.

– E pode matar mais gente. Eu não posso *não fazer* isto.

– Só estou dizendo que...

Não prestei mais atenção em Stephen. Eu estava na rara posição de dar as cartas. Precisava decidir o que fazer, e apenas eu podia fazê-lo. E ia fazer. Já havia me deparado com criaturas assustadoras antes e não pude fazer nada. Mas não daquela vez. Estendi o braço e dei um passo na direção da criatura, que aumentou o balançar e o gemido, mas não avançou nem recuou.

Por um breve momento, me perguntei o que aconteceria se não funcionasse – se o misterioso dom que havia em mim tivesse simplesmente se perdido e eu estivesse prestes a tocar uma criatura muito temperamental que se expressava por meio de ferramentas e mudava objetos de lugar com raiva. Mas, assim que estendi o braço, eu soube. Primeiro, minha mão ficou quente e pareceu se colar à criatura. A criatura parou de se balançar. Fechei os olhos e tive uma leve sensação de queda. A criatura e eu nos tornamos um só, caindo juntos por uma paisagem desconhecida. Então, com um leve choque que foi meio que como eletricidade estática, a conexão foi quebrada, o cheiro de flores surgiu no ar e a criatura sumiu.

15

EMBORA ESTIVÉSSEMOS A ALGUNS PASSOS DE Wexford, Stephen achou que seria uma boa ideia me levar até o apartamento deles para digerir e processar aquilo tudo. Aceitei de bom grado. Só não sei *como* ele conseguiu digerir, já que ficava me olhando de soslaio o tempo todo. Acho que uma coisa era me ver executar meu novo truquezinho mágico de certa distância ou por acidente, e outra coisa bem diferente era ver de perto, sendo usado deliberadamente. Eu tinha matado um *fantasma*. Com a *mão*.

Era *incrível*.

– Você fez o certo – disse Stephen.

– Eu sei.

– Está tudo bem?

– Tudo certo.

– Não vai vomitar?

– Estou ótima.

– Tem certeza? Você parece meio agitada.

– Olhe, estou bem – falei, me virando para ele.

– Eu estava certa. Você não acreditou, mas eu estava certa.

– Se eu não tivesse acreditado em você, por que me daria ao trabalho de conseguir uma entrevista com Sam no hospital? Aquilo não foi propriamente fácil de providenciar. Tem *certeza* de que está se sentindo bem?

– Você nunca vai parar de me perguntar isso?

– Vou parar quando achar que recebi a resposta verdadeira – justificou-se.

– Ah, tá. Tudo bem. Então, não. Estou me sentindo um lixo.

– Sério? – disse ele, quase ávido.

– Não. Estou ótima.

Eu me recostei no assento do carro, tamborilando os dedos na janela e tentando parecer uma policial. Fiz cara de policial para os carros que passavam: aquelas boas encaradas, com olhar durão. Às vezes até assentia de leve, como se dissesse: "Meus cumprimentos, cidadão cumpridor das leis." Eu gostava de provar que tinha razão, gostava de me sentir poderosa e gostava da sensação que me tomava naquele momento.

– Quando chegarmos, deixe que eu explico a Callum e Bu o que aconteceu.

– Você sempre quer tomar a frente das conversas – reclamei.

– Porque é meu trabalho. Eu estou no comando. E estava tentando evitar que pegassem nós dois hoje. É crime se passar por policial.

– Eu não estava me referindo só ao que fizemos hoje. Até Callum diz que...

Stephen virou a cabeça para mim na mesma hora, e eu soube que tinha ultrapassado um limite. É isso o que acontece quando me sinto bem demais. Eu falo, falo, falo, até que começo a dizer coisas que deveriam permanecer em arquivos secretos, coisas que eu deveria guardar para mim e de repente... Ops! Saiu.

– O que Callum diz?

– Que você... leva muito a sério – respondi. – O trabalho.

– Mas é claro que eu levo o trabalho a sério.

– Ele é que disse.

– E o que isso quer dizer?

– Quer dizer que... você pode contar a eles. É uma coisa que eu nunca entendi... como funciona isso de você ser policial, mas não ser policial, ou...

Stephen devia ter percebido que eu estava tentando fugir do assunto, e ele definitivamente queria saber o que Callum tinha dito, mas eu já o conhecia bem o suficiente para saber que, quando os assuntos eram procedimentos e o funcionamento das coisas, você podia confiar que Stephen desenvolveria o tema. Ele se sentiria obrigado a responder.

– Tecnicamente – começou ele –, eu sou um oficial de polícia como qualquer outro, só não estou alocado em nenhuma estação ou papel específico, ou pelo menos não que isso conste oficialmente. Passei por todo o treinamento. Cinco semanas no Hendon Police College, mais uns quatro meses em Bethnal Green, depois prática de delegacia na Charing Cross, em seguida Hendon de novo. Foram mais ou menos oito meses. Em paralelo, cumpri também treinamento direcionado no centro de formação do MI5, basicamente sobre como penetrar em lugares que precisem de investigação secreta. Ah, e gerenciamento. Tive que fazer também cursos de gerenciamento. No total, levou mais ou menos um ano, mas continuo aprendendo, dia a dia. Em muitos desses trabalhos que exigem treinamento anterior, você só aprende mesmo na prática. Os cabos geralmente são acompanhados por oficiais experientes, mas ninguém é da minha área. O máximo que tenho é Thorpe, talvez.

– Ele é assustador – falei.

– É necessário. Não podemos deixar as emoções atrapalharem o que precisamos fazer e não podemos ter muita personalidade, ou pelo menos não demonstrar. Mas ele é bom no que faz. Toda vez que precisei recorrer a Thorpe, ele me ajudou. E, para ser sincero, acho que ele nem sabe o que fazer com nosso esquadrão. Deve ter sido um choque se tornar encarregado do nosso grupo. É bem possível que ele fique aliviado se formos extintos logo de vez. Aí vai poder voltar a caçar terroristas ou sei lá o que fazia antes.

– Isso é meio surreal. Thorpe não tem a visão. Ele tem que confiar na sua palavra, de que existem fantasmas por aí e que você está se livrando deles?

– Basicamente. Mas então: o que Callum disse?

– Nada – respondi.

Ele não insistiu no assunto.

O apartamento estava com um cheiro azedo de lixo velho. Alguém ali tinha tentado dar uma ajeitada no lugar: embalagens de comida sujas tinham sido ensacadas e deixadas na cozinha para amadurecer. Além do cheiro azedo, porém, havia uma intensa fragrância familiar que despertou em mim uma fome voraz.

– Olha só quem chegou! – exclamou Callum.

Ele estava no sofá, comendo alguma coisa de uma tigela, provavelmente a fonte do cheiro bom. Caramba, eu estava faminta! Pelo visto, eliminar fantasmas sugava alguma coisa do meu corpo. Bu estava andando pela sala em um short de ginástica, se esticando toda e girando apoiada na perna recém-liberta do gesso. Ao ouvir Callum me cumprimentar, ela foi girando até nós.

– O que você está fazendo aqui? – perguntou. – Veio me ver, não foi? Minha perna está recuperada!

— E está se sentindo bem?

— Pronta para dar uns chutes — respondeu ela. — Mas ainda coça. E parece que encolheu. Pode acontecer, sabia? Você perde o tônus muscular.

— Daqui, me parece do mesmo tamanho.

— Mesmo?

Ela se abaixou para examinar a perna. Eu estaria congelando naquele short, já que o aquecimento ali dentro estava na potência mínima. Os ingleses são resistentes.

— O que é isso aí? — perguntei a Callum. — O cheiro está uma *delícia.*

— Cabrito à moda jamaicana — respondeu ele. — Minha mãe que fez ontem à noite.

— Posso provar?

— Isso aqui é comida jamaicana de verdade. Minha mãe é de Kingston. É uma receita de família.

— Eu não consigo comer esse negócio — disse Bu. — E olha que eu como praticamente qualquer coisa.

— Eu como *qualquer* coisa — falei.

— Sem brincadeira, esse negócio pode até matar — disse Callum.

— Sou dura na queda.

— Se você insiste... — Ele estendeu a tigela para mim. — Mas estou avisando. Tome cuidado.

Os pedaços de carne cinza eram cozidos até ficarem muito macios. Levei a tigela ao nariz e inspirei o aroma delicioso e intenso de ingredientes que estavam no extremo da escala de Scoville. Os óleos de pimenta fizeram meus olhos lacrimejarem de leve. As comidas apimentadas e eu temos uma relação íntima; obsessiva, na verdade. Se for apimentado, eu quero. Quero suar e tremer e quase ficar cega com a dor lancinante... O que, descrevendo dessa forma, parece bem sugestivo. Mas comida apimentada é um vício. É um *fato comprovado cientificamente*. Enfiei três garfadas na boca, uma após a outra. E, depois dos devidos suores e tremores, mais uma. Callum deu uma gargalhada.

– Dá para ver que você está *realmente* bem – comentou Stephen.

– E por que não estaria? – perguntou Bu.

Ela estava de olho em Stephen já fazia mais ou menos um minuto. Eu tinha notado em meio às ondas de deliciosa dor. Considerando que Bu tinha olhos grandes e luminosos e de contorno marcado, era um grande feito ela ter dominado a arte do olhar fixo porém discreto. Eu mesma só percebi esse olhar porque tinha sido alvo dele por uma semana, logo que nos conhecemos.

– Precisamos conversar com vocês sobre o que fizemos hoje de manhã – disse Stephen.

E contou tudo. Um relato fidedigno; eu teria acrescentado muito mais descrições e detalhes.

– Uma questão de horas – disse Callum, por fim. – A gente fica fora *algumas horas* e acontece isso?

– Não foi exatamente planejado. Depois do hospital, passamos no pub a caminho de Wexford. Foi tudo muito rápido, e Rory lidou muito bem com a situação.

– Bum! – fiz para Callum, na esperança de aliviar o clima, mas ele não esboçou reação.

Bu mexia as compridas unhas roxas.

– Thorpe vai gostar de saber – disse Callum. – Pelo menos isso. Vamos ganhar uma grana como recompensa. Ou, quem sabe, um sofá novo da Ikea.

– Eu não teria tanta certeza – disse Stephen.

– Por que não? – perguntou Bu.

– Bem, isso pode trazer mais problemas para ele. A condenação de Sam Worth é praticamente certa, agora que eles têm as provas da perícia e a confissão. Vai ser difícil salvarem o cara dessa, ainda mais com a família em luto. Não dá para argumentar que havia um fantasma por aí dando marteladas na cabeça das pessoas e que por isso Sam deve ser libertado. O público precisa ver que alguém pagou pelo crime, como no caso do Estripador.

– Então Sam vai pagar pelo crime? – disse Bu. – Não é justo.

– Só o que podemos fazer é nosso trabalho. Deixemos que as outras agências cuidem do resto.

– Não é justo – repetiu Bu. – Ele não matou.

– Mas *confessou* – retrucou Stephen. – E a perícia sustenta a confissão dele. O próprio Sam prefere pensar que é culpado a admitir para si mesmo que havia uma terrível criatura invisível.

– Então ele vai ficar preso e pronto? – insistiu Bu.

– Vou repetir: isso não está dentro da nossa alçada. Mas tem uma coisa que está. Na noite do ataque final do Estripador, o chão do banheiro de Wexford foi rachado. E Rory descobriu uma rachadura também no...

– Eu sei sobre isso – disse Callum.

– E ele me contou – acrescentou Bu. – Não seria legal se a gente se reunisse para contar as coisas uns aos outros?

– Claro – disse Stephen, mas sem entrar na discussão. – Bem, tem uma rachadura também na parede do porão do Royal Gunpowder. Já podemos trabalhar com a ideia de que a rachadura tem algum tipo de relação tanto com a mulher que Rory viu no banheiro quanto com o assassinato que houve no pub, portanto precisamos descobrir exatamente até onde se estende essa rachadura. Para conseguirmos isso... Por toda a cidade existem estações-base, usadas para rastrear localizações. Torres de telefonia móvel também são estações-base. Além de rastrear localizações, essas torres também monitoram o movimento da Terra em um grau bem alto e preciso. Hoje em dia são mais usadas para monitorar danos causados por terremotos. Poderíamos usar essas fontes de informação para determinar o tamanho e a localização da rachadura. Tendo esse dado em mãos, poderemos lidar com a questão de descobrir quais são exatamente as consequências dessa rachadura.

– É possível termos acesso a essa informação? – perguntou Callum.

– Podemos solicitar a Thorpe – respondeu Stephen. – Posso fazer o pedido. Enquanto isso, você e Bu precisam patrulhar a área, cobrindo círculos de cem metros de diâmetro. Investiguem tudo com atenção. Verifiquem ruas, entrem em lojas, acessem o máximo de porões que conseguirem. Vou ver se consigo o mais rápido possível alguns uniformes de funcionários da companhia de gás.

– Eu posso também consultar os engenheiros do metrô para ver se eles sabem de alguma estrutura danificada na área da Liverpool Street – sugeriu Callum.

– Ótimo.

– Posso entrar em Wexford – ofereceu-se Bu. – Fazer uma visita, dar uma olhada por lá.

– E eu? – perguntei.

Os três me olharam. Embora eu tivesse consciência de que não era membro do esquadrão, sentia que tinha todo o direito de participar do que quer que acontecesse naquela investigação. Acho que Callum estava prestes a me apoiar nesse sentido, porque vi que ele assentiu e abriu a boca para falar, mas Stephen calmamente esticou o braço e pegou a chave do carro.

– É melhor você voltar – disse ele. – Passou o dia todo fora.

Bu e Callum se entreolharam, mas Stephen já estava se dirigindo à porta. Entendi a mensagem e me levantei do sofá deteriorado.

– O que foi que Callum disse a você? – perguntou Stephen quando já estávamos no carro. – E não diga que não foi *nada*.

– Ele só... ele tem a sensação de que você tenta fazer tudo sozinho.

– Não é isso. – Stephen mexeu um pouco o maxilar cerrado. – O esquadrão está sob minha responsabilidade. É diferente. Somos um departamento secreto, não podemos simplesmente contar tudo a todo mundo.

– Não é todo mundo. É Callum e Bu. Vocês são só três.

– Não faz diferença.

– Pois eu acho que faz – retruquei. – Se você não se abrir com eles, com quem vai se abrir? Eles são os únicos que sabem o que está acontecendo.

– Você não sabe do que está falando – reagiu ele, com um tom agressivo. – Você não entende meu trabalho.

Enfim uma reação. Interessante. A grosseria não me incomodou, e ainda dei um tempo para que ele processasse os sentimentos ali no carro. Stephen trocou de marcha algumas vezes e desviou de um ônibus um pouco mais rápido que o normal, pesando um pouco o pé no acelerador. Eu, como não sei dirigir com câmbio manual, me sentia fascinada com todas aquelas trocas de marcha, e Stephen nem segurava a alavanca – mantinha os dedos retos, empurrando-a com a palma da mão. Era uma postura relaxada, não um aperto tenso.

– Você gosta de dirigir – comentei.

– Ajuda a pensar – respondeu ele, em voz baixa.

– Eu gosto de dirigir cantando. Só canto no carro, e, pode acreditar, sou boa nisso. Mas só quando dirijo. Em outras situações, sou um horror. Você não canta no carro de vez em quando?

– Geralmente, não – respondeu ele. – Mas isto é uma viatura, não um carro comum.

– Acho que as pessoas gostariam de um policial cantor. A vida pareceria um musical. Todo mundo tem a fantasia de viver em um musical. Tipo *Cantástico!*.

– Você consegue falar sobre nada por um bom tempo.

– Consigo mesmo, meu querido!

Os braços e os ombros de Stephen penderam um pouco, e ele reduziu a velocidade.

– Desculpe – disse ele. – Não é que eu goste de esconder certas coisas de Callum e Bu, mas eu mesmo mal sei como fazer esse trabalho. Às vezes é apavorante dar alguma ordem a eles sem nem ter os fatos em que me basear. Esse trabalho é perigoso. Bu já saiu ferida. Você também. Eu já fui ferido. Callum foi ferido antes de entrar para o esquadrão. E, se algum de nós fosse morto em serviço, será que eles se importariam? Ou será que apagariam do mapa nossos registros, como fizeram com o esquadrão anterior? Dariam um fim a todos os vestígios e fariam todo o nosso trabalho desaparecer?

– Então por que continuar? – questionei.

Stephen exalou o ar lentamente.

– Melhor que ser bancário, imagino.

– Isso foi uma piada?

– Eu também sei brincar, viu?

– Mesmo?

– Sou cheio de surpresas.

Stephen parou o carro em frente ao Spitalfields Market.

– Vou deixar você aqui – disse ele. – É melhor não repetir sempre os mesmos lugares. Daqui é seguro para você voltar?

– Acho que consigo andar até duas ruas à frente.

– Claro. Ah, só para você saber... se formos considerar só o intervalo de tempo, tudo indica que não temos com o que nos preocuparmos. A rachadura surgiu três semanas atrás. Você encontrou uma pessoa no dia seguinte, e a segunda surgiu antes de quarenta e oito horas. Prefiro pensar que, se tivessem surgido outras, teríamos detectado sinais a essa altura. Pode ser que o que aconteceu hoje tenha sido o fim da história, mas vamos fazer tudo o que for possível, e vou mantê-la informada. Só não quero que você se preocupe.

– Eu não estou preocupada – falei, abrindo a porta do carro e saindo.

Stephen se debruçou na janela do passageiro para me observar melhor.

– É, você não está preocupada. Ou está?

E não estava mesmo. Em algum nível, eu tinha consciência de que deveria estar preocupada se de fato houvesse uma horda de fantasmas furiosos *embaixo do meu colégio*. Talvez o fato de ser um terminal tivesse alterado a química do meu cérebro. Eu talvez estivesse só doida, esgotada com tudo o que tinha acontecido.

– Prometa que se vir alguma coisa, qualquer coisa que seja, vai ligar para nós primeiro – disse Stephen. – Não tente resolver nada sozinha.

– Até parece que eu faria isso – falei, com um sorriso.

– É bem capaz. Mas sério: não tente resolver nada por conta própria.

– Essa foi a lição de hoje – respondi. – Que bom que você aprendeu. Acho que foi bem produtivo.

– Vá.

Mas ele sorriu. Não era para eu ver, mas vi.

16

J AZZA ESTAVA TRICOTANDO UM TUBO AZUL.

Até que a cena era coerente com o dia que eu estava tendo. Passo a manhã em um hospital psiquiátrico; faço um fantasma assassino evaporar; quando chego ao dormitório, minha colega de quarto está tricotando um tubo comprido. Por que não?

– Um tubo enorme de tricô – constatei. – E você tricota?

– Só quando estou nervosa – respondeu Jazza.

Era um tubo muito estreito e devia ter mais de um metro de comprimento. Os livros de alemão de Jazza estavam espalhados por toda a cama dela, alguns embaixo da lã. A impressão que dava era de que ela estava tentando ler e tricotar ao mesmo tempo.

– Isso é... um casaco para cobras ou o quê?

– Acabei de aprender a fazer mangas de casacos e não consigo parar. Vou ser reprovada em Alemão.

– Vai dar tudo certo – foi minha resposta automática.

– Não vai, não – respondeu Jazza, muito calma. – E é por isso que estou tricotando. É terapêutico. Por onde você andou? Nem atendeu o celular.

– Ah, eu...

Apressada, eu me virei para o armário e abri uma das portas.

– Fui à National Gallery. Fazer uma pesquisa para um trabalho de História da Arte.

Eu tinha bolado a desculpa quando estava a meio metro da porta.

– Ah. Entendi. Essa saia... é minha?

– Ah. É. Peguei emprestada. Tudo bem?

– Claro – respondeu Jazza. – Só estava perguntando.

Ela me emprestava várias roupas, embora em geral eu pedisse antes de usar, mas, sendo Jazza e sendo uma pessoa legal, não me perguntou por que eu precisava da saia preta dela para ir fazer pesquisa no museu. Tirei a peça e a pendurei de volta no armário de Jazza. Em seguida, fui até meu armário e me ocupei com a desnecessária tarefa de passar minhas roupas de um lado para outro, puxando os cabides pela barra com um rangido irritante que corroía as extremidades dos meus nervos. Eu estava impregnada com o cheiro do hospital psiquiátrico, o travo entranhado na blusa. Tirei a blusa e joguei no cesto de roupa suja.

Atrás de mim, continuava soando o leve *cliqueclaquecliqueclaque* das agulhas de Jazza se tocando, o suave tilintar dos aquecedores de parede armando. Tudo tilintando e tinindo. O que eu tinha feito o dia inteiro? Ah, havia apenas solucionado um caso de assassinato, só isso. Solucionado um crime, eliminado o assassino. Mas de que adiantava tudo isso se eu não podia *contar à minha colega de quarto*?

– Hoje tem maratona de revisão – anunciou Jazza.

Eu tinha esquecido. Era uma longa sessão de estudos no refeitório, que o colégio deixaria aberto até tarde. Teria lanche e tudo.

— Não sei se vou – disse ela. – Tenho que treinar a pronúncia para a prova oral de Alemão. Você está pensando em ir?

— Eu... talvez?

— Está tudo bem? Você parece meio...

Acho que ela nem sabia o que eu estava parecendo. Compreensível, já que tampouco eu mesma sabia.

— Dor de cabeça – aleguei. – Vou tomar um banho. Dar uma aquecida. Meu sangue é muito fino para esse clima.

Esfreguei o mau cheiro de hospital da minha pele com doses generosas de sabonete líquido, que deixaram o piso do banheiro escorregadio e me fizeram cair duas vezes, batendo o cotovelo e a cabeça na parede. Coloquei a água na temperatura máxima, saboreando as grandes nuvens de vapor que se formavam. A destruidora de fantasmas em seu robe de névoa. Enfim sozinha, enfim aquecida. Fechei os olhos e deixei que a água jorrasse sobre o corpo, relembrando o que tinha acontecido no porão. Foi tudo tão simples: estender a mão e destruir. Quase tão fácil quanto matar um inseto com uma pisada.

Então me permiti fantasiar sobre como seria confrontar Newman de novo, só que da forma como eu era no momento. Quando ele se aproximava com a faca, eu simplesmente o tocava com a ponta dos dedos.

Alguém abriu a porta do banheiro. Dei um pulo de susto.

— Quem está aí? – perguntou uma voz que parecia de Eloise.

— Eu, Rory!

— Está cheio de vapor aqui dentro. Mal enxergo aonde estou indo!

— Desculpa!

Eu me enrolei na toalha a abri a cortina do chuveiro. Realmente, eu tinha exagerado: os espelhos estavam todos embaçados, e um verniz de umidade revestia o piso.

Dei uma corridinha para voltar ao quarto e me vesti para o jantar. Jazza tinha parado com os murmúrios em alemão e estava só tricotando, esperando eu me aprontar. Descemos com Gaenor e Angela, que tinham entrado de corpo e alma no modo loucura pré-provas. As duas riam de tudo. Gargalhavam como *alucinadas*. Talvez estivessem bêbadas, não sei.

Sentamos a uma mesa com Andrew e alguns outros garotos. Quando perguntei sobre Jerome, recebi respostas não muito claras de que ele tinha ficado para trás porque estava fazendo sei lá o quê. Ele só chegou nos dez minutos finais em que serviam o jantar. Pegou um prato e se sentou com uma postura pesada. Devorou uma pizza em poucas mordidas e mal falou.

Monte Everest, nosso estimado, grandalhão e sempre esfomeado diretor, subiu no pódio que era o antigo altar da época em que o refeitório era uma capela.

– Pessoal – começou ele –, o jantar agora será encerrado para dar lugar à maratona de revisão. Por favor, cada um jogue fora o lixo da sua bandeja e a coloque no balcão de devolução. O refeitório vai ficar aberto até meia-noite. Não se esqueçam de registrar presença com seu monitor-chefe e de avisar também quando forem retornar ao dormitório. Não tem problema conversar durante a maratona, mas, em consideração aos colegas, tentem manter o volume de voz baixo.

– Vou voltar – anunciou Jazza. – Vejo você mais tarde.

Angela também foi embora, deixando Gaenor, Andrew, Jerome e eu formando um grupo. Alguns garotos vieram perguntar algumas coisas a Andrew e Jerome ou avisar se ficariam ou não para a maratona, e Charlotte passou para me perguntar quais eram meus planos. Peguei meus livros no suporte embaixo do banco e tentei escolher um tópico em que eu teria chance de fazer algum progresso. Optei por Matemática Ulterior. Eu poderia fazer alguns exercícios. Resolver problemas de matemática me dava uma sensação de produtividade.

Logo me distraí, quando o pessoal da cozinha começou a botar os lanches na mesa: tigelas de batatas chips, bandejas de biscoitos, jarras de alguma bebida clara sabor limão e laranja. Na mesma hora me levantei para me servir, mas o garoto na minha frente na fila espirrou na mão e enfiou a mesma mão na tigela de batatinhas. Voltei a me sentar e tentei fazer mais exercícios. Tentei também fazer contato visual com Jerome, que estava estudando espanhol. Encostei a perna na dele embaixo da mesa, depois rocei a panturrilha. Ele ergueu a cabeça um pouco, mas continuou olhando para a mesa.

Empurrei meu caderno para perto dele e escrevi: *O que houve?*

Ele coçou o nariz e escreveu: *Nada. Só tentando estudar.*

Justo. Todo mundo estava tentando estudar. Eu parecia ser a única com a cabeça nas nuvens, incapaz de me concentrar. Fiquei duas horas na maratona de revisão, conseguindo, nesse tempo, resolver uns vinte problemas de matemática, além de passar o olho em algumas páginas do livro de francês.

– Acho que vou subir também – falei baixinho.

– Vou com você – ofereceu Jerome. – Até seu prédio.

Imaginei que isso fosse uma proposta para fazermos um intervalo na forma de uns amassos. Fechei os livros rapidinho e reuni o material para ir embora.

Quando saímos do prédio, eu esperava sentir o braço de Jerome passando pela minha cintura. Não aconteceu. Ele seguiu em direção à escuridão que predominava no gramado, a um banco à sombra de uma árvore que bloqueava a luz da rua. Sentei-me ao lado dele. O frio da superfície do banco logo se agarrou ao meu bumbum e percorreu seus dedinhos pela minha coluna, e me aconcheguei em Jerome em busca de calor. Era o momento para ele se virar e aproximar o rosto do meu, mas não, ele só ficou ali sentado, levemente debruçado sobre os joelhos. Afastei um dos semicachos mais compridos dele, que estava cobrindo um pouco a orelha. Minha ideia era começar por ali. Jerome gostava daqueles beijinhos em volta da orelha.

Mas ele se afastou muito ligeiramente.

– O que houve? – perguntei.

– Só queria pegar um ar fresco.

Não havia escassez: a noite oferecia todo o ar, frio e úmido, que poderíamos desejar.

– Tudo bem – falei. – Ar. Agora já temos.

– Você faltou à aula de História da Arte hoje.

Não havia nenhuma inflexão específica naquele comentário; era só a constatação de um fato.

– Foi – respondi. – Eu estava...

Eu já ia completar com "me sentindo mal", mas ele me interrompeu:

– Foi fazer pesquisa na National Gallery?

Essa mentirinha em especial eu não tinha contado a ele, e sim a Jazza. Quando é que eles haviam tido tempo para trocar essa informação? E por que comentar isso um com o outro? E por que eu não tinha inventado uma desculpa melhor para Jazza? Porque tinha andado *ocupada*, por isso. Tudo bem, uma pergunta mais adequada: quando é que eu ia parar de me questionar essas coisas e me explicar?

– Eu... É. Fui fazer meu trabalho... Aquele chato do Mark me obrigou a fazer... Porque eu estou atrasada...

– Você faltou História da Arte para fazer o trabalho de História da Arte?

– Bem, parece ridículo quando você diz dessa forma...
– Qual é o tema do trabalho?
– O quê?
– Você foi pesquisar o quê?

Fui pega de surpresa. Não consegui pensar em nenhum quadro. Nenhum. De todos os quadros do mundo inteiro.

Jerome sabia. Ele sabia que eu não tinha ido à National Gallery. Ali, na escuridão fria, com a umidade penetrando furtivamente nas minhas roupas, o mundo de repente me pareceu hostil e pouco familiar. E, como não respondi, Jerome se levantou e começou a andar de um lado para outro, em frente ao banco.

– Eu não sei como dizer.
– Dizer o quê? – perguntei.

Jerome inspirou o ar com força pelo nariz e esmagou a grama devagar com um dos calcanhares.

– Quarta à noite. Aonde você foi?
– O quê?
– Quarta-feira.

Quarta... o que eu tinha feito na quarta?

– Você saiu com um cara – disse ele, me obrigando a confirmar.

Claro. Eu tinha saído com Callum na quarta. Callum dos muitos músculos, que quase tinha se tornado jogador profissional. O fato de Jerome saber com quem eu tinha saído me deixou... bem, me deixou meio que furiosa.

– Você me *seguiu*?
– Não, eu não *segui* ninguém. Alguns calouros viram você com ele.

Minha reação não foi nada boa. Ergui as mãos em um pedido de desculpas.

– Desculpe – falei. – É que... É um amigo meu. Só um amigo. Isso é paranoia sua.

Acho que foi a coisa errada a dizer. Quer dizer, tenho cem por cento de certeza de que foi a coisa errada a dizer, mas eu disse mesmo assim.

– *Paranoia?* – ecoou Jerome. – Você está mentindo para mim!

Bem, nesse ponto ele tinha razão. Mas todas as conclusões a que tinha chegado, essas, sim, estavam erradas. O que me obrigava a uma resposta rápida. Aonde, aonde... aonde eu poderia ter ido?

– Eu estava na *terapia*!

E falei isso bem alto. Gritando. Jerome levou um susto, eu levei um susto, até um bichinho que estava rastejando ali perto da lixeira ao lado do banco levou um susto, porque eu ouvi as patinhas se afastando correndo.

– Terapia? – questionou Jerome.

– Terapia – repeti.

– E aquele cara...

– É do meu grupo. Terapia em grupo.

– Então você tem feito terapia e resolveu...

– Mentir? – completei. – Eu disse isso a Jazza porque ela perguntou aonde eu tinha ido, e o museu foi a primeira coisa que me veio à cabeça. Nunca comentei nada com você porque não queria ser a namorada que só vive falando da terapia. Sabe como é, já sou americana. Fazer terapia me tornaria *super*americana. Vocês acham que *todos nós* fazemos terapia, não é verdade?

Não é algo que me agrade admitir, mas eu minto bem. Venho de uma longa linhagem de gente que sabe contar uma história, que sabe criar elucubrações a partir da realidade. Sei falar de um jeito que soe convincente. E minhas palavras estavam tendo o efeito desejado: Jerome finalmente olhou para mim.

– Não tem nada errado em fazer terapia – disse ele.

– Eu não disse que tinha. Só não quero ficar falando sobre isso o tempo todo. Nem sempre quero ser a garota que levou a facada, sabe?

Tudo perfeitamente verdadeiro. Tão verdadeiro, aliás, que surgiram lágrimas nos meus olhos e minha voz até falhou um pouco.

– Você pode se abrir comigo – disse Jerome. – Pode me contar o que está acontecendo. É meio que para isso que estou aqui.

Odiei ouvir isso. Odeio mentiras e odeio que tenham pena de mim. Principalmente a pena, acho. Odiei passar a impressão de abalada e estranha e odiei que Jerome quisesse conversar sobre sentimentos. Eu estava de saco cheio de *sentimentos*.

– Quero ajudar você – continuou ele. – Sinto muito. Sinto muito mesmo...

– Deixe pra lá – falei. – A questão é que não tem nada acontecendo. Não estou escondendo nada de você.

Quer dizer, nada além do fato de que eu tinha eliminado um fantasma homicida naquele dia mesmo. E ido a uma clínica psiquiátrica para entrevistar um suspeito de assassinato. Nada além disso.

– Não acredito que eu fiz isso – disse Jerome, com uma voz tingida de culpa.

Meu estômago se revirava lentamente, como em um caminhão de concreto.

Foi esse o gatilho. A culpa. Aquela confusão emocional, que eu não queria e da qual não precisava. Era legal beijar Jerome e era legal que ele existisse no âmbito de namorado, mas eu não queria lidar com todos os sentimentos dele em relação aos meus sentimentos.

– É melhor a gente não fazer isso – ouvi a mim mesma dizer.

— Isso o quê? Brigar?

— Isso — repeti, e joguei as mãos no ar em uma tentativa de me referir a nós dois, àquilo que éramos.

Para minha surpresa, Jerome não tentou argumentar. Vi quando ele entendeu o que eu estava propondo e vi quando tentou fugir da ideia desviando o olhar depressa, como se não machucasse.

— Terminar — disse ele. — É o que você quer.

Não era culpa dele. Eu tinha mentido, e não por maldade, mas por necessidade. Minha vida era uma bagunça, eu estava cansada de tantos problemas, e Jerome era só mais um. Terminar tornava tudo mais simples. Para mim, pelo menos.

Eu me senti nauseada e só queria que aquilo tudo terminasse logo. Queria sair dali.

— Vou entrar — falei.

Jerome não disse mais nada. Eu tinha a sensação de ter cometido um ato muito cruel. Não tinha planejado aquilo e me sentia no piloto automático ao me afastar dali, deixando-o sozinho no banco.

Depois foi a vez de Jazza. Claro que ela não tinha me perguntado à toa onde eu passara o dia; tinha contado a Jerome. Minha suspeita foi confirmada quando, assim que entrei no quarto, ela tirou os fones de ouvido, deixando vazar murmúrios em alemão. Ela deixou de lado a lã e as agulhas como se pudesse ter que, de repente, pular pela janela.

— Você voltou cedo — comentou Jazza, a voz ligeiramente aquosa.

Eu me sentei na beirada da cama, encarando-a. Jazza era tão compulsivamente honesta que nem tentaria manter o fingimento.

– Você falou com Jerome? – perguntou ela.
Assenti.
– Está tudo bem entre vocês?
– Eu não traí Jerome – falei.
– Eu não pensei isso.
– Mas ele pensou.

Dava para ver que ela escolhia as palavras com cuidado: colhendo cada uma delicadamente de seu léxico mental, como se estivesse pegando tubos cheios de elementos químicos explosivos.

– Não sei o que Jerome pensou, mas ele estava preocupado – disse ela. – E confuso. E... acho que você tem conseguido lidar com isso, e ninguém sabe as coisas pelas quais você passou, e todo mundo respeita isso, e... é... é difícil saber... o que você está pensando, entende? Mas eu falei para ele ir lá e conversar com você e...

– A gente terminou.

Um arregalar dos olhos.

– Ah... mas... Não! Mas... não era nada...
– Eu só não consigo no momento.
– Ah.

Um "ah" mais conclusivo. Um "ah" que transmitia compreensão. Jazza se levantou e foi se sentar ao meu lado na cama.

– Você está bem? – perguntou.
– As pessoas não cansam de me perguntar isso há semanas.
– Ah, desculpe... Eu...
– Está tudo bem – falei. – Sério. Bem até demais, talvez. Eu devia estar me sentindo triste, mas não. Só sinto... nada. Fui lá e terminei. Eu tinha que fazer isso.

Era tudo verdade. Eu não sabia ao certo por que tinha feito aquilo – terminado com o único namorado de verdade que já tive. Só sabia que era preciso.

Ficamos ali olhando para o chão, ouvindo os estalidos e assobios dos aquecedores de parede. Jazza era minha amiga, mas já era amiga de Jerome antes de me conhecer.

– Você me odeia? – indaguei.

– Sabe o que eu penso disso tudo?

– Você é melhor do que eu nesse negócio de pensar.

– Acho que... que devíamos ver se Gaenor e Angela têm vinho. E eu tenho chocolate. Por mim, a gente se enrolava no edredom e ficava tomando vinho com chocolate.

Eu já ia rejeitar a ideia, porque não queria ninguém sendo legal comigo, mas Jazza estava obstinada. Ela me fez levantar, arrancou a manta da minha cama e a jogou sobre meus ombros.

– Não é uma sugestão – disse ela. – É uma ordem.

17

No dia seguinte, acordei com o som de sinos de igreja. Londres é cheia deles, sinos antigos em torres antigas de pedra, lançando seu clamor pela melancolia cinzenta de dezembro. Os sinos continuaram a soar e vibrar na minha cabeça, cada badalada evocando a náusea. Eu tinha tomado uma caneca e meia do vinho quente e barato que Gaenor guardava nos fundos do armário, uma quantidade nem tão grande, mas o efeito ainda pairava no meu corpo. Além de eu sentir que minha boca era feita de algodão, uma dor difusa e não especificada rastejava do estômago para a cabeça, subindo e descendo.

Gostei. Gostei de acordar daquele jeito. Foi uma noite legal, todo mundo em volta de mim: Gaenor, Angela e Jazza. Eloise apareceu também e começou a contar sobre todos os garotos franceses que tinha rejeitado. Ninguém me tratou como se eu fosse um monstro, embora eu tivesse certeza de que Jazza logo procuraria Jerome para saber se ele estava bem. Ela já estava acordada, de robe, xícara de chá na mão e o nariz enfiado no livro de alemão novamente.

– Bom dia – disse ela. – Vamos tomar café? Acordei faz horas e estou morrendo de fome.

Horas? Uma olhada no relógio (e o badalar dos sinos) me informou que ainda eram nove da manhã. Jazza estava compensando o tempo que tinha perdido comigo no dia anterior.

Tomar café implicava, claro, encarar aquele que agora era meu ex-namorado. Seria complicada a questão das refeições. Eu sempre me sentava com Jerome, Jazza e Andrew. Como eu ia conseguir comer de novo na vida?

– Dispenso – falei. – Acho que vou ficar aqui morrendo.

– Passando mal?

– Um pouco. Daqui a pouco melhora. Vá você.

Então Jazza se ajeitou e saiu, e eu fiquei ali pensando na palavra *ex-namorado*.

Como seria dali para a frente, vendo-o por toda parte? O que é que eu tinha feito? Um rápido fluxo de sentimentos terríveis jorrou sobre mim: culpa, tristeza, vergonha... estava tudo ali. Sacudi a cabeça, afastando-os. Aquele dia eu encontraria algum dinheiro nas minhas coisas (tinha que ter ainda algumas libras) e comprar um muffin e uma xícara de café. Eu ia dar um jeito.

Eu me vesti de qualquer jeito – uma calça moletom já surrada e uma camiseta –, penteei o cabelo com os dedos e tirei a remela horrorosa dos olhos. Desci praticamente me arrastando pela escada. Quando cheguei ao térreo, dei com Charlotte saindo da sala de Claudia.

– Ah – disse Charlotte. – Aqui está ela. Rory, Claudia quer conversar com você.

Perguntei um "para quê?" mudo, só mexendo os lábios, mas a resposta de Charlotte foi apenas um sorriso meio tenso e um discreto dar de ombros. Desviei dela para entrar.

– Feche a porta, por favor – pediu Claudia, digitando ao computador, e não ergueu o olhar. – Não vai demorar.

A sala estava gelada e quase às escuras, todas as luzes apagadas exceto pela luminária de mesa, só um pequeno aquecedor elétrico perto de Claudia. Eu me instalei na cadeira, puxando as mãos para dentro das mangas do casaco.

– Aurora.

Ela girou na cadeira para ficar de frente para mim, o que teve um efeito um tanto perturbador, como se eu tivesse sido convocada à sala do malvado supervilão.

– Bem, me conte como foi essa semana para você.

– Hm... Ah, foi boa, eu acho.

Eu esperava que ela respondesse com um comentário padrão. "Ótimo", ou "que bom", ou "vamos comemorar com uma queda de braço, porque eu sou muito forte". Mas, não. O rubor alto e vermelho de suas faces parecia levemente mais alto e mais vermelho que o normal. O frio subiu pelos meus braços, desceu pelo pescoço.

– Aurora – disse ela mais uma vez (nunca é um bom sinal alguém dizer seu nome duas vezes logo no início de uma conversa) –, eu sei que... – Claudia deixou sua sapiência pairar no ar por um momento, em aberto – ... sei que você estava um pouco atrasada quando voltou.

– Pois é, eu fiz o que pude – falei. – A senhora sabe. Eu fui...

– Claro.

Ela ajeitou alguma coisa na primeira gaveta da mesa, que devia ser difícil de fechar, e deu um empurrão firme.

– Você lidou com a situação de forma bastante corajosa, mas tenho algumas preocupações. Neste momento, ficou um tanto evidente que você está ficando para trás nos estudos, talvez a ponto de não chegar onde deveria.

Ela abriu uma pasta na mesa, e vi que continha meu teste de avaliação de História.

– Eu não estava muito preparada naquele dia – falei.

– São questões muito básicas, abordando tópicos que, em sua maioria, foram dados em aula antes de você passar aquele tempo fora... embora, é claro, eu compreenda que na época também houvesse fatores de estresse. Mas não é só isso. Recebi reclamações também de uso de celular em sala, de cochilo durante a aula e, ontem mesmo, até de falta.

Bem, então talvez também tivessem um sistema de rastreamento dos alunos.

– E entendo que você se encontre em circunstâncias não usuais – continuou Claudia. – Mas devo lhe lembrar que, fosse qualquer outro aluno, já teríamos aplicado sanções disciplinares. Qualquer outro aluno que se encontrasse no seu nível de rendimento já estaria fora.

– A aula que faltei... Eu estava na terapia – falei. – Foi por isso.

– Terapia? Você não esteve na enfermaria.

– É uma psicóloga particular. Charlotte que me indicou.

Provavelmente não foi uma boa ideia. Claudia poderia muito bem pegar o telefone de Jane com Charlotte, e, se ela ligasse para Jane, descobriria sem dificuldade que eu era uma bela de uma mentirosa. Mentiras e problemas: definitivamente, não acabavam nunca.

– Se você está fazendo tratamento, precisamos ser informados. Ainda mais se isso acarretar sua ausência em algumas aulas.

– Desculpe – falei. – Achei que não teria problema.

Claudia franziu os lábios e olhou mais uma vez para a gaveta. A sala de repente me pareceu muito escura, e a luz alaranjada da luminária pulsava na minha visão.

– Aceitar você de volta foi uma experiência – disse ela. – Tivemos uma semana para avaliar em que altura você está, e preciso ser honesta, Aurora... acho que não é justo fazer você continuar em Wexford. Talvez este não seja o melhor lugar para você se recuperar. Antes que precise passar pelo estresse e a tensão das provas finais, quero que você reflita bem. Acho que você deveria considerar a ideia de encerrar seu ano mais cedo.

O que estava acontecendo? Aquilo não podia ser o que eu achava que era. Porque *parecia* que eu estava sendo expulsa.

– Encerrar o ano mais cedo?

– As provas finais são um processo árduo, e isso sempre foi uma preocupação nossa – continuou Claudia. – Não há vergonha alguma em nada disso. Você não tem culpa pelos eventos que nos levaram até aqui. No entanto, não vejo como você conseguiria se recuperar nos estudos, certamente não a ponto de fazer as provas finais. Se quiser, você pode ficar, só estou tentando...

E estava mesmo. Eu imaginava que aquilo não devia estar sendo nem um pouco confortável para Claudia. Apesar de ser incisiva e apaixonada pela violência do hóquei, eu nunca havia detectado grosseria por parte de Claudia.

– Estou tentando lhe dar a melhor alternativa. Vá para casa, passe as festas de fim de ano com sua família. No ano novo você recomeça.

– Mas não aqui – falei.

– Acho improvável, Aurora.

Eu me recusava a chorar na sala de Claudia. Não. Não ia chorar. Olhei para o alto, porque às vezes ajuda a conter as lágrimas, mas só vi tacos de hóquei expostos em suportes na parede. Tacos de hóquei não são reconfortantes.

– A senhora já conversou com meus pais? – consegui perguntar.

– Não, ainda não. E quero deixar claro que isso não é uma punição. É só um lamentável infortúnio, e eu sinceramente desejo o melhor para você. Se você realmente se considera capaz de fazer as provas finais, então, por favor, fique e faça. Senão... E não é vergonha alguma...

Engraçado, porque, naquele momento, vergonha era só o que eu sentia. Ter vergonha é como se sentir derreter: você realmente sente seus músculos enfraquecerem e caírem, como se seu corpo estivesse preparando você para rastejar, ou talvez escorrer, até a saída mais próxima.

– Pense a respeito e me avise o que você gostaria de fazer – disse Claudia. – Não quero tornar isso mais difícil do que já é. Que tal se a gente voltar a conversar amanhã?

– Amanhã. Claro – concordei.

Empurrei a cadeira para trás a fim de me levantar, e os pés fizeram barulho ao arranhar o chão, franzindo o tapete oriental. No saguão, parei em frente aos escaninhos e fiquei ouvindo: uma risada acompanhada de um gritinho veio do salão comunitário; alguém deixando algum objeto cair em um dos quartos dos andares superiores, fazendo soar um *tunc* no teto. Hawthorne exalava vida.

Subi devagar até meu quarto, passando pelas mais de dez fotografias emolduradas – todas ligeiramente desalinhadas –, penduradas na parede ao longo de toda a escada. Fotos de dias de jogos, fotos de equipes, fotos de turmas. Eu não seria parte daquele lugar. Minha imagem jamais estaria naquela parede. Antes a mais comentada no colégio, eu logo seria esquecida, tal como Alistair, que tinha morrido dormindo. O caso do Estripador já nem era mais o grande assunto do momento em Londres. Ultrapassado. Substituído por um escândalo político.

Parei entre as portas corta-fogo do segundo andar e fiquei olhando para meu corredor pela janelinha de vidro. Era domingo. Segunda-feira era "dia de leitura", ou seja, dias de estudo pura e simplesmente. Depois, na terça e na quarta, viriam as provas. Eu não ia conseguir muita coisa naquele dia, e segunda-feira também não me parecia um dia promissor. Provas na terça; à noite, eu teria que resgatar os poucos vestígios restantes do meu cérebro e tentar moldá-los de forma que ao menos parecessem novamente um cérebro para fazer as duas provas seguintes.

Fiquei ali parada no minúsculo vestíbulo, que sempre tinha um cheiro muito intenso de carpete de estabelecimentos comerciais e afins. Eu provavelmente teria ficado ali pelo resto do dia se não fossem os passos altos que soaram e Charlotte abrindo a porta atrás de mim.

– Você está bem? – perguntou ela.

Bastou isso para eu cair no choro. Um choro de verdade, intenso. Virei uma mangueira industrial. Charlotte sem demora me envolveu em um dos braços e me conduziu até seu quarto, baixando minha cabeça para seu ombro e o meio da sua cabeleira ruiva.

Charlotte ocupava um quarto individual, bem menor que o meu. O tamanho reduzido, porém, deixava o lugar mais aconchegante e, provavelmente, bem mais aquecido. Ao contrário de mim, ela não deixava as roupas mais ou menos gastas penduradas no encosto da cadeira. Eu já tinha visto aquele quarto do corredor várias vezes, mas nunca tinha entrado. A parede da porta era coberta, do chão ao teto, por uma colagem. Era permitido colar papéis nas paredes, desde que usássemos adesivos próprios. Charlotte tinha uma coleção cuidadosamente selecionada de recortes de revistas de moda mostrando modelos lendo livros, posando com livros ou basicamente perto de livros. Glamour e cérebro em papel brilhoso, arrumados com perfeição na parede. Aquilo devia ter levado um bom tempo para ser montado, pois as bordas se encaixavam com exatidão umas nas outras, todas no tamanho e recorte exatos até cobrir toda a parede.

Fiquei tão surpresa com aquilo que até parei de chorar. Não sei bem por que o choque em ver que Charlotte tinha decorado a parede daquele jeito.

– Eu vou ser reprovada – falei, limpando o nariz na manga do casaco. Havia um pufe grande no chão, prontinho para receber meu traseiro, e me instalei ali. – Perdi muita matéria. Estou totalmente atrasada. Claudia disse que eu posso ficar para as provas finais, mas que é meio inútil...

Devo reconhecer que, felizmente, Charlotte não tentou argumentar. Nem tentou o método Jazza, de dizer que daria tudo certo quando era evidente que não daria nada certo.

– Vocês chegaram a pensar em algum outro esquema? – perguntou Charlotte. – Talvez você pudesse fazer as provas mais tarde, quem sabe?

– Não. – Balancei a cabeça. – Claudia tem certeza de que não vou me recuperar, não este ano. E ela tem razão. Eu não vou conseguir.

– Então você vai voltar para Bristol.

– Acho que sim.

– E frequentar um colégio lá?

Era o que meus pais queriam *antes* de eu voltar para Wexford, para aquela pequena experiência. Isso foi antes de a experiência dar errado, e meus pais em breve receberiam a notícia de que aquele ano inteiro tinha sido basicamente um fiasco. Só Deus sabia o que aconteceria dali para a frente.

Eu me recostei no aquecedor de parede e bati a cabeça de leve no ferro. Estava quente demais para eu ficar daquele jeito, mas antes me queimar do que passar frio. Não me importava muito se eu acabasse com as costas causticadas. Contemplei cada foto da colagem na parede, meus olhos se contraindo de leve enquanto absorviam a informação. Livros e cérebros. Garotas bem-sucedidas.

Eu não era uma garota bem-sucedida.

– Jane – disse Charlotte, me passando uma caixa de lenços. – Acho que você devia ir conversar com Jane. Hoje. Agora.

– Não tem nada que ela possa fazer – falei. – São coisas de escola e...

– Não – disse Charlotte, com firmeza. – Ela pode ajudar. E sei que ela concordaria em receber você.

O olhar de Charlotte... tinha quase um brilho de fervor religioso. Para ela, Jane era a mágica solucionadora de problemas. Devia ser bom ter aquele nível de confiança na terapia, ou ter problemas possíveis de serem solucionados.

– Jane já tratou todo tipo de gente em crise. Um monte de alunos expulsos de colégios ou universidades. Sei que ela vai ajudar. Posso ligar para ela? Por favor.

Charlotte ligou. Pelo que ela falava, dava para perceber que Jane me receberia de bom grado.

Aquele foi um dos momentos em que senti com mais força a realidade excruciante de não estar em casa. Na minha cidade natal, eu tinha amigos prontos a atender uma ligação minha, amigos por perto. Tinha amigos em Londres, mas eram amigos para quem eu vinha mentindo quase desde que os conhecera. Até a noite anterior, eu tinha também um namorado. Era capaz de ele ficar feliz em me ver expulsa dali...

Não. Ele não ficaria feliz. O que era ainda pior.

Eu tinha Stephen. Podia ligar para Stephen.

Só que eu tinha arruinado *tudo* ao ser expulsa. Todo o trabalho dele. O esquadrão. Quando eu fosse embora de Wexford, não haveria mais terminal, nem esquadrão, nada. Como é que eu tinha chegado àquele ponto, com um peso tão grande nos ombros? Logo eu, que, se pudesse, acordaria às três da tarde todo dia e viveria à base de Cheez Whiz? Eu não era a pessoa mais indicada para definir o destino de organizações policiais.

Tudo o que eu queria era voltar para a cama e só acordar aos vinte e cinco anos.

– Jane falou para você ir lá agora mesmo – confirmou Charlotte, ao desligar. – Fiz um resumo da situação para ela. E não se preocupe, não vou contar a ninguém. Nem uma palavra.

– Obrigada – falei.

– Você vai sair dessa – disse Charlotte. – Vai dar tudo certo, não importa o que aconteça.

Mas, claro, Charlotte tinha uma noção bem limitada do que poderia acontecer.

18

O RUIVO INTENSO DO CABELO DE JANE ERA UM DOS pontos de maior destaque na rua. Ela usava um vestido deslumbrante, com longas partes retas nos ombros que se erguiam na ponta, uma peça de corte reto e folgado, mas que ao mesmo tempo se ajustava aos contornos do corpo, com uma estampa étnica em tons de laranja, preto e amarelo.

– Chá – disse ela, me conduzindo para dentro. – E alguma coisinha doce.

– Não precisa. Não quero nada.

– Faço questão. Não sei resolver problemas de estômago vazio. Vamos dar uma subida no açúcar do seu sangue. Você sofreu um choque, parece indisposta.

A entrada da casa estava na penumbra. Enxerguei apenas um leve vislumbre do estranho leopardo prateado no canto e as conchas douradas do papel de parede. Jane me orientou a seguir em frente, passando pela escada, até chegarmos à cozinha. As janelas que davam para o jardim permitiam que um pouquinho mais de luz penetrasse na cozinha – embora o dia não oferecesse muito mais que aquilo.

– Tenho alguns doces muito interessantes hoje – disse Jane, empurrando o pote para mim. – Estes aqui são biscoitos amanteigados sabor Earl Grey, e este é um brownie com laranja e pimenta. Coma. Você vai se sentir melhor.

A atitude prática e positiva de Jane era contagiosa. Obedeci. Peguei um brownie e o devorei em três mordidas, deixando cair migalhas no balcão. Jane assentiu em satisfação e foi botar água para ferver.

– Então – começou ela. – Charlotte me contou mais ou menos seu problema. O que exatamente disseram a você?

Contei a ela toda a conversa com Claudia. Jane escutava com um ar solene.

– Você podia fazer as provas – sugeriu ela.

– Podia. Mas eu tenho mais ou menos zero chance de passar.

– Tem certeza?

– Tenho.

A chaleira elétrica apitou. Jane encheu o bule e dispôs na mesa xícaras, leite e açúcar.

– Vou lhe fazer uma pergunta e quero que você pense bem sobre o que responder – disse Jane. – Diga, com sinceridade: *por que você voltou?*

– Porque me mandaram voltar – respondi.

– Quem mandou?

– Minha... médica.

Jane inclinou a cabeça para o lado.

– Você podia ter se recusado. Ou podia, claro, ter voltado para os Estados Unidos. Mas você voltou para cá.

– Eu precisava – falei.

– *Precisava?*

– É complicado.

O eufemismo do ano.

– Minha psicóloga achou que seria bom para mim. Uma tentativa de me fazer voltar a ter uma vida normal. E foi um fracasso.

– Ei, ei – disse Jane, severa. – Nada disso. Nada disso. Você não é nenhum fracasso.

– Só no colégio.

– O que você fez está longe de ser um *fracasso*, Rory. Pense bem: quantas pessoas poderiam estudar fora por um ano, para início de conversa? E ainda continuar os estudos depois de sofrer um ataque brutal?

– Não me importo muito – falei. – Estou cansada de ser diferente por causa do que aconteceu. Eu só quero que as coisas sejam normais. E ultimamente não tenho tido nada de normal.

Uma nuvem encobriu o pouco sol que havia, lançando a cozinha em sombras. Jane se levantou e acendeu a luz. Em seguida, encheu nossas xícaras de chá, adoçando o seu com açúcar. O leve *tinc tinc tinc* da colher batendo na xícara ao mexer o açúcar me hipnotizou.

– Já contei o que aconteceu comigo quando eu era da sua idade – disse Jane. – Sobre o homem que me seguiu, que me bateu na cabeça, e sobre como acabei no lago. Quase morri afogada naquela noite. Cheguei perto da morte, e aquilo me *transformou* um pouco. Tenho a sensação de que você entende o que quero dizer. Você também sofreu uma transformação.

Ela não podia estar dizendo o que eu achava que ela estava dizendo.

– Começou com o Estripador – continuou Jane. – Os que têm a habilidade identificaram os sinais. Um assassino que nunca é capturado pelas câmeras de segurança, que aparece por toda a parte, não deixa rastros. Essa mesma pessoa entra na BBC e entrega um pacote contendo um rim humano e, mais uma vez, ninguém vê nada. Até que ele some, tão misteriosamente quanto apareceu. Será que era uma pessoa sem passado? Sem família? Que não deixou marcas no mundo? Pouco provável, não acha?

Ela sorriu, um sorriso largo. Jane usava um batom escuro, de um tom entre o vermelho e o laranja. A cor fazia meus olhos pulsarem. Havia um ar de irrealidade naquilo tudo: a cozinha grande, os altos bancos em que estávamos sentadas ao balcão, o quadro perto da janela, todo em pinceladas serpenteantes, e que eu não tinha notado antes. Era uma pintura que retratava o sol, ou talvez algumas cobras... Como eu podia confundir o sol com cobras?

– Charlotte me contou sobre a noite em que você e ela sofreram o ataque – continuou Jane, falando tão baixo, com uma voz tão tranquilizadora... – Ela não viu nem ouviu nada até o momento em que levou o golpe na cabeça. Você foi encontrada no banheiro ao fim do corredor, todos os espelhos estilhaçados, a janela quebrada. A porta teve que ser arrombada. Qual foi a história? O assassino escapou pela janela e fugiu? Mas Charlotte me contou que as barras de proteção da janela tinham acabado de ser consertadas, porque estavam meio soltas. Não; nenhuma pessoa viva escapou dali. O que você viu e o que foi noticiado foram duas versões muito diferentes, não foram?

Só pude assentir. Jane soltou um pequeno suspiro de satisfação.

– Quando foi? – perguntou ela. – Quando você passou a ter a visão?

Já aconteceu de você perceber que estava prendendo a respiração? Você acha que está respirando normalmente, até se dar conta de que seu abdômen está retesado, que o espaço ao redor do coração está cheio e que os pulmões estão inflados a ponto de explodir, e então você liberta o corpo...

Eu me libertei. De tudo. Quer dizer, quase tudo. Comecei pela noite do evento duplo, em que Jazza e eu saímos pela janela do banheiro e fomos até Aldshot. Contei que voltamos correndo pelo gramado no meio da noite e que, quando estávamos entrando escondidas em Hawthorne, vi um homem que Jazza não viu; que, no dia seguinte, o corpo de uma jovem foi encontrado bem ali no gramado. Quando cheguei à parte em que Stephen, Callum e Bu entram em cena, quatro palavras me vieram à mente: Ato de Sigilo Oficial. O documento terrível que me fizeram assinar quando eu estava no hospital, me colocando sob o juramento de que eu não falaria com ninguém sobre o esquadrão, em circunstância alguma. E, embora o Ato de Sigilo Oficial não tivesse sido redigido tendo em mente pessoas que veem fantasmas, ainda assim era assustador, e minha assinatura ainda constava no documento. E eu tinha plena certeza de que eles não estavam brincando quando disseram que eu *não podia* falar nada.

– Logo que cheguei à Inglaterra, eu engasguei durante o jantar – contei. – Uma coisa estúpida.

– Não é estúpido. As coisas acontecem como devem acontecer. Eu suspeitava de que você fosse uma de nós, por isso é que tentei entrar em contato. Não tinha certeza, mas achava muito provável.

– O problema agora é que eu minto o tempo todo – lamentei.

Jane assentiu.

– Agora me conte o que *realmente* aconteceu com você. Porque imagino que tenha sido isso o que complicou seu processo na terapia. A mim você pode contar a história toda.

– Eu não sei como falar sobre isso. Foi o que me fez terminar com meu namorado, ontem.

– Entendo. No início, achei que estivesse louca, então mentia para esconder isso. Mas depois, por pura força de vontade, me convenci de que *não* era louca. O que eu via era real. Para minha sorte, era o fim dos anos sessenta, basicamente a melhor época que já houve para quem quisesse fugir para Londres. As pessoas eram abertas. Havia moradias coletivas em casas ocupadas. O mundo do rock'n'roll era vibrante, mas, ao mesmo tempo, estranhamente prático. Quem ficasse muito pelas ruas acabava conhecendo qualquer pessoa que quisesse. E havia muitos místicos, e muita gente que usava várias drogas esquisitas. Se você dissesse que via fantasmas... bem, ninguém achava assim tão estranho. Ou acreditavam ou pensavam que você estava tão chapado quanto eles. Eu sabia que, se procurasse o suficiente e perguntasse por aí, encontraria outros como eu. E encontrei. Fiz amigos. O que mudou tudo para mim. Tudo. Rory, essas coisas pelas quais você passou, e sem ninguém com quem falar... A não ser que você conheça outros como nós. É claro, você deve ter encontrado alguém, não?

– Não – menti mais uma vez. – Ninguém.

– Não me admira que você se sinta tão sozinha.

Comecei a rir. Sério, eu gargalhava. Não faço a menor ideia do porquê, mas ri a ponto de descerem lágrimas pelo rosto.

– Por que eu estou rindo? – indaguei quando recuperei o fôlego.

– Alívio – disse Jane, dando tapinhas na minha mão. – De alívio. Você não está mais sozinha. É uma de nós.

Alívio. Bela palavra. Uma doce palavra.

– Nós quem? – perguntei. – Existem mais pessoas assim?

– Ah, sim. Muitas. E algumas moram bem aqui nesta casa.

Ela ergueu o dedo, indicando que eu esperasse; então, desceu do banco, abriu a porta da cozinha e chamou para a escuridão da casa:

– Devina! Está em casa? Mags?

De alguma parte da casa veio uma resposta aguda.

– Pode descer um segundo? – pediu Jane.

Ela deixou a porta entreaberta e voltou a se sentar. Ouvi um rápido tamborilar de pés na escada, e uma garota surgiu à porta. Era muito alta e esguia, com cabelo curto e loiro quase branco, com toques prateados. Apesar do frio, usava um vestidinho que deixava expostas as pernas muito longas. Tinha arranhões nos joelhos, como uma criança. Em concessão ao clima, usava uma jaqueta jeans curta e botas de cano baixo.

– Esta é Devina – apresentou Jane.

– Olá.

Uma voz aguda e leve. Voz de fada.

– Mags está em casa, querida? Ou Jack?

– Estou só eu.

– Devina também mora aqui – explicou Jane. – Na verdade, várias pessoas moram aqui. São sete quartos, e acontece que eu não tenho como dormir em mais de um ao mesmo tempo, então tive a ideia de dividir esta casa com pessoas como nós. Pode chamar de lar para os de visão excepcional. Devina, pode me fazer a gentileza de colocar aquele refratário no forno? Rory precisa de uma refeição propriamente dita.

A garota foi até a geladeira e pegou um grande refratário azul. Pelo visto, eu ia ficar para o almoço.

– Você não pode voltar para Bristol – disse Jane, espalmando a mão na mesa para dar ênfase. – Não pode voltar para os Estados Unidos. Você precisa ficar perto de pessoas que a entendam, que possam lhe ensinar. Ninguém nem sequer lhe ensinou nada sobre sua habilidade, estou certa? Não; você precisa ficar aqui. Ainda tem um quarto vazio. E será seu.

– Não posso – falei. – Meus pais...

– Eles não sabem e não vão entender. E com certeza não vão permitir que você fique na casa de uma estranha após ter sido convidada a deixar o colégio. Você precisa ser ousada e corajosa, precisa tomar as rédeas da sua vida. Precisa ir embora.

– Você quer dizer, tipo, fugir?

– É exatamente o que eu quero dizer. É o único jeito. São circunstâncias atípicas, e esta é a resposta para seu problema. Ainda bem que você veio aqui a tempo.

– É verdade – disse Devina, assentindo.

Minha ideia de fugir era simplesmente sair correndo no meio da noite. Correr é algo que odeio fazer, e eu nunca tive realmente vontade de sair de casa, então todo o conceito de fugir não fazia muito parte da minha vida.

– Eu sei que é muita coisa para assimilar, Rory, mas, se você for corajosa e fizer isso hoje mesmo, amanhã será o início de uma vida nova, uma vida maravilhosa. Sem mentiras. Uma vida que faz sentido.

– Hoje?

– Tem que ser hoje – confirmou Jane. – Pelo que disse, parece que já começaram a agir para que você volte para junto dos seus pais. Depois que isso acontecer, vai ser muito mais difícil. Você tem uma noite de liberdade para pensar, precisa aproveitar. E vamos ajudá-la. Você não é a primeira pessoa que eu ajudo.

– Jane me ajudou – contou Devina. – Vir para cá salvou minha vida.

– Não precisa ser uma solução permanente – acrescentou Jane. – Mas, Rory, acredite: é mais fácil quando você faz parte de um grupo. Quando está junto de pessoas que a entendem. E nós a entendemos. A decisão cabe a você, é claro, mas estou falando por experiência própria. Assim como Devina.

É possível que eu tenha uma tolerância maior a conversas loucas, por causa da minha história de vida. Já canalizei anjos multicoloridos com minha prima e fui com minha avó fazer depilação com cupom promocional. Conheço *duas* pessoas que fundaram a própria religião. Um vizinho meu foi preso por se sentar na estátua da cidade (de um homem montado a cavalo) vestido de Homem-Aranha; ele simplesmente subiu lá com uma sacola de pães e ficou jogando migalhas em qualquer um que se aproximasse. Outro vizinho tem o hábito de decorar a casa para o Natal no mês de agosto e cantarola canções natalinas durante o Halloween, para "combater o demônio com música". Assim é minha cidade. Embora eu tivesse certeza de que lá haveria pessoas que aceitariam minhas histórias de fantasmas, essas pessoas eram as mesmas que viam Jesus nas panquecas.

Eu via perfeitamente esta versão do meu futuro: sendo tragada pela onda de loucura que varria Bénouville. Se deixada nas mãos da minha gente, eu viraria uma aberração. Mas Jane era bem-ajustada. Levava uma vida claramente feliz e bem-sucedida. Eu não sabia muito sobre Devina, mas ela também parecia feliz. As duas pareciam *normais*. E nada, nada era mais doce que isso. Jane tinha razão: não havia outra saída. Aquele era o momento decisivo, e eu precisava fazer uma escolha. Voltar para casa, onde meu cérebro amoleceria e eu passaria o resto da vida me perguntando o que eu era... ou ficar ali, onde eu poderia ao menos aprender alguma coisa; e continuar perto de Stephen, Callum e Bu.

Poderia até entrar para o esquadrão.

Até a luz ao nosso redor me pareceu ficar mais calorosa.

— Como? — perguntei. — Não sei como eu faria isso... Pode parecer uma dúvida idiota, mas... eu simplesmente não volto para Wexford?

— Você não volta — confirmou Jane —, mas nós apagamos seus rastros. Quem sabe que você veio aqui?

— Só Charlotte.

— Ótimo. Você usou o cartão Oyster?

— Usei.

— E comprou com cartão ou dinheiro?

— Meu cartão de débito...

Oyster é o cartão do metrô. Basta carregá-lo com dinheiro e, depois, é só aproximar o cartão do leitor na catraca ao entrar e sair das estações, de forma que o valor correspondente à distância percorrida é debitado. Eu entendi aonde ela queria chegar. O Oyster registra o percurso feito, e, se a pessoa o compra com cartão de crédito, é possível rastrear o paradeiro dela.

— Já fiz isso outras vezes — disse Jane. — São medidas simples que precisamos tomar. Vamos fazer o seguinte...

O plano exposto ali à mesa era simples, porém completo. Eu iria a pé até a estação de South Kensington e sacaria no caixa eletrônico todo o dinheiro da minha conta. Precisava dar a impressão de que eu precisava de tudo, e eu seria vista pelas câmeras usando o caixa. Em seguida, eu largaria o Oyster logo ao sair da estação, para que alguém o pegasse e usasse, deixando uma trilha que confundisse meus rastros.

— Dê seu celular a Devina — continuou Jane. — Ela vai usá-lo em diferentes pontos da cidade. Devina, saia de carro por aí e depois se livre do aparelho.

De tudo aquilo, a parte de ficar sem o celular foi o que me deixou mais desconfortável. Eu não sabia de cor o telefone de ninguém, nem dos meus pais em Bristol, nem de Jazza, nem de Stephen. Estava tudo registrado no celular.

– Mas assim eu não vou poder entrar em contato com ninguém – falei.

– Você não pode falar com ninguém. Pelo menos no início. Você vai querer, mas isso colocaria tudo em risco. Precisamos do celular.

Eu tinha deixado meu casaco no vestíbulo, o aparelho no bolso.

– Vou buscar – falei, me levantando.

Cruzei o corredor às escuras, meus olhos doendo devido à mudança brusca na luz, meu coração martelando no peito. Eu precisava fazer aquilo. Jane tinha razão. Ela era a única pessoa com um plano concreto. E fugir, por mais assustador que fosse, era a decisão certa a tomar. Só assim minha vida tornaria a fazer sentido.

O cômodo girava vagamente, e me dei conta de que estava sorrindo. Não era possível que eu estivesse feliz, era?

Esbarrei no leopardo prateado enquanto pegava o casaco e o celular, que ainda mostrava o número de Bu. Era um bom número a guardar. Fiquei olhando para a tela, memorizando... ou pelo menos tentando: sete, sete, três, quatro...

– Prontinho.

Era Devina, atrás de mim, já pegando meu celular.

– Deixe que eu cuido disso – disse ela, e pegou um molho de chaves em um pote que havia em uma pequena prateleira ao lado da porta.

Então meu celular se foi.

Continuei entoando mentalmente o número e enfiei a mão no bolso do casaco de novo. Num daqueles dias eu tinha jogado ali um gloss labial colorido. Puxei a manga da blusa e escrevi o número no braço com o gloss. Ficou grudento, mas pelo menos eu tinha anotado. Ainda me restava um elo.

Eu tinha a sensação de estar traindo Jane por não ter contado sobre Stephen. Ainda guardava segredos, mesmo naquele momento, enquanto minha vida se desintegrava à minha volta e se reagrupava em um formato novo e nada familiar.

O mais estranho foi que, pela primeira vez em um período que me parecia muito tempo, sentia que sabia onde estava pisando.

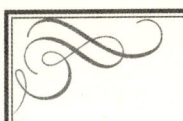

**CASA ESPIRITUAL NEW DAWN,
LESTE DE LONDRES
9 DE DEZEMBRO
23H47**

PAUL ERA UM CANALHA TRAIDOR. O REI DOS CANAlhas traidores. Merecia uma coroa.

Ah, todo mundo a tinha alertado. A irmã; os amigos; todos diziam que Paul não era flor que se cheirasse, mas Lydia acreditou nele. Acreditou que ele passava alguns fins de semana viajando com amigos, nas horas extras que ele fazia na Boots para inventário de estoque. Acreditou da vez que o carro dele enguiçou e da vez que ele estava com dor de dente. Ela era de confiar nas pessoas, e todo mundo a tinha alertado, e deu naquilo. A mensagem de voz. A mensagem de voz deixada por uma vagabunda qualquer, que ela ouviu quando, sem querer, mas um tanto de propósito, acessou a caixa postal dele.

Tudo bem, quase totalmente de propósito. Que grande idiota era Paul. A mesma senha para tudo. Ela já o vira digitar aquela senha dezenas de vezes. Foi só ligar para a caixa postal de outro telefone, digitar os números e pronto, lá estava a mensagem de uma pessoa que *soava* oferecida. Toda cheia de risadinhas, como uma candidata a entrar no *Big Brother*.

Lydia bamboleava no salto alto. Era difícil andar rápido e chorar ao mesmo tempo. *Canalha!* Mas Dawn daria um jeito. Dawn lhe diria o que fazer. Dawn sempre sabia o que fazer.

Dawn atendia no próprio apartamento em que morava, num prédio de três andares. Ficava ali dia e noite. Bastava tocar o interfone, a qualquer horário. Dawn tirava um cochilo entre um cliente e outro. Mesmo àquela hora, poderia demorar um pouco – as pessoas costumavam esperar sentadas no chão do hall, em volta da porta. Todo mundo que ia consultar Dawn sabia que ela era boa. Mas, naquela noite, não havia ninguém aguardando, e Lydia entrou direto. Dawn estava na espreguiçadeira, com uma calça de moletom, um suéter vermelho, pantufas e robe. Lydia foi até ela caminhando com cuidado, os saltos afundando no grosso tapete de cor salmão.

– Olá, querida – disse Dawn, pousando a revista. – Veio ver Dawn? Problemas? Estou vendo todo tipo de problemas. Sua aura está muito escura, fora do normal.

Lydia se sentou à pequena mesa de cartas que Dawn usava para seu ofício. Dawn se levantou da espreguiçadeira e foi se instalar na cadeira dobrável do outro lado da mesa.

– Acho que meu namorado está me traindo – disse Lydia, chorosa. – O que eu faço?

– Traindo? Bem, vamos consultar as cartas, querida. Elas nunca mentem. Vamos consultar as cartas e ver o que dizem.

Dawn pegou no peitoril uma pequena bolsa de cordinha em veludo azul e a abriu, revelando o baralho de tarô. Segurou-o nas mãos e fechou os olhos. Aquele momento sempre acalmava Lydia; ela quase sentia Dawn em ação, puxando energia para si. Dawn então abriu os olhos devagar e, sem dizer nada, começou a tirar o primeiro jogo de cartas. Ao terminar, recostou-se e examinou o que via, como um cirurgião avaliando uma lesão complexa.

– Muito bem, muito bem. Vejamos. Estou olhando para trás agora, para seu passado. E já vejo problemas no amor. Bem aqui.

Ela apontou para as cartas. Lydia assentiu.

– O presente permanece o mesmo. Mas o passado... Você é uma pessoa honesta. É o que as cartas estão me dizendo. Sempre tentando dizer a verdade.

– É isso mesmo – disse Lydia, assentindo novamente.

– Mas nem todos são assim. Porque as pessoas honestas às vezes são ludibriadas por mentirosos. E é o que estou vendo aqui, mesmo no passado. Creio que não tenha havido muita verdade.

Lydia recomeçou a chorar.

– Então ele está mesmo me traindo – disse.

– As cartas dizem que alguém tem faltado com a verdade há tempos.

– Aí diz *com quem* ele está me traindo?

– As cartas não falam dessa forma, minha querida. As cartas dizem as verdades maiores. – Dawn se remexeu para o lado, a fim de ajustar o robe, e continuou: – Muito bem, querida. As cartas vão nos dizer o que fazer. As cartas não mentem. Vamos descobrir o que o futuro nos espera, sim? Vejamos.

Dawn distribuiu o restante do baralho, a carta final por cima. Após virar a Torre, inclinou um pouquinho para trás a cadeira.

– As cartas estão sendo bem claras hoje – anunciou, em tom lúgubre. – A Torre sempre indica uma grande mudança a caminho. Veja.

Ela apontou para a imagem de um raio atingindo uma alta torre de pedra, lançando escombros pelos ares.

– Sempre – enfatizou Dawn. – Veja as pessoas caindo. Tudo se desfaz com a torre. Tudo precisa mudar.

– Então eu devo... terminar?

– Algo vai acontecer, querida; algo grande. E eu vejo mentiras. Alguém estava mentindo, e agora tudo vai mudar.

– Está dizendo que eu devo terminar com ele?

– As cartas dizem o que dizem. Alguém mentindo. Algo vai acontecer, algo grande.

Lydia pagou as vinte libras pela consulta e agradeceu profusamente. Tudo ficava mais claro depois que ela se consultava com Dawn. Pegou o celular do bolso e seguiu pela rua, os passos firmes e determinados. Paul ia ter que lhe dar uma satisfação. Paul ia enfrentar a ira dela naquele instante. Ele não atendeu de primeira, então Lydia parou logo antes de chegar à esquina e ligou de novo. E de novo. Só na quarta tentativa ele atendeu.

– Seu canalha traidor – começou ela. – Eu sei... Sim, eu sei. Ouvi a mensagem. Como assim, "que mensagem"? A mensagem de voz que ela deixou. Isso mesmo, eu ouvi sua caixa postal... Ora essa, se você não fez nada errado, então não tem problema eu ouvir, não é?

– Não! Não!

Alguém estava gritando... e parecia a voz de Dawn. Lydia se virou justo a tempo de vê-la se inclinar para fora da janela, só que demais, demais mesmo. Então, no irreal momento seguinte, Dawn caiu da janela aberta, de cabeça para baixo, rumo à calçada.

A mulher em queda

Movendo-se na noite,
eles me cercaram no posto.
Eu cantarolava um blues.
Quando as estrelas apareceram,
Conferi minhas armas.
John Berryman, Canção Onírica 50,
"In a Motion of Night"

19

Na verdade, eu já tinha fugido uma vez.

Devia ter uns nove anos. Meus pais não queriam me levar a algum evento no shopping ou sei lá o quê, e eu fiquei com muita raiva. Saí correndo de casa e fui até o Kroger, uma rede de mercados. A srta. Gina, aquela amiga de família que meu tio Bick "paquera" faz uns dezenove anos, é a gerente de lá. Na minha cabeça, talvez ela me deixasse morar na área administrativa da loja. Fiquei lá sentada com a srta. Gina, que me deu suco e palitinhos de cenoura. Após mais ou menos duas horas, fiquei entediada e voltei para casa. Meus pais já deviam saber onde eu estava – a srta. Gina deve tê-los avisado no minuto em que apareci lá. Ela me levou para casa, e eu entrei e fui direto para o quarto. Fiquei um tempo esperando que meus pais batessem à porta para me dar uma bronca, mas nunca falaram uma palavra sobre isso comigo.

Esse é o nível de esperteza dos meus pais. Eles sabiam que seria muito mais eficiente deixar que eu mesma me condenasse por ser uma idiota, e ficar esperando a punição era bem pior que a punição em si. O *tique-taque* é muito pior que o *bum*.

Foi nisso que pensei quando acordei no quarto de hóspedes de Jane e ouvi o *tique-taque tique-taque* do relógio na mesa de cabeceira. Quer dizer, foi o que pensei quando lembrei onde diabo eu estava. Levei alguns minutos para discernir quais lembranças eram realidade e quais eram fantasia da minha cabeça. O papel de parede, por exemplo; naquele quarto, a estampa era de círculos de bronze entrelaçados uns nos outros, o tipo de estampa que parece intensa e chamativa no escuro, porque só dá para ver o dourado. À luz do dia, porém, era estranha. E até o teto era revestido. Tive que ficar olhando um tempo até concluir que entrava na coluna do "real". Mais alguns minutos foram gastos com a escrivaninha envernizada em preto e o espelho com leves toques de dourado que repousava no móvel. Ambos também reais.

E o calor. A casa era quentinha. E também a cama grande em que eu estava deitada e, sim, o cobertor, que parecia ser de estampa de tigre e bem fofo. Abri as cortinas (também pretas), e uma luz do sol fraca entrou, tímida. Então me observei no espelho dourado. Meus olhos estavam vermelhos, meu cabelo era um ninho de rato em um dos lados. Um tumor de cabelo; era o que eu tinha.

– Que ótimo – falei.

Voltei para a cama e levantei o relógio. Logo antes de dormir eu tinha transferido o número de Bu para um papel-toalha que surrupiara da cozinha. Alguém bateu à porta, que se abriu sozinha um segundo depois. Devina, encharcada e só de toalha, estava parada ali. Amassei o papel-toalha.

– Ouvi você levantar – disse ela. – Também acabei de acordar. A gente costuma acordar tarde por aqui, não se preocupe. Mas Jane já deve estar de pé.

– É você, Rory? – gritou Jane, do térreo.

– Ela acordou! – berrou Devina, em resposta.

– Bom dia! Venha comer alguma coisa!

– Vejo você lá embaixo – disse Devina, e foi para seu quarto, deixando no carpete uma trilha de passos molhados.

Eu sentia a necessidade de proteger aquele número, de levá-lo sempre comigo. Como meu pijama não tinha bolso, enfiei o papelzinho na lateral da calcinha, preso pelo elástico. Ridículo, mas ao menos eu me sentia mais segura, como se estivesse mantendo meus amigos próximos de mim.

Uma música vinha da cozinha, mas nada que eu reconhecesse. Algum tipo de rock; não era recente, mas também não era ruim. Jane finalmente estava vestindo algo próximo do normal: calça e camisa branca. Ainda assim, a calça era de estilo diferente, de tecido fino e larga, e a camisa, bufante em todos os lugares mais imprevisíveis e cheia de dobras que eu não entendia.

– Café ou chá? – perguntou Jane, em tom cordial.

– Café, por favor.

Ela logo encheu minha xícara, pois a cafeteira francesa já estava ali à espera.

– Como está se sentindo hoje?

– Meio em choque – respondi.

– Ah, sim, eu me lembro da sensação. Fugi de casa quando era da sua idade. Peguei um ônibus à noite, vindo lá do norte. Dormi na viagem e acordei sozinha em Londres, lançada nas ruas no meio de um temporal. Espero que sua primeira manhã de liberdade esteja sendo um pouco mais agradável.

Jane me ofereceu o tradicional prato de doces, mas balancei a cabeça em negativa.

– Estou sem fome – falei. – Meio nervosa ainda.

– Tem certeza? Posso preparar alguma coisa que você prefira. Um ovo, torradas... Não? Tudo bem, então.

– Meus pais... Eles vão ficar muito mal.

— Sem dúvida. — Jane assentiu e se debruçou sobre o balcão enquanto tomava café. — Mas é temporário. E recomendo que você escreva uma carta para eles. Ligar seria difícil demais no momento, mas por carta você vai conseguir expressar tudo o que precisa. Diga que está bem, que só precisa de um tempo. Assim eles ficarão um pouco mais sossegados.

Achei um bom conselho. Envolvi a xícara com as duas mãos, saboreando o calor.

— Andei pensando sobre o que devemos fazer — disse ela. — Talvez faça bem a você sair de Londres, só por um tempinho, porque a busca vai se concentrar por aqui... embora não seja assim tão fácil encontrar alguém nesta cidade. Além disso, acho que seria bom uma mudança de ares. Eu tenho uma propriedade no interior, muito agradável nessa época do ano. Estava pensando em pegarmos o carro e irmos lá hoje. Posso chamar alguns dos outros, e aí você conhece o pessoal. Sempre nos divertimos muito por lá.

Fugir ali por Londres era uma coisa, mas aquela ideia de fugir para o campo já me parecia... bem, parecia uma fuga de verdade.

— Querida, agora já está feito — disse Jane, provavelmente notando minha hesitação. — Se está na chuva, é melhor se molhar. É uma casa incrível. Pertencia às mesmas pessoas que eram donas desta aqui. Era a casa onde morava a família, enquanto aqui era só uma casa em Londres para eles.

— As pessoas que eram donas desta casa?

— Amigos meus — explicou ela. — Morreram no início dos anos setenta e deixaram o imóvel no meu nome. Foram eles que me permitiram todo o estilo de vida que levo, o que é mais um motivo para eu fazer questão de dividir a riqueza. Termine seu café e tome um bom banho. Só vamos sair quando você se sentir pronta. Devina vai lhe mostrar onde ficam as toalhas, e você é mais ou menos do tamanho de Mags, então pode usar algumas das roupas dela.

O banheiro do segundo andar, tal como a maior parte da casa, era preto. Azulejos de um preto brilhante, a bica e as torneiras em prata, um toalheiro térmico em que queimei a mão e uma enorme banheira móvel bem no meio do cômodo, rodeada por uma cortina. O chuveiro era instalado no teto, de forma que a água caía sobre mim como chuva.

Quando voltei para o quarto, enrolada na toalha, encontrei Devina sentada na minha cama lendo um livro. Ela usava um vestido longo, que chegava a cobrir os pés. A jaqueta jeans estava de volta.

– Opa – falei. – Oi.

– Oi. Roupas para você.

Uma calça jeans grande, que parecia masculina, e um suéter também grande demais.

Ela não deu sinais de que ia embora. Eu não sabia direito o que fazer: se me vestia ali ou levava as roupas para o banheiro. Optei pelo método usado em vestiários (ou pelo menos o que *eu* uso): ainda de toalha, coloco a calcinha e manobro para vestir o sutiã; depois, me livro da toalha e visto o restante das roupas o mais rápido possível.

– Quer dizer que você vai ficar um tempo aqui com a gente? – perguntou Devina.

– Na verdade não sei direito o que vou fazer – respondi, tendo trabalho com o sutiã.

– Eu também não sabia quando vim para cá.

– E faz quanto tempo?

O sutiã estava dificultando as coisas, se recusando a engatar o fecho.

Ela se deitou de bruços na cama.

– Hã... dois anos? Minha mãe tinha um namorado que era um cafajeste. Sempre tarado. Obviamente tarado. Com um interesse exagerado por mim, sabe? Aí uma noite, quando ela saiu, o cara começou a se aproximar. Eu dei um tapa nele. Ele foi e me deu um tapa também. Acho que ele nem teve a intenção de bater tão forte, mas estava com raiva, e eu caí da escada. Quase quebrei o pescoço. Consegui me levantar, sair de casa e ir a um hospital. Minha mãe botou a culpa em *mim*, mesmo depois que ele foi preso.

– Sinto muito – falei, embora não fosse o suficiente.

– Tudo bem. Eu conheci Jane graças ao que aconteceu. Fico feliz que tenha acontecido, porque me tornou mais forte, uma pessoa melhor. E hoje em dia tenho uma família *de verdade*.

– Você e Jane? – perguntei.

– Todos nós.

– Quem são "todos nós"?

– Ah, você vai conhecer todo mundo. Jane já ajudou muita gente. Você vai ver. Ela dá um jeito nas pessoas, como fez comigo. Minha vida teria sido um desastre se não fosse por Jane. Você vai ver.

Devina sorriu, e notei que ela tinha dentes absurdamente pequenos. Dentes em miniatura, como os de uma criança. Segurei a toalha junto ao peito. Engraçado... eu não me importava muito com o fato de ela me ver de sutiã e calcinha, mas a cicatriz era algo íntimo demais.

– Bem, vou só terminar de me vestir e...

Acho que ela entendeu o recado, porque se levantou da cama.

– Vejo você lá embaixo – falou, saindo do quarto.

Vesti a calça e o suéter e me sentei na ponta da cama. Fiquei ali balançando os pés descalços enquanto tentava processar o que eu estava fazendo da minha vida. Se eu fosse para o interior, o sensato seria avisar a alguém. Peguei o papel com o número de Bu, que tinha transferido para o bolso da calça.

Bu, aventureira como era, entenderia, e eu tinha certeza de que, se eu pedisse, ela manteria segredo ou daria um jeito.

Mas faltava um telefone. O único que eu vira na casa ficava na cozinha. Ali no quarto não havia. Eu teria que encontrar algum. Coloquei a cabeça para fora da porta e espiei o corredor: todas as portas estavam fechadas, exceto a minha e a do banheiro, e achei que não seria muito legal sair bisbilhotando os outros quartos. Havia mais um andar acima, e me decidi por explorá-lo.

No terceiro andar havia apenas três portas, e a do meio estava entreaberta. Empurrei-a de leve e olhei lá dentro. Era um cômodo bem grande, que, ao contrário dos outros, não tinha uma cor única, como branco ou prata ou preto. Aquele era como eu imaginava que seria um mercado de especiarias árabe, ou talvez a tenda de um rei no deserto do Marrocos. Qualquer coisa do tipo. Sério, era algo sem precedentes.

O chão era coberto de vários tapetes persas, uns por cima de partes dos outros, formando uma superfície irregular como retalhos. Havia diversas mesas octogonais baixas com incrustação de madrepérolas e ébano, enquanto outras tinham mosaicos multicoloridos. Havia também elementos vitorianos: uma *chaise longue* amarela, uma poltrona conversadeira rosada. E espelhos, dois imensos espelhos apoiados em uma parede. As paredes, aliás, eram cobertas de estantes embutidas, a maioria cheia de livros, uma das paredes só com discos. Notei um armário de madeira largo e baixo que parecia ter alto-falantes acoplados, mas não de algum tipo que eu já tivesse visto, e, sim, de estilo muito antigo. No tampo, muitas tigelas, bandejas e outros tipos de recipientes, além de estátuas douradas do deus Shiva dançando e três cálices de alabastro.

Apesar de toda a sobrecarga sensorial, avistei um telefone. Daqueles de disco, é claro, com o fone preso por um fio em espiral. Era pesado, feito de algum tipo de plástico especial, provavelmente capaz de desviar uma bala de pistola. Discar um número nesses aparelhos é ridículo, você tem que girar o disco para cada número e esperar o disco voltar todo para só então passar para o número seguinte. Sem contar que o fone era, além de pesado, gigante, do comprimento da minha cabeça, no mínimo. O passado era uma época complicada, concluí.

Bu atendeu no primeiro toque, com um desconfiado e confuso:

– Alô?

– Sou eu.

– Que número é esse? Apareceu como bloqueado.

– Pois é – falei. – Eu meio que... fui embora?

Uma pausa. Depois, alguns sons como se ela estivesse andando e fechando uma porta.

– Como assim?

– Fui embora. Fugi. Pronto.

– Você não fez isso – disse ela. – É sério?

– Muito sério. Iam me expulsar de Wexford, e eu não podia ir para Bristol. Não podia voltar para os Estados Unidos. Então fugi.

– Meu Deus, você não faz nada pela metade, hein? Passamos a manhã inteira ligando para você. Aconteceu uma coisa perto do seu colégio.

– O quê? Está todo mundo bem? O que aconteceu?

– Não foi no colégio, só ali perto – esclareceu ela. – Uma mulher morreu... É um caso estranho.

– Tem a ver com aquele outro caso?

– Ainda não sabemos. Era o que estávamos tentando descobrir. Onde você está? A gente busca você.

– Eu encontro você. Mas diga ao Stephen que eu saí e esqueci o celular, tudo bem? Não conte a ele o que contei. Deixe que eu falo.

– Você anda aprendendo com ele essas coisas? – indagou ela.

– É sério. Deixe que eu falo. Acho que ele não vai receber bem a notícia.

– Provavelmente – concordou Bu. – Tudo bem, mas venha até aqui, tá?

Quando eu estava botando o fone imenso no gancho, ouvi alguém surgir à porta.

– Ah, aqui está você – disse Jane. – Ligando para alguém?

– Desculpe – respondi, pois não tinha como negar. – Sei que você me avisou, mas... era só uma amiga.

– Não precisa se desculpar. Entendo o impulso.

As palavras de Jane diziam uma coisa, mas a atitude sugeria outra. Seu rosto se contraiu ligeiramente, como se ela estivesse cerrando o maxilar. Eu entendia que ela ficasse com raiva, afinal, estava se colocando em risco para me ajudar, e lá ia eu quebrar o trato e sair bisbilhotando a casa. E já ia quebrar de novo.

– Antes de irmos, só preciso fazer uma coisa – falei. – Preciso encontrar uma pessoa.

– Não quero lhe dar ordens nem nada, mas, pela minha experiência, é melhor não fazer isso, não na conjuntura atual. Amigos geralmente recorrem às autoridades.

– Não esses amigos. Prometo. Eles não vão contar nada. E eu vou tomar cuidado. Só preciso de algumas horas.

– Se sente que é necessário, faça o que for o certo para você – disse Jane, o rosto se suavizando em um sorriso tranquilizador. – Estou feliz que você tenha vindo aqui em cima, na verdade. É meu quarto preferido na casa, e queria lhe mostrar. Como pode ver, esta é a biblioteca. Muitas obras clássicas de espiritualismo, outras não tão clássicas. É também onde guardo os discos de vinil e a vitrola. Como já contei, meus amigos e eu éramos muito envolvidos na cena rock'n'roll. Compramos praticamente todos os álbuns lançados de meados dos anos sessenta a meados dos setenta. É uma coleção e tanto. Imagino que não valeriam pouco, já que são todos originais, mas eu jamais os venderia. Sem contar que não estão impecáveis. Tocamos esses álbuns até esgotá-los. Não fomos gentis com eles.

Ela abriu um sorriso vago ao relembrar tudo aquilo. Em seguida, foi até uma prateleira e pegou um objeto de uma tigela decorativa. Um Zippo.

– O isqueiro de Mick Jagger. Ele esqueceu aqui uma noite. Temos várias coisas desse tipo. Vou lhe mostrar tudo quando voltarmos. Quer dizer, se você tiver interesse. Você provavelmente nem saberia quem é a maioria das pessoas que eu citaria. Sei que esta casa deve parecer estranha. O início dos anos setenta foi uma época bem fora do comum.

– Eu gosto do que não é comum – comentei.

– O que é *excelente* e, com certeza, muito útil, considerando quem somos – disse Jane. – Bem, já que você vai sair, acho que Mags tem um casaco que serviria em você. Vamos achar também um chapéu e óculos escuros. Devina pode levá-la de carro aonde você precisa ir.

No fim, eu estava com um traje que era um casaco vermelho, um gorro com pompom e óculos escuros grandes. Quando me olhei no espelho ao lado da porta, vi a mim mesma com um objeto vermelho tipo um inseto preso a uma grande boina de lã. Definitivamente, não era meu estilo.

Havia dois carros em frente à casa de Jane: um Jaguar amarelo-claro, sem dúvida um modelo clássico de outra época, e um preto, moderno e mais funcional. Entramos no mais novo.

– Aonde você precisa ir? – perguntou Devina.

Eu não queria que ela fosse até o apartamento do esquadrão, então pedi que me deixasse na estação Waterloo. Devina não falava enquanto dirigia. Ouvia música em altos brados e pisava fundo. Ignorava a distância de segurança e só parava nos sinais no último momento, cantando pneu. O lado positivo foi que cheguei bem rápido ao destino.

– Espero você aqui – disse ela.

– Eu... hã... talvez eu demore um pouco.

– Tudo bem. Tenho um livro comigo.

– Não, assim, talvez eu demore mesmo. Posso voltar sozinha. Ninguém vai me reconhecer com esse gorro.

Devina deu de ombros e saiu em disparada assim que desci do carro. Fui correndo até o apartamento. Após interfonar, subi de dois em dois degraus, escorregando em umas propagandas de pizzarias e caindo no meio do caminho.

– Por onde você andou a manhã inteira? – perguntou Stephen ao abrir a porta. – Estávamos ligando sem parar. E...

– Eu saí e esqueci o celular – respondi.

– Você não está em semana de provas?

– Não mais. Por que não me conta logo o que está acontecendo?

Do outro lado da sala, o olhar de Bu encontrou o meu. Ela pegou meu chapéu e meu casaco para pendurar.

– Uma pessoa morreu perto de Wexford – respondeu Callum. – A uns cinco minutos a pé do seu dormitório.

– Os fatos são os seguintes – começou Stephen, me chamando para o sofá com um gesto. Eu me sentei enquanto ele pegava o laptop e abria alguns documentos. – Ontem, pouco antes de meia-noite, uma mulher chamada Lydia George foi até a casa de uma mulher chamada Dawn Somner para ler a sorte no tarô. Dawn era uma médium que atendia na própria casa. A consulta terminou cerca de meia-noite e quinze. Lydia deixou a casa de Dawn e seguiu pela rua enquanto falava ao telefone. Estava bem na esquina, a uns vinte metros da casa de Dawn, quando ouviu a médium gritar: "Não, não!" Logo depois, Dawn caiu da janela, de cabeça para baixo. Lydia desmaiou. Tudo isso foi confirmado por uma segunda testemunha, um homem chamado Jack Brackell, que estava parado do outro lado da rua esperando um amigo que lhe daria carona. É quando chegamos a Jack Brackell que a história fica interessante para nós.

"Jack Brackell estava em um ponto de observação privilegiado. Ele viu Dawn abrir a janela e contou que ela parecia estar sendo *empurrada ou forçada*, nas palavras dele, mas que não viu ninguém atrás ou ao lado dela. Jack contou também que ela gritou 'Não, não!' e depois caiu da janela. Ele na mesma hora correu até ela, mas a mulher parecia já estar morta. Jack então chamou a emergência e permaneceu ali. Ninguém saiu do prédio. A ambulância chegou em quatro minutos e declarou Dawn morta; a polícia chegou após dois minutos. A área foi isolada. Não havia gente em casa nos outros dois apartamentos do prédio, e o de Dawn foi encontrado em perfeita ordem, sem sinais de violência ou luta. O caso ainda não foi encerrado, mas as anotações indicam que a polícia acredita se tratar de um acidente, que o que Jack Brackell viu foi Dawn tentando recuperar o equilíbrio. A tese é de que o robe que ela usava ficou preso no aquecedor de parede quando ela foi abrir a janela. Era um robe comprido, com alguns furos na barra inferior. Ao tentar soltá-lo, Dawn se desequilibrou."

– Mas vocês discordam dessa tese? – perguntei.

– Por causa da proximidade de Wexford e por esse detalhe do depoimento de Jack, achamos que vale a pena dar uma investigada. Eu prometi que manteria você informada.

– E se *realmente* houver algo lá, vamos precisar de você – acrescentou Callum.

Vamos precisar de você. Quatro palavrinhas.

– *Se* você quiser ir – completou Bu.

– Claro que eu quero ir – falei automaticamente.

Eu nunca iria embora com Jane sem descobrir a verdade sobre aquilo.

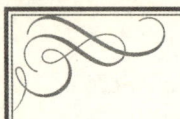

20

O PEQUENO PRÉDIO EM QUE DAWN MORAVA REALmente ficava perto de Wexford, na Goulston Street. Embora os alunos não passassem muito por ali, fui correndo até a porta ao sair do carro, bem embrulhada no casaco vermelho e no gorro que tinha pegado emprestado.

Primeiro demos uma olhada no prédio. Não era grande, então essa parte foi fácil. Stephen entrou no primeiro apartamento mostrando seu distintivo, enquanto Bu abriu a porta do outro com um cartão de crédito. O porão era usado como depósito, e a porta não tinha tranca. Não encontramos nada – nenhum fantasma.

O apartamento de Dawn ficava no último andar. Fomos recebidos por um capacho com desenho de lua e estrelas e por uma faixa de fita adesiva da polícia, azul e branca. Stephen deu luvas descartáveis para Callum e Bu, mas, na hora de me entregar um par, nós dois percebemos que seria um problema.

– Acho que não sabemos se você pode usar luvas – disse ele.

– É, eu não sei.

– Bem, a cena do crime já foi analisada e é improvável que alguém volte para dar mais uma olhada, então apenas tome cuidado com o que tocar.

Um por um, passamos por baixo da fita da polícia. O apartamento inteiro tinha o chão revestido por um grosso carpete de cor rosada, meio salmão, e cheirava a sálvia queimada. A decoração fazia o estilo magia: papel de parede branco com estrelinhas prateadas; cortinas diáfanas cinza; mesas pequenas com drusas, que pareciam estranhas frutas lunares; incensários e imagens emolduradas de signos astrológicos. Uma larga cortina de contas isolava o restante do apartamento: uma cozinha reduzida, um quarto e um banheiro. Era um espaço misto de trabalho e residência.

– Parece a casa da minha prima – comentei. – Só que mais esquisita. O que já diz muita coisa.

Quadros haviam sido retirados do lugar e colocados com cuidado no chão, virados para a parede. Três das cadeiras estavam de cabeça para baixo – não como se tivessem sido derrubadas, mas invertidas e deixadas ali de maneira organizada. Uma mesinha lateral decorativa tinha sido colocada em cima de outra mesinha lateral, ligeiramente maior. As pedras estavam todas juntas no chão, formando um triângulo.

– Tem alguém aqui? – chamou Stephen. – Quem quer que seja? Apareça.

Nenhuma resposta, embora eu achasse que ele não esperava algo diferente.

Nós três avançamos pela sala. Callum e Bu foram até a cortina de contas; Bu a abriu, deu uma olhada na cozinha, depois seguiu com Callum para o quarto. Stephen deu uma conferida na janela, no aquecedor de parede e na trava da janela em si, verificando como era aberta.

– Ninguém aqui – informou Callum, enfiando a cabeça pela cortina de contas.

– Vou só dar uma olhada geral – disse Stephen. – Ver se alguma coisa parece estranha.

Eu estava parada ali no meio da sala sem ter o que fazer, então me aproximei do que imaginei ser a mesinha de leitura (era forrada com veludo roxo). Minha prima Diane, aquela que dirige o Ministério Anjos da Cura na própria casa, adora tarô. Quando eu tinha doze anos, passei uma semana na casa dela, porque meus pais viajaram para um seminário, e aprendi a fazer a leitura. Embora minha prima Diane tivesse certeza de que os anjos se comunicavam por meio das cartas, eu estava mais convencida era de que a gente não faz mais além de aprender o suposto significado dos símbolos e produzir uma história a partir daí. É bem fácil, na verdade. Você começa a interpretar e fica observando as reações da pessoa. Geralmente você diz alguma coisa do tipo: "No momento, existem três questões na sua vida que você precisa enfrentar." Todo mundo tem sempre três questões que precisa enfrentar. As próprias pessoas preenchem as lacunas do que ouviram e depois dizem que você é incrível. Eu li cartas de tarô durante dois acampamentos de verão seguidos. Fiquei tão popular que convenci meu professor de Educação Física a me liberar das aulas para que eu ficasse lendo cartas na arquibancada. Hoje em dia, não sei sacar direito nem chutar uma bola, mas sou ótima no tarô.

Achei estranha a forma como estavam as cartas de Dawn na mesa: o baralho inteiro exposto. E havia algo mais que não encaixava, mas que não identifiquei. Alguma coisa ali estava errada.

– Você não disse que ela havia acabado de fazer a leitura? – perguntei a Stephen.

– Sim.

– Quanto tempo antes de morrer?

– Questão de minutos.

Aquilo não era jeito de se guardar um baralho de tarô. Em geral, quem lê cartas costuma guardá-las com muito cuidado, em caixas ou bolsinhas especiais, não jogadas pela mesa.

– Posso tocar? – pedi a Stephen. – Todos os clientes tocaram essas cartas, já devem estar cheias de digitais.

– Tudo bem. Mas tome cuidado.

As mangas do casaco, compridas demais para mim, cobriam minhas mãos, então o tirei e o deixei na mesa. Com apenas um dedo, movimentei as cartas separando-as em arcanos maiores e menores. Os arcanos menores são como cartas de um baralho comum, com naipes (bastões, espadas, moedas e taças), números, reis, rainhas e valetes. Já os arcanos maiores são as cartas com nomes e significados mais complexos: Morte, Amor, a Estrela, o Sol, a Roda da Fortuna. Os arcanos maiores são todos numerados e têm certa ordem: doze, o Enforcado; treze, a Morte; catorze, Temperança; quinze, o Diabo; dezesseis...

Faltava uma. A Torre.

Muita gente acha que a Morte ou o Enforcado são as cartas mais temíveis do tarô, mas a grande vilã mesmo é a Torre. E, embora eu não acreditasse no tarô em si, levava muito a sério o significado de cada carta para realizar a leitura. A falta da Torre me fez parar. Procurei no chão, nas cadeiras. Procurei na poltrona e nas prateleiras, qualquer lugar em que poderia ter sido deixada uma carta.

Bu e Callum tinham voltado após examinarem a cozinha e o quarto.

– Nada – informou ela. – Tudo arrumado e em ordem lá dentro. A sala é o único lugar com sinais de perturbação.

– Está faltando uma carta – falei.

– É bem possível que a roupa dela tenha se prendido nesta válvula aqui – disse Stephen, apontando para o aquecedor. – Ou ela tropeçou no fio da luminária de chão.

– Está faltando uma carta – repeti, dessa vez mais alto.

– Como você sabe? – indagou Callum.

– Eu sei ler tarô.

– Você o quê? – perguntou Stephen.

– Minha prima... ela tem uma seita de anjos, sabe? – expliquei. – Foi quem me ensinou. Está faltando uma carta. E não é qualquer uma, é a Torre.

– Não pode ser coincidência que essa mulher fosse médium – opinou Bu.

Stephen se levantou, balançando a cabeça.

– Que foi? – perguntou Bu a ele.

– Não acredito em médiuns.

– Você vê fantasmas, mas não acredita em médiuns? – disse Bu.

– Correto.

– Como?

– Porque eu já vi fantasmas – respondeu ele. – Tenho provas mais do que suficientes da existência deles. Mas não tenho prova nenhuma de que algum médium já tenha previsto o futuro. Eles se baseiam em um monte de sugestões e chutes.

– Eu me consultei uma vez, e as cartas acertaram em cheio – disse Bu.

– O que não invalida meu argumento.

Deixei os dois discutindo. Quem lê tarô costuma ter livros sobre o assunto. Na sala não havia nenhum (fazia sentido, porque, se você quer ser respeitado, não vai querer que seus clientes vejam títulos do tipo *Como ler tarô*). Não, esse tipo de coisa seria guardado em um lugar privativo. No quarto, talvez. Passei pela cortina de contas e cruzei o corredor até chegar a um quarto muito apertado e escuro, com um papel de parede floral claustrofóbico e uma perturbadora coleção de bichos de pelúcia em todas as superfícies. Ao lado da cama, encontrei uma pilha de livros sobre o poder de cura dos cristais, cromoterapia, chacras. Mais uma vasculhada na pilha e achei também volumes sobre psicologia popular e interpretação da linguagem corporal. Finalmente, três exemplares sobre tarô. Peguei o que tinha as melhores reproduções coloridas das cartas e o folheei até encontrar a imagem da Torre. Quando a vi, soltei uma exclamação de susto.

Stephen e Bu continuavam batendo boca quando voltei à sala. Foram necessárias várias tentativas e um aumento progressivo no volume de voz para que me dessem atenção.

– Escutem – falei, erguendo o livro. – O que *vocês* acham disso?

A carta da Torre tem a imagem de, como vocês já devem imaginar, uma torre. Em muitos desenhos, a torre está sendo atingida por um raio e se despedaçando, mas em quase todos aparece também uma pessoa caindo, geralmente de cabeça para baixo. Era essa a imagem que aquele livro mostrava.

– Uma mulher cai da janela de cabeça para baixo – falei, enquanto eles se aproximavam. – A única carta que falta é a que mostra uma mulher caindo da janela de cabeça para baixo. O que isso diz a vocês?

Fiquei satisfeita com a expressão de assombro no rosto deles.

– Definitivamente, não me diz coisa boa – respondeu Callum. – Mandou bem, Rory.

– Mais uma conexão com as cartas – disse Bu.

– Isso é um indício importante, sem dúvida, mas me recuso a acreditar que essas cartas sejam mágicas – afirmou Stephen.

– Rory disse que sabe ler tarô – lembrou Bu.

– É, mas eu invento tudo – falei. – Todas as cartas têm algum significado definido, mas ler é inventar uma história com base no que você vê. As cartas podem significar um monte de coisas diferentes, então você pode ir adaptando de acordo com o que a pessoa conta. Quer dizer, sei lá, talvez algumas pessoas realmente tenham o dom, mas não é meu caso. E eu encontrei lá no quarto todo tipo de material sobre interpretar linguagem corporal e coisas do tipo.

Stephen abriu os braços como se dissesse: "É isso o que eu penso."

– Tudo bem – disse Bu, erguendo a mão. – Será que é algum fantasma que se ofende com quem alega estar em contato com o mundo espiritual? Talvez ele ou ela estivesse procurando um meio de se comunicar. Se você é um fantasma e tem medo, não pode falar com qualquer um... talvez procure alguém que supostamente consiga ver e ouvir você. Você procura uma médium e, quando vê que ela não pode ajudar, se revolta.

– E a joga pela janela – completou Callum. – Pelo menos essa é uma teoria *plausível*.

– Tem certa lógica – concordou Stephen, franzindo o cenho. – É algo a se considerar.

– Mas...? – perguntou Bu.

– O que me incomoda são as condições em que está a casa – disse ele. – Tudo muito organizado. O fantasma que encontramos no porão do pub não era organizado.

– Era outro – concluiu Callum.

– É, mas por que se dar a todo esse trabalho? – continuou Stephen. – O último devia estar protegendo o local onde seu corpo foi enterrado. *Se* esta morte também foi provocada por um fantasma, qual terá sido o objetivo? O que ele queria dizer? Vejam. Esta não é uma cena de crime permeada de raiva. É só muito estranha.

– Fantasmas malucos tendem a ser estranhos – disse Callum.

– Mas nem todos os fantasmas matam – insistiu Stephen. – Antes do Estripador, já tínhamos nos deparado com *algum* que matasse?

– Nunca – respondeu Bu. – Tem razão.

– Mas *alguns* que eu conheci poderiam muito bem matar – argumentou Callum. – Mesmo que não tenham conseguido, tenho certeza de que seriam capazes. Esqueceu que eu só tenho a visão porque um deles tentou me eletrocutar?

– Só acho muito estranho termos duas mortes provocadas por necessariamente dois fantasmas diferentes – disse Stephen. – Dado que a maioria não mata, ter esses dois...

– Vou repetir: *fantasmas malucos*. Do Bedlam.

– Nem todos os doentes mentais matam, sabe? Homicídio não é o resultado inevitável de todo distúrbio psiquiátrico. E esta cena de crime... não sei por quê, tem alguma coisa *errada*. Por que alterar a cena do crime *depois* que a polícia foi embora?

Stephen foi novamente até a janela, fechando-a e abrindo-a como se pudesse encontrar alguma resposta nesse movimento.

– Vocês conhecem a história de Charles Manson? – perguntou ele, por fim. – Aquele serial killer americano do final dos anos sessenta? Ele tinha um grupo grande de seguidores, a Família Manson, que mataram várias pessoas por ordem dele. Pessoas ao acaso. Estranhos. As cenas dos crimes ficaram famosas pela brutalidade e a estranheza, coisa que o próprio Manson planejava. Ele mandava os seguidores matarem todo mundo nas casas que invadissem e deixarem para trás algo com cara de bruxaria. Então, eles tornavam o lugar deliberadamente assustador e com marcas de perversidade. É o que esta cena de crime me lembra. Tem *cara* de bruxaria. A morte de uma médium. Uma morte que encena a imagem de uma carta de tarô. Um cenário que muda como em um passe de mágica depois que a polícia vai embora, como se o assassino soubesse que *mais alguém* viria.

O celular de Stephen tocou, e ele o pegou do bolso. A conversa foi breve e dura, com alguns "sim, senhor" e outros "entendo" e, por fim, um mais enfático "Eu *entendo*. Sim. Vou fazer isso".

Quando ele olhou direto para mim, eu soube.

– Bu e Callum, vocês se importam em esperar no carro? – pediu ele. – Descemos em um minuto. Preciso dar uma palavrinha com Rory.

Os dois obedeceram, deixando para trás um silêncio desconfortável.

– Era Thorpe – disse Stephen, erguendo o celular como se Thorpe estivesse dentro do aparelho e fosse surgir dali para me dar um tchauzinho. – Wexford deu pelo seu desaparecimento. Você foi vista pela última vez à meia-noite, por um monitor que deve estar em maus lençóis a essa altura.

– Muito engraçado...

– Não tem nada de engraçado. Rory, o que você pensa que está fazendo?

– Eu penso que eles vão me expulsar – respondi. – Falei que ia ser reprovada. Aí, ou eu voltaria para Bristol, ou para os Estados Unidos, onde eu ficaria maluca.

– Onde você passou a noite?

– Com uma amiga. Eu não tinha escolha. Você mesmo disse que eu não podia ficar em Bristol. Você sabe que não posso voltar para lá. Preciso ficar aqui, certo? Ainda mais com aquela rachadura enorme debaixo da escola podendo deixar passar fantasmas perigosos, então...

– Estou esperando você terminar a frase.

Engoli em seco antes de completar:

– Eu preciso entrar para o esquadrão. E logo.

– É uma decisão que não cabe a mim – disse ele, baixinho. – A palavra final não é minha.

– É, sim. Você disse que era.

– Eu recomendo. Thorpe é quem convoca. Ele e seus superiores.

– Então diga a *Thorpe* para me contratar. Eu sou habilitada para a função. Tipo, *mais que qualquer um*.

– Não sei se existe alguém *habilitado* para isso – retrucou Stephen.

– Mas se você for contratar alguém...

– Não sei nem por que você ia querer fazer esse trabalho! Só porque você está capacitada não significa que seja algo bom.

– Então por que *você* faz? – perguntei. – Você estudou na Eton. Podia ter entrado para uma faculdade. Podia ter feito o que quisesse.

– Não é simples assim.

– É simples, *sim*. Acabei de ser chutada de Wexford. Meus pais nunca vão me deixar voltar para Londres se eu deixar o colégio, o que significa que estou ferrada e que vocês estão ferrados, então, sério, se você pensar dessa forma, *é muito, muito simples*.

– Então você acha que é assim? Acha que vai entrar para a polícia porque está indo mal no colégio? – perguntou Stephen.

– É o que eu acabei de dizer, basicamente.
– E tem consciência do que isso implica?
– Plena consciência – respondi. – Não pode ser muito pior do que tudo pelo que eu já passei. Fui esfaqueada *pelo Estripador* e transformada em um terminal. Tem mais surpresas esperando por mim? Mais que isso?
– Você precisa voltar. Agora mesmo. Antes que a situação fique ainda mais séria.
– Não vou voltar – falei. – Você sabe que eu não posso.
– Pode, sim. Pode entrar lá agora mesmo. Eles já expulsaram você, então não têm nem como puni-la.
– Só que agora meus pais devem saber que eu fugi.
– E vão ficar *muito* mais felizes em saber que voltou.
– Por que está fazendo isso? – perguntei. – Se você não tivesse me ouvido, ainda haveria um fantasma louco no porão daquele pub. E agora uma mulher foi jogada da janela.
– Eu sei – disse ele. – Sei que você estava certa. Não precisa ficar me lembrando o tempo todo.
– Está com raiva porque eu estava certa quanto ao último?
– Por que isso me deixaria com raiva?
– Porque eu sabia, e você, não. Eu fiz alguma coisa a respeito.
Stephen começou a rir. Gargalhar, na verdade. Eu nunca o tinha visto simplesmente cair na risada. Teria sido maravilhoso se fosse em qualquer outra circunstância, mas não naquele momento.
– O que tem de tão engraçado? – questionei.
– Não é engraçado.
– Então por que está rindo?
– Acredite, eu não vejo graça nenhuma em nada disso.
Minha vontade era avançar em Stephen e dar uma bofetada nele, estapeá-lo bem no meio da cara só para fazê-lo parar.

Cheguei a dar um passo à frente, mas não fiz nada além disso, porque não sou desse tipo. Porém senti o impulso. Só tascar a mão no rosto dele, naquelas faces ligeiramente encovadas... Dar um pouco de vida àquela pele pálida na forma de uma marca grande e vermelha.

– Você acha que eu não sou capaz? – indaguei.

– Eu nunca disse isso.

Minhas palavras pulavam sem parar dentro de mim, quicando nas veias, socando o coração, pressionando o fundo dos olhos.

– Eu é que estou no controle – falei. – Por isso é que você me trouxe para cá. Por isso é que me *testou*. E agora estou aqui, disposta a ajudar, e você não me deixa. Aposto que Thorpe me contrataria. Ele sabe do que sou capaz. Eles precisam mais de mim do que de *você*.

Disse isso da boca para fora, por força da raiva; porque sabia que precisava atingi-lo de alguma forma, fazê-lo reagir. Mas ele não reagiu. Apenas deu a volta devagar na mesa de Dawn, observando as cartas. Abaixou-se, aproximando-se muito das cartas por um momento, olhando-as fixamente.

– Hora de irmos embora – disse Stephen, por fim. – E é hora de você voltar para Wexford. Acabou.

Acho que ele sabia como eu estava agitada; sabia que, quanto mais calma fosse sua resposta, mais o fio elétrico na minha cabeça queimaria em falso e apagaria até o circuito se fechar e eu fazer o que ele queria. Mas eu não ia entrar naquele jogo. Respirei fundo, cravei as unhas nas palmas das mãos e respondi:

– Claro.

Ele trancou a porta ao sairmos. Fomos até o carro, de onde Callum e Bu nos encaravam. Bu ergueu a carta que faltava no baralho.

– Muito bem, temos trabalho a fazer – disse Stephen. – Rory vai voltar para o colégio. Quer que a gente leve você ou prefere ir sozinha?

O tom de voz arrogante dele me enfureceu de novo. Callum tinha um ar compreensivelmente perplexo, enquanto Bu na mesma hora se virou para a janela do carro.

– Eu vou sozinha – respondi.

Tentei manter a dignidade enquanto me afastava, mas aquilo estava começando a me esgotar, todas as discussões, todas as brigas. Jane tinha me prometido me levar para o interior, e eu estava pronta para ir.

21

Claro que eu não ia voltar para o colégio. E claro que estava chovendo. Estava sempre chovendo. E, para completar, era uma chuva de dezembro especialmente chata. A chuva de Louisiana costuma ser literalmente um divisor de águas, proporcionando um bem-vindo alívio para o calor. Às vezes chove em dias ensolarados, e às vezes a chuva traz uma tempestade dramática que torna o céu verde e o despedaça com raios. A chuva inglesa tem uma sensação de ser obrigatória, como documentos a preencher. Ela umedece dias já úmidos e deixa as pedras do calçamento escorregadias. Fui até a Liverpool Street e peguei um dos muitos táxis enfileirados. Como Jane tinha me alertado no dia anterior, os táxis mantêm um registro das corridas realizadas, e alguns têm câmera. Mesmo com o chapéu e os óculos, dividi o percurso em dois, trocando de veículo na Leicester Square.

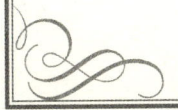

Tentei racionalizar o pequeno surto de Stephen. Ele gostava de regras. Queria se sentir no controle. Callum e Bu... os dois me receberiam de braços abertos e acabariam convencendo Stephen. Era só eu esperar um pouquinho, ir com Jane para onde ela queria. Eu aprenderia melhor sobre minha condição e voltaria ainda mais valiosa. Daria tudo certo.

– Você chegou – disse Jane ao me receber. – Estávamos com medo de você não voltar. Está tudo bem?

– Está.

– Que bom. Venha até a cozinha, quero que você conheça uma pessoa.

Na cozinha havia um cara um pouco mais velho que eu, de vinte e tantos anos. Dizer que ele tinha uma aparência chamativa não daria conta de descrevê-lo. Era o equivalente humano à decoração da casa de Jane. Tinha o cabelo loiro brilhoso, como ouro amarelo, tão artificialmente colorido como o de Jane e tão chamativo quanto, graças a um brilho não natural. E era extremamente bem penteado para o lado, como uma espécie de estrela do cinema antigo. Ele usava uma camisa social vermelha e uma gravata estranhamente larga, com grossas listras vermelhas e prateadas. Não acho que a cor dos olhos de uma pessoa diga muita coisa sobre ela, mas aquele cara tinha olhos azuis frios e límpidos, um azul quase tão pouco natural quanto o cabelo. E os sapatos eram vermelhos com estrelinhas metálicas presas no couro. O efeito geral era bizarro, como se ele estivesse fantasiado.

– Rory, este é Jack – disse Jane.

– É um prazer – disse o garoto, estendendo a mão.

Eu o cumprimentei, e Jack sorriu para mim como se eu tivesse acabado de contar uma piada muito engraçada que só nós dois entendêssemos.

– Ele vai com a gente – informou Jane.

– É uma casa incrível – comentou Jack.

Ele se recostou na mesa da cozinha, cruzando as pernas na altura no tornozelo. Meio que uma posição de dançarino, ou o tipo de coisa que se vê em fotogramas de filmes antigos. Uma pose.

– Você está bem? – perguntou Jane, me olhando. – Está pálida. Coma alguma coisa... parece que vai cair.

Ela empurrou para mim o onipresente prato de doces. O sorriso de Jack se alargou e ele olhou para o chão, como se também aquilo fosse engraçado.

– Sua história é *muito* interessante – comentou ele. – Jane estava nos contando tudo sobre você.

– Todos vocês têm histórias de vida interessantes – opinou Jane. – Somos todos pessoas interessantes.

– Verdade – disse Jack, inclinando a cabeça em sinal de concordância, então mordeu o lábio inferior muito de leve e ergueu o olhar para mim.

Uma coisa eu posso dizer sobre mim: não é comum eu conhecer uma pessoa e desgostar dela logo de cara. Não sou assim. Mas alguma coisa em Jack realmente me incomodou, e não foi só o fato de ele parecer um personagem de uma peça de teatro esquisita vestido a caráter. Embora não tivesse dito nem feito muita coisa, havia nele algo estranho e desagradável, e o fato de estar indo conosco tornou a viagem consideravelmente menos atraente. No entanto, isso não fazia muito sentido, e eu não tinha muita escolha. Foi só uma sensação passageira, um leve calafrio.

– Só preciso ir ao banheiro – falei.

E era verdade. Mas precisava também de um momento sozinha, para afastar aquela sensação.

Saí da cozinha e cruzei o corredor até a escada. A escuridão vespertina engolia a casa. Sem janelas no vestíbulo, mal entrava luz ali. Eu estava prestes a me virar para subir a escada, e acho que olhei na direção do leopardo prateado, quando notei mais outra coisa. Foi só um vislumbre em minha visão periférica, e tive que parar e ir até o vestíbulo para confirmar o que tinha visto. Era um blazer de Wexford, pendurado em um gancho ao lado da porta. Eu já tinha visto tantos blazers de Wexford pendurados que o formato tinha se gravado na minha mente, e não havia dúvida quanto àquele. Mas eu não tinha ido de blazer até a casa de Jane.

Peguei o blazer e o examinei. Por causa do sistema da lavanderia, em todos os uniformes estava gravado o nome do aluno. Olhei a parte interna do colarinho em busca da familiar tira branca.

Era de Charlotte. E estava molhado.

Fazia sentido. Charlotte fazia terapia com Jane. Mas, naquele momento, era para Charlotte estar fazendo a prova de latim.

– Algo errado?

Era Jane, no corredor.

– Hã… – Eu não sabia o que dizer. Havia algo errado? – É só que… O blazer de Charlotte. Está aqui.

Ergui a manga como prova.

– Ah, sim. Ela veio hoje mais cedo. Deve ter esquecido.

– Mas ela tem prova de latim hoje – falei. – Só teremos provas o dia inteiro.

– Eu não sabia. Ela já foi e não disse nada sobre as provas. Acho que estava um pouco chateada por você não ter voltado para o colégio ontem. Bem, vá se aprontar. Temos que correr, para fugir do trânsito.

Aquilo fazia sentido, pois Charlotte recorria a Jane para tudo. Assenti, larguei o blazer e subi.

Mas não fiquei bem. Eu sentia uma leve palpitação. Meu coração adejava. Julia chamava isso de "instinto de vítima": quando uma coisa muito ruim acontece com você, seus sentidos se aguçam. Você capta detalhes ligeiramente fora de lugar, elementos potencialmente perigosos.

Entrei no banheiro e tranquei a porta. Precisava pensar.

Claro que Charlotte podia ter ido até ali, mas a custo de perder uma prova? E o blazer estava molhado, não apenas úmido. Havia um aquecedor de parede no vestíbulo; se o blazer tivesse sido deixado havia um tempo, já estaria seco e quente. Além do mais, Charlotte não era o tipo de pessoa que esquece roupa por aí. O blazer era parte importante do uniforme de Wexford. Vesti-lo era automático.

Mas, claro, ela podia ter esquecido. Era possível.

Que outra explicação haveria?

A janela do banheiro era de vidro jateado, em nome da privacidade. Puxei a trava e tentei abrir, mas fez um barulho muito alto. Parei na hora, meus nervos retinindo. Então abri a água ao máximo e voltei para a janela, empurrando milímetro por milímetro até ter alguns centímetros para olhar lá fora. O banheiro ficava nos fundos da casa, e seria uma boa queda até o jardim. Não tinha como sair por ali. Eu podia gritar...

... mas não havia motivo para gritar, havia? Por que eu gritaria?

Por que Jack tinha sorrido daquele jeito? Foi só quando Jane me ofereceu o prato de biscoitos e brownies. Normal. Jane sempre oferecia aquilo.

Então me ocorreu algo que me parecia muito, muito paranoico mas ao mesmo tempo muito, muito lógico. Toda vez que eu ia à casa de Jane, ela insistia para que eu comesse alguma coisa. E toda vez que eu comia alguma coisa, começava a me sentir meio aérea; falava muito; o tempo parecia passar de forma estranha.

Não uso drogas, mas já ouvi histórias de amigos que comeram brownie de maconha, e, pelos relatos, o efeito parecia igual. O torpor não vinha de uma vez, levava mais ou menos meia hora; mas toda a conversa e as coisas estranhas que eu tinha notado... Eu não ficava inconsciente, mas, definitivamente, relaxava de uma forma que nunca tinha relaxado na terapia.

Charlotte também tinha aquele olhar quando voltava das sessões com Jane. O olhar vidrado...

Se meu raciocínio estivesse correto, não me admirava que Jane tivesse uma reputação tão incrível como psicóloga. Ela tinha nos deixado chapadas.

Mas *por quê?* Aquilo era loucura. Eu estava pensando como uma louca pensaria.

Se bem que minha vida não era normal. *Eu* não era normal. Assim como Jane, Devina, Jack...

Jack era o nome da testemunha no caso do assassinato de Dawn.

Tudo bem, essa era uma relação estúpida. Existem muitos Jacks por aí.

Dei descarga só pelo barulho. Saí do banheiro, fui até o topo da escada. Jane esperava por mim lá embaixo.

– Rory? – chamou ela. – Pronta para irmos? Por que não desce logo?

Por que não desce logo?

As palavras e a voz de Jane passaram a me encher de pavor – um pavor que eu queria muito suprimir, mas não conseguia. Eu não fazia a menor ideia do que estava acontecendo, mas tinha *alguma coisa* errada. Só que eu precisava descer. Dali, do segundo andar, não tinha como sair da casa, a não ser que eu me jogasse da janela, como Dawn.

— Claro — falei, tentando soar casual. — Desculpe. Eu só fui ao banheiro.

Duvido que eu tenha conseguido transparecer naturalidade. Jack apareceu, ao lado da escada, para me ver descer também.

Meus batimentos cardíacos estavam irregulares, presos na garganta. Desci cada degrau em câmera lenta. Aquilo estava errado. Havia alguma coisa errada. Estava tudo errado. Alguma coisa precisava acontecer naquele momento, naqueles degraus, naquele segundo. Cada fibra do meu ser gritava, pedindo uma atitude.

E dei ouvidos ao pedido. Quando cheguei ao último degrau, abri a boca como se fosse dizer algo a Jane, mas disparei para a porta. É uma ação estranha para mim, correr. Só corro nos sonhos, e já várias vezes brinquei que só praticaria essa atividade se estivesse sendo perseguida. Bem, aquilo definitivamente era meio onírico, correr pelo vestíbulo escuro, sentindo braços me agarrarem por trás. Caí de cara no chão, imobilizada por alguém. Meu nariz se esmagou nas tábuas do piso, enviando uma dor lancinante por todo o meu rosto. O impacto fez meus olhos se encherem de lágrimas e transbordarem livremente.

— Cuidado! — exclamou Jane. — Pelo amor de Deus, Jack, não a machuque. Levante-a.

Dois pares de mãos me ergueram do chão. Jack e Devina, que tinha surgido do nada.

— Rory, não resista assim. Só vai obrigar Jack a usar mais força, e ninguém aqui quer isso — disse Jane. — Levem-na para a cozinha.

Fui meio arrastada e meio carregada para a cozinha. E nisso, estranhamente, relaxei um pouco. Havia certo alívio em ver que meus instintos tinham acertado, em ver meus temores se concretizando. O tique-taque tinha levado ao bum. Passei os olhos pelo balcão da cozinha: nada de útil. As facas ficavam longe, do outro lado do cômodo. A não ser que eu rendesse Jack e Devina com um prato de doces, não havia saída.

– Coma alguma coisa – ordenou Jane, oferecendo mais uma vez o prato. – Vai tornar as coisas mais fáceis.

– O que tem nesses doces?

– Só um pouco de haxixe, querida – respondeu ela. – Até agora você estava gostando. É inofensivo.

Ela ergueu o prato, e eu balancei a cabeça em negativa. Jane então deu de ombros e o colocou de lado.

– Como quiser – disse ela. – Era para seu próprio bem.

– O que vocês vão fazer comigo?

– Não vamos lhe fazer mal algum se você cooperar. Isso eu prometo. Todos os que têm a visão são meus irmãos, e eu levo isso muito a sério. Se você resistir, Jack vai machucá-la, mas se ficar calma ele a solta.

Não era propriamente uma escolha, então parei de me debater. Jane assentiu, e na mesma hora Devina me soltou.

– Solte-a, Jack – ordenou Jane.

Nada.

– Jack, eu mandei *soltá-la*.

Meus braços foram soltos. Jane os afagou.

– Peço desculpas – disse ela. – De verdade. As coisas que aconteceram nas últimas vinte e quatro horas não faziam parte do plano original. Quando soubemos que você provavelmente iria embora de Londres em breve, tivemos que agir muito rápido. Sempre fui honesta com você, Rory, e vou continuar sendo. Toda a sua vida antiga termina *agora*. Quanto mais cedo aceitar, mais fácil vai ser para você. Mas o que vai acontecer a partir de agora... isso realmente cabe a você. E eu já lhe mostrei suas opções. A boa notícia é que as opções são muito, muito melhores que suas condições atuais.

– Onde está Charlotte? – perguntei.

– Num lugar seguro, já no interior. Hoje mesmo você vai encontrá-la e vai vê-la perfeitamente bem. Ela sabia que você viria aqui, e não podíamos deixar que essa informação vazasse, então tivemos que levá-la também, mas eu lhe garanto que ela vai permanecer a salvo desde que você continue conosco. Você é um terminal, o primeiro caso de um terminal humano com o qual me deparo. Estamos todos muito animados.

– Como você sabe disso?

– Ah, Rory... – disse ela. – Estamos acompanhando seu caso há semanas. Seguimos você até Bristol. Vimos como você é especial. E agora tudo está se encaixando. Você é o sinal que estávamos esperando. Você vai nos ajudar, e nós vamos ajudar você.

– Eu não quero *ajudar* vocês.

– Você se importa com Charlotte, com aqueles seus amigos que moram perto de Waterloo e com... Como é mesmo o endereço, Jack?

– Woodland Road, setenta e sete.

Aquele era, de fato, o endereço dos meus pais em Bristol. Jack então começou a recitar nosso endereço em Louisiana, o de meu tio Bick, de tia Diane, assim como o endereço do trabalho dos meus pais, tanto ali na Inglaterra quanto nos Estados Unidos. E foi aí que tudo ficou muito frio.

– E é por isso que eu sei que tudo será diferente agora – disse Jane. – Não queremos forçar você. Venha por vontade própria. E, quando você vier, vai ver. Vai ver que o que estamos fazendo é certo. Vai ficar feliz. Essa estranheza é só um período de adaptação, mas não vai durar muito. Agora venha, está na hora. Hora de irmos.

22

Por um acaso, eu tenho certa experiência em técnicas de sobrevivência. Em parte, porque venho de Bénouville, Louisiana, onde a preparação para furacões é o assunto das conversas todo verão. Estocou água mineral? Baterias e pilhas? Comida enlatada e barras de cereal? Tem cloro, para quando a água começar a baixar e surgir o mofo? Tem rádio? Lanternas?

Mas as questões práticas eu só sei porque meu vizinho é biruta. Um biruta com muitas habilidades práticas. Estou me referindo a Billy Mack, que mora na minha rua.

Billy nunca mais foi o mesmo desde o furacão Katrina. Aliás, muita gente nunca mais foi a mesma desde então. Muita gente ficou sem ter o que comer, sem água e sem auxílio, e muita gente desenvolveu um interesse por técnicas de sobrevivência. Billy Mack levou isso ao extremo. Ele tem um barco no telhado de casa, amarrado a uma das janelas do segundo andar. Billy é também o fundador da Igreja Universal do Povo Universal, religião que lidera da própria garagem. Como parte de sua missão, às vezes ele fica de lá para cá pela rua distribuindo panfletos. A religião de Billy é meio que um manual militar para um apocalipse muito aguardado. Ele acredita que é chegado o fim dos tempos e que os fiéis de sua religião não só estarão com Deus como terão todos os suprimentos necessários.

Não passo muito tempo com Billy Mack, mas sempre recebemos os panfletos. E logo na frente vêm escritas coisas assim: "O ser humano pode sobreviver por três a cinco dias sem comida nem água. Jesus precisa que você esteja preparado para Sua chegada. VOCÊ tem tudo de que precisa?"

Os panfletos provavelmente tinham todo tipo de boas dicas de como enfrentar situações como aquela em que eu me encontrava no momento, mas eu nunca tinha passado da capa antes de jogar na lixeira. Lamentei isso. Billy era o tipo de pessoa que sempre andava com uma faca amarrada à canela. Ele teria *ideias* do que fazer com aquilo.

"Aquilo" era estar sentada no banco traseiro do carro com Devina de um lado e Jack do outro. Jane estava ao volante, comentando, animada, como se fosse uma viagem perfeitamente normal, sobre os "congestionamentos na rodovia A4".

Enquanto seguíamos, tudo parecia escorregar para longe de mim, como se os prédios e as casas evanescessem da existência à medida que eu os via pela última vez. As ruas eram enroladas para serem guardadas, o céu sobressalente era colocado numa caixa. Porque eu tinha certeza: jamais voltaria. Fiquei olhando os nomes nas placas dos lugares por que passávamos: Fulham, Hammersmith, Chiswick. Eu poderia tentar resistir, poderia me lançar à janela ou agarrar Jane pelo pescoço, alguma coisa... Mas acabaria de volta àquele banco. Uma tentativa de fuga só serviria para me deixar machucada e provocar a morte de pessoas que eu amava.

Eu iria para o interior com eles.

– Estamos chegando a Barnes – anunciou Jane. – É onde morreu Marc Bolan. Você não deve nunca ter ouvido falar em Marc Bolan, mas ele era um dos meus preferidos. Bateu com o carro numa árvore. Terrível, chocante. Quando fizermos nosso trabalho, Marc é uma das pessoas que eu adoraria ajudar.

– Que trabalho? – perguntei.

– Vamos derrotar a morte – respondeu Jane, de um jeito muito casual, como se dissesse que faríamos um piquenique.

– Ah – murmurei, apenas.

– Já ouviu falar dos Mistérios Eleusinos, Rory? – Jane contornava uma rotatória com suavidade. – Na Grécia Antiga, acreditava-se que Perséfone, filha de Deméter, determinava a fertilidade da terra. Perséfone foi raptada por Hades e levada ao Mundo Inferior. Deméter o forçou a devolver a filha, mas, veja você, Perséfone tinha feito justamente a única coisa que não se deve fazer no Hades: tinha comido da comida dos mortos. Por isso, foi forçada a passar parte de todos os anos no Mundo Inferior. Em honra às deusas, os gregos instauraram os Mistérios Eleusinos, em que mostravam aos iniciados a verdadeira natureza da vida e da morte. Bem, nós vemos essas coisas como meras histórias... só que, é claro, os gregos antigos tinham razão. A morte, como você já notou, não é a condição permanente que a maioria das pessoas acredita ser. Concorda?

– Claro? – respondi, porque me pareceu a coisa certa a dizer diante daquele discurso aterrorizante que, ao que tudo indicava, não ia dar em coisa boa.

– Eles podem ter criado uma história colorida em volta do assunto, mas conheciam a realidade da vida e da morte. Esses mistérios, esses rituais... eram todos experimentos. E esses experimentos começaram a gerar mudanças. Eles nos fizeram, Rory.

Aqueles que alcançaram os mais altos dos mistérios, os hierofantes e os iniciados, eles desenvolveram a visão. Começaram a perfurar o muro que separa os vivos e os mortos. Em algum ponto lá atrás, bem atrás, da sua história familiar, houve um grande místico, alguém que alcançou esse estado maravilhoso. Nesse sentido, somos todos parentes.

– Família – confirmou Jack.

– Sim, família – concordou Jane. – Mas a grande obra foi destruída. O Templo de Deméter foi saqueado. Os cristãos dominaram, e os mistérios foram considerados destruídos, o conhecimento, perdido. Mas o conhecimento perdura. Os rituais continuam. E foi por isso que fizemos o que fizemos hoje de manhã. A médium, claro.

– Mas por que ela? – perguntei. – O que ela fez?

– Precisávamos de uma vítima, alguém da área certa. Uma morte que gerasse suspeitas. Alguém que não estivesse ligado a nós. Um prédio relativamente desprotegido, fácil de entrar e sair. Ela era perfeita. A morte de uma médium, tão próxima da propriedade de Wexford... Encenamos o suficiente para manter seus amigos ocupados por um tempo. E Jack tinha uma dívida de sangue a pagar. Nos mistérios originais, acreditava-se que era preciso estar livre da "culpa de sangue", que era preciso não ter matado ninguém. Mas estamos realizando os mistérios avançados, e é preciso uma dívida de sangue. Você precisa pagar essa dívida para ser iniciada.

Jack pegou do bolso uma sacola plástica contendo um pedaço de pano ensanguentado.

– Jack provou que está pronto – disse Jane. – Assim como Devina.

– O namorado da minha mãe – explicou Devina, em tom casual.

— E você? – perguntei a Jane.

— O homem de Yorkshire – respondeu ela. – Aquele da história que contei a você, o que me atacou. Pode parecer terrível, Rory, mas todos nós eliminamos da sociedade pessoas que precisavam ser eliminadas...

— Mas o que foi que a médium fez? Ela era inocente!

— Você chama de inocência? Fingir que prevê o futuro? Enganar as pessoas em troca de dinheiro? É por causa de gente como ela que o bom nome da religião verdadeira está manchado e perdido.

Eu sei reconhecer um fiel genuíno: o fervor, a convicção plena, a calma que explode em emoção de um momento para o outro. Eu estava em um carro cheio de convicção, cheio de crença nos rituais gregos ancestrais e na possibilidade de se derrotar a morte. Cheio de assassinos.

O desvio estava nos levando por uma série de ruazinhas tão estreitas que mal dava para o carro passar. Lá fora, a Inglaterra estava normal e quieta, vivendo um dia de dezembro qualquer. Gente se preparando para o Natal, trabalhando, pensando no que fazer para o jantar. De vez em quando um ciclista passava. O que me separava daquele mundo era apenas a porta do carro. Mas eu não podia sair.

— Eu teria acabado junto com gente desse tipo – continuou Jane, por fim. – Pessoal da Nova Era, espiritualistas baratos. Mas tive sorte. Conheci meus amigos. E eles me ensinaram a história verdadeira da visão. Investiram a riqueza deles no conhecimento. Viajaram para Índia, Egito, Grécia... Reuniram livros, conversaram com gente que tinha a visão. Trouxeram o conhecimento de volta para Londres e fizeram o sacrifício final para ajudar a todos nós a tomar o controle sobre nosso destino. Coube a mim dar continuidade ao trabalho deles, ajudá-los... e agora... você.

Você é um ser transformado. Você é a prova de que aquilo em que acreditamos é correto e possível.

– Não – retruquei. – Eu sou só...

– Você nem sabe o que é – disse Jane. – Mas vamos lhe mostrar seu verdadeiro potencial. E então...

E então o carro deu um solavanco, o impacto lançando a nós todos para a frente.

Tínhamos colidido direto com a lateral de uma viatura.

Imagino que, em certo nível, eu já suspeitava. Como tudo o mais que acontecera naquele dia, eu ainda não tinha entendido por completo – não fazia sentido –, mas não deveria ter me surpreendido. Eu tinha chegado a um ponto em que não havia mais a possibilidade de surpresas.

A viatura tinha vindo a toda de uma rua pequena, justo quando nos aproximávamos, e foi batida com força no lado do passageiro. Nosso carro fez um som doentio, mas o motor continuou ligado. A porta da viatura se abriu e de lá saiu Stephen, um fio de sangue descendo pela lateral do rosto. Ao mesmo tempo, ouvi um baque e um sibilar em um lado da traseira do carro, seguidos por um baque e um sibilar similares do outro lado. Então Bu e Callum se aproximaram das janelas traseiras ao mesmo tempo. Bu trazia um pé de cabra na mão. Eles tinham tirado os pneus.

Tudo isso teria atraído muita atenção, mas estávamos em uma rua pequena, entre empenas cegas de dois prédios. A própria batida provavelmente nem tinha feito tanto barulho.

Stephen se aproximou da janela do motorista como um policial executando uma abordagem normal no trânsito. Caminhava todo rígido e passou a mão no rosto para tirar o sangue.

Jane desceu o vidro.

– Olá – disse ela, em tom educado. – O senhor destruiu meu carro.

– Gostaria que Rory saísse do carro – disse Stephen.

– E por que ela faria isso? Não creio que o senhor tenha o direito legal de retirá-la.

– Ela é uma menor considerada desaparecida. Ou ela sai ou eu garanto que a polícia londrina em peso será trazida para lançar mão da força nesse carro.

– Bem, eu acho que Rory não quer sair. Quer, Rory?

Não respondi.

– Isso é tudo muito ilegal – disse Jane. – Brutalidade policial não chega nem perto de cobrir tudo o que sofremos aqui. Estou certa de que não seremos presos por isso.

– Tem razão – respondeu Stephen. – Agora saia.

Bu estava enfiando o pé de cabra na fenda da porta. Ela conseguiu abri-la e puxou Devina para fora. Callum continuava no lado de Jack, as mãos no vidro da janela.

– Saia do carro, Rory – ordenou Stephen. – Acabou.

Deslizei pelo banco na direção da porta aberta. Bu puxou Devina para o lado e me pegou pelos ombros.

– Você está bem?

– Estou.

Devina não se mexia, só encarava a nós duas.

– Vamos – disse Bu, me afastando. – Vamos. Temos que ir embora logo.

Mas eu continuei no lugar.

– Vocês estão cometendo um erro – ameaçou Jane. – Se tentarem me levar, será sequestro. Vou processar vocês. Meu advogado será acionado para cuidar deste vandalismo e da brutalidade usada contra meus jovens amigos. Vocês não vão sair dessa tão fácil.

– Vou aguardar ansiosamente – disse Stephen. – Você vai voltar para casa a pé. Sob vigilância. E todo veículo registrado em seu nome também será vigiado, assim como toda pessoa que já morou sob seu teto. A partir de agora, nada que fizer será ignorado. Nas ruas, as câmeras se virarão para você. E, se alguma coisa acontecer com alguém relacionado a Rory, eu mesmo vou garantir que cada momento restante de sua vida miserável seja repleto do máximo de sofrimento.

Ele fez todo esse discurso como se enumerasse os itens de uma lista de compras.

– Nossa, mas você fala, hein? – zombou Jane.

– Vamos – repetiu Bu.

Dessa vez, ela não aceitaria não como resposta. Bu era forte. Poderia ter me jogado no ombro e me carregado dali se quisesse.

A viatura estava evidentemente inutilizada, então Bu me apressou a me afastar a pé mesmo.

– Eu não posso ir – falei. – Eles sabem o...

– Não podemos ficar aqui, Rory. Ande, ande, não podemos ficar.

Uma mulher surgiu na rua, viu a batida e foi na nossa direção. Bu me puxou com ainda mais ímpeto, guardando o pé de cabra no casaco. Callum nos alcançou em poucas passadas suaves.

– Continuem andando – disse ele, segurando meu outro braço. – Saiam daqui. Deixem que Stephen resolva isso.

– Como vocês me encontraram? – perguntei.

– Stephen colocou o celular dele no seu bolso quando estávamos na casa de Dawn. Parece que ele achava que você não daria ouvidos a ele e não voltaria para o colégio. Usamos o aparelho como um GPS. Quem são essas pessoas?

– Aquela era minha psicóloga – respondi.

– Isso só me faz nunca ter vontade de começar terapia – comentou Callum. – Você tem dinheiro? Sabemos que você limpou sua conta no banco.

Eu tinha esquecido o maço de notas de cinquenta e vinte que levava comigo. Quando enfiei a mão no bolso, senti o celular.

– É suficiente – disse Callum. – Vamos procurar um táxi para voltarmos ao apartamento...

– Eles sabem onde vocês moram – falei. – Sabem sobre vocês, sabem o endereço dos meus pais. E estão com Charlotte...

Essa última parte me atingiu com força de novo. Alguém em algum lugar estava mantendo Charlotte como refém.

– Como assim? – perguntou Bu.

– Eles a raptaram. Em um minuto ela estava no quarto e no instante seguinte tinha sumido. Fui obrigada a ir com eles, senão...

– Senão...? – perguntou Callum. – Como não vimos quando saíram da casa com ela? Estávamos bem em frente, no carro.

– Eles falaram várias vezes sobre alguma casa no interior. Era para onde estavam me levando... Ah, meu Deus, me desculpem, é tudo culpa minha. Eles sabiam tudo isso, e eu fui... Dei ouvido a eles...

Comecei a tremer. Bu me segurou com mais força pelos ombros.

– Passe o alerta – instruiu ela a Callum.

Ele fez uma ligação avisando do sequestro de Charlotte, enquanto Bu ficava comigo. Stephen chegou pouco depois, correndo, embora parecesse lhe faltar firmeza nos pés. Sem dizer uma palavra, ele enfiou a mão no bolso do meu casaco e pegou o celular, para então se afastar um pouco e dar um telefonema. Apenas entreouvi algumas palavras picotadas, como "rastros" e o nome de alguma rua.

– Você está bem? – perguntou Bu a Stephen, ao notar o sangue no rosto dele.

– Eu era jogador de rúgbi. Já passei por coisas piores. Temos que ir embora daqui.

– Não podemos voltar para o apartamento – avisou Callum, que tinha voltado. – Eles sabem onde fica, sabem sobre nós. Pode ter gente deles esperando lá por nós.

– Certo – disse Stephen, limpando o sangue que descia pelo rosto e deixando uma mancha no lugar.

– Thorpe quer que a gente vá até lá? – questionou Bu.

– Não podemos entrar em um prédio do MI5 com uma pessoa desaparecida. Rory já está sendo procurada. Ela vai aparecer em milhões de câmeras do prédio, e eles usam reconhecimento facial lá, então, não. Precisamos de algum lugar para decidirmos o que fazer sem que nos vejam...

O filete de sangue voltou a descer pelo rosto dele.

– Certo. Eu conheço um lugar. Fica em Maida Vale.

23

Maida Vale é um distrito discreto do noroeste de Londres, logo depois da estação de Paddington. Casas de tijolinhos calmas e seguras com jardins murados e fileiras e mais fileiras de construções idênticas unidas em um único bloco sólido, lado a lado. Havia ruas comerciais com lojas de cupcakes rosa e brancas e cafeterias charmosas, além de lojas onde se podia comprar mantas de caxemira para bebês, chá-verde importado do Japão, utensílios de cozinha franceses e calças jeans tão caras que só podiam ter sido tecidas a mão por monges que entoavam orações pelo bem das coxas de quem viesse a vesti-las. Stephen orientou o táxi a parar em frente a um condomínio residencial todo em tijolinhos claros.

– Que lugar é este? – perguntou Bu enquanto Stephen digitava um código para entrar.

– O apartamento do meu pai. É onde ele fica quando vem a Londres a trabalho. Acho que está na Suíça no momento. Espero que esteja.

– O que exatamente ele *faz*? – quis saber Callum.

– Serviços bancários.

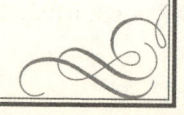

– Todo esse dinheiro é ilícito? – indagou Bu.

– É possível. É o tipo de coisa que ele faria – respondeu Stephen.

Nós quatro nos apertamos em um elevador minúsculo e subimos até o quarto andar. Stephen nos conduziu até um dos apartamentos dos fundos. Ele tirou da parede junto à porta uma moldura com uma fotografia de uma ponte e pegou uma chave, que usou para abrir a porta.

Estava escuro lá dentro. As cortinas, que iam do teto ao chão, estavam fechadas. Stephen acendeu apenas uma luz no meio do cômodo. Estávamos em uma sala decorada com um bom gosto quase cirúrgico. Havia dois sofás, um de frente para o outro, e, entre eles, uma mesa de mármore comprida e baixa que continha alguns livros de arte e de fotografia que pareciam nunca ter sido abertos. Não havia sinal algum de vida no lugar, apenas vasos perfeitamente posicionados e cerâmicas decorativas.

Stephen seguiu para os outros cômodos, e ouvi mais cortinas sendo fechadas. Callum, Bu e eu ficamos por ali, nos familiarizando com o lugar. Havia apenas uma foto de família, recuada em uma mesa lateral e quase escondida atrás de um vaso amarelo. Era claramente a família de Stephen, e a foto havia sido tirada no jardim de alguma casa, talvez sem a anuência do dono. Todos tinham os olhos meio fechados para o sol. Os pais dele eram como eu imaginava. O pai usava um terno listrado, e a mãe, um vestido amarelo e um chapéu amarelo muito grande com uma faixa branca larga. E havia também a irmã de Stephen, uma garota com um sorriso surpreendentemente largo e franco. Tinha cabelo castanho-escuro e sardas no rosto, o braço encaixado no do irmão. Stephen parecia ter uns doze ou treze anos na foto, meio magricela e muito desconfortável. Era bem mais alto que a mãe e a irmã, mas do mesmo tamanho que o pai. Mesmo na foto, a sensação que tive foi de que havia certa competitividade naquilo, como se o pai estivesse se empertigando ao máximo para que o filho não o ultrapassasse nem um centímetro.

– Temos que dar uma olhada nesse ferimento na sua cabeça – disse Bu. – Vai ter que levar alguns pontos.

– Ferimentos na cabeça sempre sangram muito. Não podemos chamar atenção. Se for necessário, eu mesmo costuro.

– Bem, então vamos limpar.

– Você sabe costurar a própria cabeça? – perguntei.

– Deve ter um tutorial na internet. Não pode ser tão difícil.

Enquanto Bu ajudava Stephen a limpar a ferida, Callum improvisou uma atadura rasgando em tiras uma camiseta que encontrou no quarto. Stephen estava com parte da cabeça enrolada à semelhança de uma múmia, com um tufo de cabelo castanho saindo do alto, o curativo já manchado com um pouco de sangue. Nós quatro nos reunimos na sala de estar.

– Enquanto você estava na casa, levantei algumas informações básicas sobre a proprietária – começou Stephen, pegando o bloco de anotações. – Jane Quaint, nascida Jane Anderson. Trocou de nome em 1972, legalmente. Fora uma loja em Yorkshire em 1968, não tem histórico de vínculos empregatícios. A casa em Chelsea foi herdada de um casal de gêmeos, chamados Sidney e Sadie Smithfield-Wyatt.

– Ela me falou sobre eles – comentei. – Disse que tinham a visão. Que estavam fazendo alguma espécie de experimento... que morreram fazendo alguma espécie de experimento.

– Sidney e Sadie cometeram suicídio juntos, em 1973. Só encontrei isso a princípio, mas podemos descobrir mais sobre os dois. Quanto a Jane, tem ficha limpa. É voluntária em muitos grupos de apoio a vítimas, doa quantias substanciais a projetos de caridade. No geral, uma cidadã exemplar.

– Que lidera uma seita – falei. – Ela disse que eles iam *derrotar a morte*.

– Então essa gente queria você por ser um terminal? – perguntou Bu. – Eles explicaram por quê, ou o que planejavam fazer?

– Só disseram que iam *derrotar a morte*. E, sei lá, matar todo mundo se eu não fosse para onde queriam me levar. Eles sabem onde meus pais moram.

– Vamos enviar uma viatura até lá – disse Stephen. – Um de vocês pode ligar para Thorpe a fim de providenciar isso?

Ele se levantou e foi para o quarto. Callum pegou o celular do bolso do casaco.

– Achei que ele mesmo fosse querer ligar – comentou. – É sempre Stephen quem fala com Thorpe.

– Talvez ele esteja finalmente delegando tarefas – disse Bu. Depois, virando-se para mim, explicou: – Temos trabalhado essa questão do controle excessivo de Stephen.

– Tantas questões... – disse Callum, procurando o número na agenda do celular.

Eu me levantei e fui atrás de Stephen. Ele estava em frente ao armário aberto, encarando três camisetas praticamente idênticas. Tinha tirado a camisa que vestia, por estar toda ensanguentada. Stephen tinha um belo peitoral. Isso não deveria ter sido uma surpresa, mas foi. Não era tão volumoso como o de Callum, mas era definido. E tinha pelos – uma linha fina e escura na parte superior, formando um *V* que minguava pouco antes da cintura. Ele imediatamente vestiu a camisa suja, mas não a abotoou. Achei o gesto de um cavalheirismo bobo, como se não ficasse bem se eu o visse sem camisa.

Um alarme de carro disparou lá fora. Stephen ajeitou as cortinas já fechadas, para que não nos vissem da rua, embora não tivesse como fechá-las ainda mais.

– É verdade que você pode fazer aquilo tudo o que ameaçou? – perguntei. – Fazer as câmeras se virarem quando Jane passar na rua, esse tipo de coisa?

– Talvez metade. Mas seus pais vão ficar bem, prometo. E Charlotte. Nossa parte do trabalho é imprevisível muitas vezes, mas a polícia é eficiente em prevenir crimes e encontrar vítimas de sequestro. A casa deles está sendo revirada agora mesmo enquanto conversamos. Sua amiga vai ser encontrada.

– Por que você não *prendeu* aqueles três?

– Se eu fizesse isso, teria que entregar você. Sem contar que eu tinha batido no carro deles de propósito. Temos que ir com calma até que resolvam essa confusão toda. Bem que eu queria ter pensado em uma solução mais elegante, mas não deu tempo. Thorpe já acha que eu assumo riscos demais...

Stephen se sentou na ponta da cama, e eu me coloquei ao lado dele. Minha intenção era me sentar um pouco afastada, mas, do jeito que meu corpo pousou no colchão, acabei ficando colada nele. Achei que ele fosse se afastar, mas não fez isso.

– Sei que você está com raiva de mim – disse ele. – Por causa do que eu falei lá na casa de Dawn.

– Não importa.

– Importa, sim. Eu quero explicar. Não quero que você pense que é porque não acho você capacitada, ou porque me sinto diminuído por você poder fazer mais do que eu. Não é que eu não ache você capaz... Só não queria que você entrasse para o esquadrão levada pelo fato de não ter se preparado direito para as provas, por não ter opção.

Ele balançou a cabeça.

– Não era assim que eu queria colocar a questão – continuou. – Se você se juntasse a nós, era capaz de sua família nunca vir a saber o que você estaria fazendo. Seu relacionamento com eles seria abalado em vários aspectos. Eu faço esse trabalho porque não tenho para onde ir. Minha irmã era minha família para mim, e eu mal a conhecia. Eu não tinha nada. Mas você costuma falar sobre sua família, sua cidade. *Você* tem para onde ir. Como se sentiria se nunca mais pudesse ir para casa?

– Eu poderia...
– Não. Não poderia. Pelo menos não facilmente. E a Rory que sua família conheceria seria toda feita de mentiras. Você nunca poderia contar a eles o que realmente se passaria na sua vida. Se eu aceitar você, e se gente acima de Thorpe tiver a verdadeira noção do que você é e do que pode fazer, acho que você não seria tratada como o membro de uma agência do governo. Seria tratada como uma propriedade. E propriedades não têm vida.

– Eu nunca disse que queria entrar – ressaltei. – Mas, se eu entrasse, pelo menos estaria com vocês.

– E, se alguma coisa acontecesse com a gente, você teria que aguentar os esquisitões tristes que recrutariam para nos substituir. Ou não teria ninguém. Se fôssemos desmembrados, toda essa parte da sua vida se tornaria uma grande lacuna. Você ainda tem a chance de sair disso e seguir outro caminho. Eu faço esse trabalho porque mantém minha sanidade mental. Não sei se eu *conseguiria* fazer outra coisa. Mas não é fácil. Grande parte minha deseja ter tido outra opção, mas não tive. Não estou dizendo que é fácil, nem que é o que eu quero. Estou dizendo que você tem a chance de levar outro tipo de vida.

– Talvez eu precise dessa vida – falei.
– Tem sido tão ruim assim para você?
Dei de ombros.
– Já vi coisas piores – respondi.
E assim consegui arrancar um pequeno sorriso dele.

— Aeeee — falei, cutucando Stephen. — Um sorrisinho! Eu sabia que você era capaz.

— Que grande infeliz eu sou.

— Você não é *tão* ruim assim.

— Eu sei que sou. E não quero que você acabe igual a mim.

— Pode acreditar, não vou acabar igual a você — falei.

Stephen tinha um pescoço longo, coberto por um leve princípio de barba. Sua boca, geralmente tão travada em uma linha fina desprovida de expressão, revelou seu formato também. O nariz tinha uma leve inclinação para baixo. E os olhos, carregados e muito cansados, estavam fixos em mim.

— Está tudo uma confusão só — falei. — Meus pais... Preciso ligar para eles.

— Não recomendo que você faça isso agora. Espere só até a gente dar um jeito nessa confusão. Pelo menos até amanhã de manhã.

— Por que fui fazer aquilo? Por que dei ouvidos a ela? — Deixei a cabeça cair e esfreguei os olhos, mas logo voltei a me empertigar. — Eles me drogaram um pouco. Colocaram na comida. Não me impressiona que a terapia parecesse tão intensa.

— Drogas tornam as pessoas sugestionáveis — disse Stephen.

— Aquelas pessoas... elas são uma seita. Estou dizendo. Eles ficaram falando sobre um tal de elesi... uns mistérios aí da Grécia Antiga. Tinha alguma coisa a ver com Deméter e Perséfone e...

— Os Mistérios Eleusinos?

— Isso aí. Claro que você conhece.

— Cinco anos de latim, quatro de grego.

— Meu Deus, o que é que eu faço agora? Volto para meu país?

— Não vamos decidir nada hoje, certo? — propôs Stephen. — Vai dar tudo certo, prometo. Vamos dar um jeito.

Ele passou o braço em volta dos meus ombros. Era compreensível, porque eu estava chateada, mas o gesto me pareceu muito...

Eu não sabia definir direito.

– Como você pode prometer que vai dar um jeito? – perguntei.

– Você está viva. Está a salvo, com a gente. Já está tudo bem. O resto é lucro.

– É o que você diz.

– Porque é verdade.

A mão que repousava no meu ombro fez um discreto afago, me reconfortando. Depois, um pequeno aperto. Eu me aninhei nele.

Talvez tenha sido por eu me sentir devastada; talvez tenha sido simplesmente coisa da minha cabeça. A questão é que naquele momento me ocorreu beijar Stephen. O impulso brotou, certa constatação, vinda de algum lugar maior e mais cheio de conhecimento. Eu ia beijá-lo. Ele recuaria, horrorizado, mas eu ia beijá-lo mesmo assim. Coloquei a mão em seu peito e me aproximei mais. Eu sentia só as pontinhas do leve traço de barba no rosto dele roçando minha pele.

– Rory... – disse Stephen.

Mas foi um protesto vazio, que não chegou a lugar algum.

Durante os primeiros segundos, ele não se mexeu: aceitou o beijo como quem aceita uma colher de xarope. Então eu ouvi: um suspiro, como se ele enfim se livrasse de um grande peso.

Eu tinha plena certeza de que estávamos, os dois, meio que aterrorizados, mas tinha plena certeza de que estávamos, os dois, fazendo aquilo. Nós nos beijamos devagar, muito deliberadamente, nos unindo e depois nos afastando e olhando um para o outro. Depois, cada beijo demorava mais, até não pararmos.

Stephen botou a mão bem embaixo da bainha da minha blusa, tocando o ponto em que começava a cicatriz. Às vezes a pele ali em volta ficava gelada, mas naquele momento estava quente. Estava viva.

– Então, pessoal, Thorpe disse que... Jura?

Era Callum, à porta do quarto.

Stephen balbuciou, bem junto à minha boca, uma expressão que acho que era bem obscena.

– Você tem noção de que agora tenho que pagar cinco libras a Bu? – disse Callum. – Bu! Te devo cinco libras!

– Que foi? Estou no banheiro! – gritou ela.

– Ela está no banheiro – repetiu Callum. – Será que vocês poderiam não comentar nada? Ela disse que isso ia acontecer. Agora vai ficar se achando.

Stephen e eu nos separamos em postura educada. Fiquei encarando meus tênis, enquanto ele abotoava a camisa.

– O que você ia dizer sobre Thorpe?

– Os doidos deram o fora da casa de Chelsea, sem deixar rastros – respondeu Callum. – Thorpe já solicitou algumas imagens de câmeras de segurança e vai dar uma olhada nos circuitos. Ninguém apareceu na casa de West Country ainda. E uma pessoa foi enviada à casa dos pais de Rory. Eles já foram à polícia para declarar o desaparecimento dela.

– Certo – disse Stephen. – Parece que não temos muito o que fazer por enquanto. É melhor tentarmos descansar. Amanhã pode vir a ser um dia longo.

Bu tinha chegado ao quarto.

– O que você estava gritando? – perguntou ela a Callum.

– Nada. Só estava contando a eles o que Thorpe disse.

– E eu disse que é melhor a gente tentar descansar um pouco – completou Stephen.

Bu e eu ficamos com o quarto, mas nenhuma de nós duas estava muito cansada. Ficamos largadas na cama olhando para o teto.

– Minha vida está um caos – falei.

– É – concordou Bu. – Está mesmo.

– Stephen disse que vai ficar tudo bem.

– Provavelmente.

Mas ela não transmitiu tanta convicção.

– Terminei com Jerome. Abandonei Jazza... Sinto que eu devia...

– Ficar aqui e não fazer nada? – sugeriu Bu.

– Não vou ligar para eles, mas preciso fazer alguma coisa. E se... e se eu escrevesse uma carta? E enviasse quando desse?

– É uma boa – disse Bu. – Você podia fazer isso. Mas só envie quando as coisas estiverem resolvidas.

Então Bu ligou a TV, e eu encontrei alguns papéis na gaveta da escrivaninha. Tendo escrito apenas uma ou duas cartas minha vida inteira, toda hora eu mudava o que queria dizer e precisava recomeçar. Quando terminei, Bu já estava dormindo, e eu tinha duas cartas muito curtas.

Jazzy,

Você está com raiva de mim por eu ter fugido. Fugir é ridículo, eu sei, e não tem nada que eu possa dizer que amenize ou justifique o que eu fiz, então só quero dizer que... você é uma das melhores amigas que já tive. E, se eu pudesse lhe contar todos os motivos malucos que tive para fazer o que fiz, contaria. Tente acreditar quando digo que foi o melhor que me ocorreu no momento. E que estou com saudade. E que sinto muito por parecer tão doida, tão mentirosa, tão esquisita. Acho que você sabia tudo isso e se tornou minha amiga mesmo assim.

Você é melhor que eu. Não vai ser reprovada em Alemão. E a gente ainda vai se ver de novo, e eu vou tentar explicar tudo.

Pode pegar tudo o que quiser do meu lado do quarto, inclusive a bandeja de jacaré.

Rory

A de Jerome foi ainda mais curta:

Jerome,

Você não fez nada de errado. O problema era eu. Sinto muito. Você merece uma namorada melhor e vai encontrar. E eu prometo ter ciúme dela e saber que foi tudo culpa minha.

Ainda acho você nojento (você me entendeu). Talvez algum dia você vá aos Estados Unidos e conheça minha cidade, e aí vai ver que escapou por pouco.

Amassei essa. Era cafona demais, e eu nem sabia se era sincero. Porque, na minha mente, continuava beijando Stephen.

Naquela noite, sonhei que voltava para os Estados Unidos. Nossa casa estava inundada de luz do sol, e toda a minha família estava lá. Até nosso gato, Pow Pow, que tinha morrido três anos antes, e minha tia Sal, que morreu quando eu tinha doze anos.

Estou em casa, eu pensava sem parar. *Mas não posso ficar aqui. Preciso contar a eles que não posso ficar.* Então eu ia até cada parente e começava a explicar a natureza da vida e do amor. Não lembro o que dizia, mas lembro que era algo incrível. No sonho eu compreendia tudo. A visão tinha me dado sabedoria também, e eu conseguia tranquilizar a todos. "Vamos derrotar a morte", eu dizia a eles.

Acho que eu sabia que estava imitando Jane, mas acreditava naquilo: não havia morte, e era por isso que tia Sal e Pow Pow estavam lá, era por isso que estava tudo tão ensolarado. Eu contava sobre a visão, e todo mundo ficava muito feliz em saber. Principalmente prima Diane, que saía dizendo a todo mundo que estava certa o tempo todo, com o Ministério Anjos da Cura. E, por algum motivo, minha prima Diane também me oferecia presunto toda hora. Eu estava lá, tendo conversas profundas, e ela insistia em aparecer com uma embalagem de frios, tentando me forçar a engolir fatias de presunto. Então eu aceitava só para fazê-la parar de encher o saco e jogava na privada, uma por uma, mas ela vinha com mais e mais. Essa parte arruinou um sonho até então profundo e pungente. Tudo estava sendo quase perfeito, exceto por todo aquele presunto.

Não sei que horas eram quando senti alguém me sacudir.

– Não quero presunto! – protestei.

– Rory...

A luz entrava pela janela, mas não muita. O céu tinha uma cor fraca, diluída, e Bu estava de pé ao lado da cama, com a expressão muito estranha e nenhum presunto nas mãos.

– O que foi? – perguntei, bocejando.

– É Stephen – respondeu ela.

– O que tem ele?

– Não consigo acordá-lo.

24

Das muitas coisas que tinham acontecido comigo nas últimas semanas, a espera pela ambulância foi a mais surreal.

Tinha amanhecido – era o comecinho da manhã, pelo visto, porque o céu ainda estava com um tom pálido. Stephen devia ter pegado no sono no sofá, sentado, a cabeça caída para trás, uma das mãos segurando no lugar o curativo improvisado, a outra largada ao lado do corpo. Uma leve camada de barba tinha desabrochado durante a noite, escurecendo seu queixo. Sem os óculos, sem o olhar de preocupação constante, ele parecia... feliz, quase. Mas, em volta, o pânico permeava tudo: a voz de Callum e a de Bu, os olhos deles, o próprio ar em si.

– Ele estava bem – disse Bu, a voz trêmula. – Estava bem, antes. Eu só acordei, vim aqui, e estavam os dois dormindo, e eu tentei acordá-los, e... Stephen não queria acordar.

– Sirene – disse Callum, correndo até a janela. – Ouviram?

Eu estava ouvindo. Ao longe, mas se aproximando depressa.

– Vou descer para recebê-los – prontificou-se Bu. – Como era mesmo o código? Será que é necessário? O que era aquilo?

– Acho que tem um morador lá embaixo – disse Callum. – Estou vendo alguém. Espere por eles na porta do apartamento. Vou encontrar a escada de incêndio, porque não vão conseguir botá-lo no elevador. Rory, você fica com ele?

– Aham. Pode deixar.

Então ficamos só Stephen e eu. Segurei a mão dele. Belisquei seu braço.

– Acorde – falei. – Por favor, acorde. Por favor.

Mas ele continuou ali deitado, a respiração curta, o restante do corpo imóvel. Minutos depois chegou um casal de paramédicos, pela escada. Eles logo entraram em ação, pousando no chão uma pesada caixa de materiais e uma maca. O homem checou o pescoço de Stephen para tomar o pulso e ouviu seu coração com um estetoscópio.

– O que aconteceu? – perguntou a mulher. – Vocês o encontraram assim hoje?

– Eu o encontrei – informou Bu. – Ele não acordava de jeito nenhum.

– Ele usa algum tipo de droga? Álcool? Tem algum problema de saúde?

– Ele bateu o carro ontem – contou Callum. – Bateu a cabeça, mas estava bem...

– Quando foi isso?

– Ontem à noite.

– Vias aéreas desobstruídas – informou o homem. – Batimentos em quarenta e seis. Pupilas desiguais.

A braçadeira do medidor de pressão foi colocada. Fiquei ouvindo o bombear e o lento e perturbador sibilar da braçadeira inflando, até a mulher abri-la com estardalhaço.

– Dezoito por seis. Há quanto tempo vocês o encontraram assim? – perguntou ela.

– Acho que... sei lá... quinze minutos? – respondeu Bu, olhando para Callum em busca de confirmação.

A mulher deu a volta em Stephen, levantando as pálpebras dele e examinando com uma lanterninha clínica, então pegou o rádio para comunicar:

– St. Mary's, estou com uma contusão de cabeça, homem inconsciente, GSC quatro. Batimentos em quarenta e três e baixando.

Ouvimos um chiado eletrônico, seguido por um momento de silêncio.

– Equipe a postos – respondeu uma voz entrecortada, pelo rádio.

– O que significa isso que você disse? O que é GCS? – indaguei a ela.

– Escala de coma – respondeu a mulher.

– Escala de coma? Ele está em coma? Ele vai...?

– Temos que movê-lo.

Eles agiam rápido, mas parecia que nada era rápido suficiente. A mesa de centro teve que ser afastada. Após ter o pescoço imobilizado, Stephen foi colocado na maca portátil posicionada no chão.

– No três. Um, dois, três...

Os paramédicos o ergueram e levaram, demonstrando habilidade nos degraus da escada. Acompanhei enquanto desciam e o colocavam na ambulância.

Mais um borrão de atividade enquanto Stephen era levado com cuidado do condomínio a que tínhamos chegado apenas horas antes. Seguimos a ambulância em um táxi. Chegando ao hospital, tivemos que nos separar, a ambulância indo pela entrada exclusiva. O táxi nos deixou em frente à entrada da emergência. Lá, encontramos gente com bandagens, feridas sangrando, braços em tipoias... toda aquela confusão de pronto-socorro. Só braços e pernas quebrados e Stephen inconsciente em algum lugar.

O homem ao balcão da recepção nos informou que um profissional em breve viria conversar conosco e avisou que precisaríamos esperar, então aguardamos na sala de espera, de pé, confusos, alternando o olhar entre o balcão, a televisão presa à parede e a maquininha de vendas cheia de chocolates e biscoitos.

– Thorpe – disse Bu, quebrando o silêncio entre nós. – É melhor a gente avisar a ele. Deixe que eu ligo. Me dê seu celular.

E foi o que ela fez, enquanto Callum e eu continuamos andando por ali, de lá para cá pelo piso de ladrilhos. Cerca de meia hora depois, um médico jovem e ruivo, de barba bem-aparada, foi à sala de espera e perguntou quem era o acompanhante de Stephen Dene. Nós três nos levantamos e fomos ávidos até ele.

– Vocês são amigos? – perguntou o médico. – E o encontraram inconsciente?

Confirmamos.

– Vamos precisar conversar com a família. Vocês têm o contato de algum parente ou...

– Os pais dele morreram – respondeu Callum de pronto.

Bu e eu ficamos surpresas, mas não o desmentimos.

– Entendo – disse o médico. – Algum outro familiar?

– Tem um... um tio – respondeu Bu. – Está a caminho. Mas... o que ele teve? Por favor. Somos as pessoas mais próximas dele. Por favor.

Após um momento de hesitação, o médico assentiu e nos levou a um pequeno consultório.

— Vocês disseram que ele sofreu um acidente de carro, correto? – questionou ele, fechando a porta.

— Foi uma batida leve – explicou Callum. – Ele parecia bem.

O médico assentiu e apoiou as costas na porta, olhando para baixo, aparentemente pensativo.

— É comum a vítima não ter sintomas aparentes quando sofre esse tipo de lesão. É menos a gravidade do golpe e mais a forma como acontece, qual parte da cabeça é atingida. Por acaso ele se queixou de dor de cabeça ou náusea?

— Dor de cabeça – confirmou Bu. – Mas não parecia forte.

O médico coçou a sobrancelha. Em seguida, olhou para nós transmitindo o tipo de honestidade que nunca indica que vem coisa boa pela frente.

— Stephen sofreu o que chamamos de hematoma epidural – começou ele. – O golpe na cabeça causou uma ruptura, que gerou uma hemorragia entre o crânio e a dura-máter. Quando isso acontece, a pressão intracraniana aumenta. Nós tentamos normalizar a pressão, mas... A questão com um hematoma epidural é que ele precisa ser tratado imediatamente, e, no caso de Stephen, essa lesão ocorreu entre onze e doze horas atrás. Nós fizemos a drenagem do sangue acumulado, mas o cérebro sofreu danos. Ele está comatoso, e já o conectamos aos aparelhos de suporte e respiradores.

— Aparelhos? – repetiu Bu. – Mas ele vai ficar bem, não vai? Vocês conseguiram dar um jeito, não foi?

Houve uma pausa na conversa, e naquela pausa havia tudo. Todo o ar saiu da sala e nada era real. Eu não sentia minhas mãos, e minha cabeça formigava.

— Vamos mantê-lo confortável – respondeu o médico. – Ele não vai sentir dor. Mas a decisão cabe à família. Vocês compreendem o que estou dizendo?

Não. Na verdade, o que ele estava dizendo não fazia o menor sentido, mas não o impediu de dizer. E então estávamos em movimento de novo, em um elevador, cruzando o saguão.

Stephen tinha sido transferido para um quarto no terceiro andar. Era um quarto privativo, a maior parte ocupada por um equipamento bem grande. As persianas estavam entreabertas. Lascas da luz matinal cortavam a cama. Ele estava debaixo de uma manta, que ia até metade do peito, e usava uma camisola hospitalar azul. Alguma coisa no fato de ele estar sem uniforme, sem os suéteres ou os lenços sérios, sem as coisas que usava no mundo normal que lhe davam ar de autoridade, de seriedade... algo naquela camisola de tecido-papel com o nome do hospital estampado tornou tudo real.

Bu deixou escapar um soluço alto.

– Isso, não – disse Callum. – De tudo o que podia ter acontecido, sabe? Todos nós... tudo o que podia ter acontecido, e só uma batida no carro...

– Callum... – Bu chorava copiosamente, a voz embargada. – Callum, pare.

– Mas de tudo o que poderia ter acontecido com a gente... O Estripador, as coisas que vemos, as coisas que fazemos. E aí *um acidente de carro...* E nem foi grave. É tão *estúpido...*

Ele começou a rir, e a risada foi ficando mais estranha e mais alta. Por fim, ele se sentou no chão, ao lado da cama, baixou a cabeça e riu mais. Bu foi se sentar ao lado de Callum, que passou o braço pelos ombros dela. Tive um pensamento sombrio, de que aquele era um daqueles momentos pelos quais Bu esperava havia tanto tempo, quando ela podia apenas abraçar Callum e ficar assim com ele. Ela provavelmente poderia fazer qualquer coisa que quisesse. Mas aquilo já não importava mais.

Stephen estava sem óculos. Seu rosto estava o mais relaxado que eu já vira, e o vinco de preocupação entre os olhos finalmente sumira. Eu o vi de uma forma que nunca tinha conseguido: podia olhar por quanto tempo quisesse. Nunca tinha notado como era alta a testa dele; alta e elegante, descendo até o nariz, também longo e fino. Os olhos tinham cílios escuros, e as sobrancelhas eram mais grossas do que a imagem mental que eu tinha. Os óculos ocultavam grande parte de seu aspecto real. E havia os lábios que eu tinha beijado na noite anterior – uma boca delgada, larga, com uma forte tendência a repuxar os cantos para baixo. Ele estava quase sorrindo.

Então me lembrei de sentir, no início, a tensão nos lábios dele, como se estivesse tentando erguer uma barreira entre nós; depois, ele relaxou, entreabrindo a boca. E foi quando eu soube que ele também queria me beijar, queria ceder ao momento. Aquele pequeno entreabrir de lábios, o leve suspiro que lhe escapou...

Eu ouviria aquele suspiro para sempre. Aquele som tão pequeno, tão pequeno, mas em que o mundo inteiro pareceu se abrir.

– Stephen me avisou que não queria que avisassem sua família se alguma coisa acontecesse – disse Callum.

Eu quase tinha esquecido os dois ali no chão, do outro lado da cama. Estavam em silêncio fazia um tempo, e eu tinha me perdido nos pensamentos. O arroubo histérico de Callum tinha passado. Ele estava ajoelhado e debruçado para a frente, como se a qualquer momento fosse dar um salto.

– Mas temos que ligar para eles agora, não? – disse Bu, a voz rouca. – Não temos?

– Não. Acho que ele falou sério. Temos que seguir a vontade de Stephen e a de mais ninguém.

– E *qual é* a vontade dele? – perguntou Bu.

– Temos que esperar Thorpe – falei.

Nem foi minha intenção dizer isso. As palavras simplesmente saíram, secas e automáticas. Talvez eu estivesse canalizando Stephen.

– Não cabe a Thorpe decidir – disse Callum. – Ele não o conhece. Nós é que precisamos decidir. *Nós.* Stephen precisa que a gente resolva isso para ele, não um burocrata qualquer.

No final, optamos por fazer uma votação.

Digo isso como se fosse possível. Como se pudéssemos votar se Stephen sobreviveria ou morreria. Como se estivéssemos sequer pensando nisso como uma realidade. Foi como um ato acadêmico, como responder a uma pergunta de uma prova. Se Stephen não conseguisse sobreviver sem a máquina, ele desejaria continuar vivendo? E ele desejaria se manter daquela forma, o corpo sendo forçado a respirar, a mente inativa? Para nós, era óbvio que não, ele não desejaria isso, mas ainda não conseguíamos dizer as palavras da conclusão lógica disso – que a máquina deveria ser desligada. Ele merecia a chance de morrer. Minha cabeça estava esquisita e aérea, e meus joelhos tremiam. Comecei a ter soluços a certa altura e fiquei mexendo distraidamente nas persianas da janela.

Então conversamos com ele. Contamos histórias. Contei a história do silicone da minha vó. Contei histórias que eu desejaria que ele nunca ouvisse, na esperança de que ele de repente despertasse só por causa das coisas horríveis e constrangedoras que eu estava dizendo. Minha primeira menstruação e por aí vai. Nem me importei com o fato de que Callum e Bu estavam ouvindo. Eles fizeram o mesmo que eu, e contamos piadas a ele. Callum propôs atraí-lo com papéis a preencher, para ver se ele acordava.

Thorpe chegou, trazendo novamente o médico. Das vezes anteriores que eu vira Thorpe, ele era só *um cara qualquer* do governo. A única coisa que eu tinha reparado nele era o rosto jovem demais para o cabelo branco. Naquele dia, ele não estava de terno, nem camisa social e gravata, só uma camisa de gola alta e mangas compridas e uma calça jeans elegante. Quando viu Stephen, ele ficou em silêncio e cobriu a boca com a mão.

Foi quando achei que realmente ia perder o controle. Foi quando a bile subiu pela garganta, e um rugido soou nos ouvidos, e eu quis estar em qualquer outro lugar que não aquele quarto terrível. Quis apagar os últimos meses e voltar correndo para Louisiana, para minha cama, minha casa.

– O que acontece? – perguntou Thorpe ao médico. – Quando a máquina for desligada, quero dizer.

O médico tinha se colocado discretamente no canto do quarto, os braços cruzados em uma postura de resignação gentil e profissional.

– O corpo assume. Segue o rumo natural. Pode levar minutos ou horas.

Thorpe assentiu, deu uma única fungada. Em seguida, olhou para nós.

– Vamos precisar de alguns momentos para conversar a sós – disse ele ao médico, que se retirou de novo.

Thorpe se aproximou do pé da cama e observou Stephen demoradamente.

– Vocês já discutiram isso? – indagou ele, baixinho. – Acho que todos nós sabemos o que ele diria.

Nosso silêncio foi uma confirmação.

– Não era para isso acontecer – continuou Thorpe. – Eu nunca devia ter permitido. Foi tudo muito rápido. Devíamos ter tido mais tempo, nos preparado melhor... – Ele não terminou o raciocínio. Sacudiu a cabeça uma vez. – Posso falar com o médico. Posso...

Não prestei atenção ao restante do que ele disse, embora eu saiba que tinha a ver com a questão de dar a permissão final, alegando ser tio de Stephen. Uma lembrança me distraiu. A lembrança de estar caída no chão do banheiro, já perfurada pela faca. A lembrança da curiosa sensação da ferida aberta. Meu corpo, incapaz de reconhecer o corte pelo tato, me informou que era uma coceira com um leve formigar. O sangue brotava tão rápido... não era possível que fosse meu. E, através do rugido nos ouvidos, escutei Newman me explicando o que ia fazer. Ele me deu o terminal e me explicou sua teoria (uma teoria breve) de que, se uma pessoa com a visão morresse conectada a um terminal, essa pessoa poderia voltar.

– Eu posso resolver isso – falei.

Foi súbito. Saiu da minha boca do nada e atraiu a atenção de todo mundo.

– O quê? – perguntou Thorpe.

– Eu posso resolver isso – repeti. – Newman... ele tinha uma teoria... sobre as pessoas que têm a visão. Se uma dessas pessoas morresse em contato com um terminal, ela poderia...

Callum se levantou, com um olhar que era violento como trovão.

– Não – disse ele. – Não.

Bu se levantou de um pulo logo depois, mas com uma expressão muito diferente no rosto. Seu rosto dizia sim.

– O que você está dizendo? – perguntou Thorpe. – Você pode impedir que ele morra? Você pode...

– Ela está dizendo que quer mantê-lo aqui transformando-o em uma *coisa* que não será viva nem morta – esclareceu Callum.
– E ela não vai fazer isso.

— Você precisa repensar seus preconceitos, hein? — retrucou Bu.

Callum passou por Thorpe e se aproximou de mim, do outro lado da cama. Pela forma como ele se movimentava, tive a nítida impressão de que ele não hesitaria em recorrer à força física para me impedir. Agarrei a barra metálica da cama.

— Você não vai fazer isso com ele — disse Callum.

Ninguém nunca tinha falado comigo naquele tom, nem mesmo Newman. Era uma clara ameaça, uma declaração de que eu era o inimigo. Eu seria impedida.

— Callum... Callum, ela pode *salvá-lo* — tentou Bu.

— Não *ouse* fazer isso! — rugiu Callum, gritando bem no meu rosto. — Não ouse fazer isso com meu amigo. Não *toque* nele.

Ele empurrou com força a bandeja de cama; não em cima de mim, mas para a parede, como um alerta. Virei pedra. Aquilo não importava. Minha mão estava fundida à cama.

— Callum. — A voz de Thorpe não transparecia raiva, mas nem por isso o tom de ameaça era menos sério. — Afaste-se dela e saia do quarto.

— Eu não vou sair.

Ele estava ao meu lado, olhando bem para o meu rosto.

— Ou você sai agora ou será retirado à força.

— Então faça isso.

— Stephen ia querer isso? Num momento desses? — A leve emoção na voz de Thorpe fez Callum se virar para ele. — Ele ia querer vocês brigando por causa dele?

— Ele não ia querer voltar desse jeito — retrucou Callum. — Talvez você queira, para estudar ou sei lá o quê. Talvez você queira — acrescentou, dirigindo-se a Bu — por achar que está ajudando. E *você*...

Mas ele não tinha nada a me dizer.

– Ele gostaria que o deixassem partir – concluiu.

– Como você pode saber? – questionou Bu. – Você sempre teve raiva deles. Acha que são malignos, que não pertencem a este mundo. Eles são fantasmas, não monstros, e podem ser felizes. Podem ser produtivos. Você não pode decidir o que ele gostaria com base no que *você* sente.

Peguei a mão de Stephen. Estava muito fria. Não gelada, mas, definitivamente, não era a mão de uma pessoa cheia de vida. E já naquele momento tive uma estranha sensação. Não foi como nas vezes que eu tinha tocado um fantasma e sentido como se eu estivesse sendo sugada. Era uma sensação leve, que começava nos dedos e subia pelas costas da mão, pela lateral do braço, repousando um momento no ponto de pulsação da parte interna do cotovelo. Uma dormência suave, como formigamento, só que sem desconforto. E minha mão e meu braço se aqueceram em contato com a pele fria de Stephen. Meu corpo inteiro estava começando a se aquecer.

Olhei para a máquina que declarava Stephen ainda vivo. A briga continuava ao meu redor, mas eu já não participava mais daquilo. Nem sequer estava naquele quarto. Estava em algum lugar com Stephen, totalmente desconectado do hospital ou de qualquer lugar que eu já conhecera. Não era como se eu tivesse certeza da decisão. Nem estava pensando. Não estava cega nem surda; quer dizer, eu vi os seguranças chegarem, vi Callum se resignando a sair por conta própria em vez de ser levado; vi Bu chorando, e Thorpe fechando a porta e pousando a mão no ombro dela. Vi amizades serem rompidas e corações sendo partidos, e não é como se eu não me importasse... era só que acontecia tudo atrás de um vidro que separava a mim e Stephen.

Fiquei surpresa com a frieza – a calma – da etapa seguinte. A suavidade. Eu só olhava para Stephen e continuava segurando a mão dele, e pensava sobre como existe um sistema para tudo, que todas as coisas já aconteceram antes. Pessoas morrem todos os dias, e há um sistema para isso. O médico ouviu nossa decisão, assentiu e disse que era o certo a fazer. Algumas pessoas entraram, e nos reunimos em volta da cama, e assim foi encerrado. Só notei como a máquina era barulhenta quando foi desligada.

Os monitores continuavam conectados e continuaram emitindo bipes, só que mais lentos. E fomos deixados a sós.

Aconteceu às nove e quarenta e seis da manhã.

Logo antes, tudo tinha ficado muito lento – os bipes e indicadores das máquinas. Pessoas começaram a entrar no quarto com mais frequência. Segurei a mão de Stephen com mais força. Os bipes deram lugar a um ruído constante. Fechei os olhos. Então *alguma coisa* começou a me puxar. Não era físico, não era visível; era algo suave e ao mesmo tempo insistente, que me lembrou uma aula de Ciências no ensino fundamental, quando nos deram uma caixa de ímãs para brincarmos e eu fiz um ímã muito pequeno puxar outro por uma pequena distância até os dois se unirem.

Você não vai a lugar algum, falei para ele mentalmente. *Não vai a lugar algum. Vai ficar aqui. Vai ficar comigo.*

Eu sentia a agitação à minha volta. Estava intensamente consciente da presença de Bu à direita.

ESTÁ ME OUVINDO? VOCÊ NÃO VAI...

Quase me derrubou. Eu estava puxando alguma coisa, ou alguma coisa estava me puxando. E o fundo dos meus olhos ficou branco. O mundo sumiu por completo. Até o branco sumiu, e tudo passou a ser um nada imerso em brilho intenso. Ao contrário das outras vezes, não foi só um flash. Eu estava calma e parada, e o mundo tinha partido, mas estava tudo bem. Eu tinha me tornado outra coisa, tinha penetrado algo maior. Talvez eu fosse água. Talvez fosse uma gota d'água no oceano. Talvez fosse uma partícula de luz. Eu e tudo à minha volta éramos um, e tudo à minha volta era cheio de paz.

Eu queria ficar ali.

Houve o branco. Houve a queda. Eu estava caindo por centenas de metros, centenas de metros, mas sem uma velocidade definida.

Então surgiram extremidades. Objetos redondos. Uma linha vermelha e uma massa preta. Um rosto: Bu. Senti minha cabeça ser empurrada entre os joelhos, e, quando abri os olhos, o chão do hospital voltou em súbito e violento foco.

– Desculpe – falei, porque sabia o que viria.

Vomitei. Uma bacia de plástico foi colocada mais ou menos no lugar certo, e fiz o que pude para acertar ali. Alguém me ajudou a me sentar em uma cadeira. Fui colocada em uma posição olhando para a frente, caída sobre os joelhos. Bu se ajoelhou ao meu lado.

– Ele...? – perguntei.

Ela assentiu.

– Funcionou? – sussurrou ela, acariciando meu cabelo.

– Eu não... não sei – respondi. – Alguma coisa aconteceu.

– Vou procurá-lo. Você está bem? Vou procurá-lo.

Bu ficou longe por uma eternidade. Por fim, me levantei e me sentei direito. Quando fiz isso, vi Stephen ali deitado, exatamente como antes. Por fora, estava idêntico, mas tudo era silêncio, e seu peito não se mexia.

Thorpe tinha os olhos vermelhos.

– Quanto tempo leva? – perguntei a Bu quando ela voltou.
– Para eles... você sabe. Aparecerem.

– Jo disse que, quando aconteceu, ela acha que acordou logo depois, mas que nunca soube ao certo. Pode ter levado horas, ou mesmo um, dois dias.

– Alistair disse que foi logo em seguida – falei. – Ele estava dormindo, e no instante seguinte estava de pé fora do próprio corpo. Eles sempre aparecem no lugar em que morrem?

– Ele pode estar em qualquer lugar – respondeu Bu. – Geralmente algum local ligado ao local da morte, mas nem sempre. Já ouvi falar de gente aparecendo em outros lugares. Ele pode estar no nosso apartamento. Pode estar na casa dos pais, embora eu duvide disso. Em algum lugar ele está, só precisamos encontrá-lo.

– Se é que funcionou – falei.

– Eu sei que ele está aqui – disse Bu, assentindo. – Precisamos começar a procurar. No hospital; no apartamento novo e no antigo. E se não o encontrarmos mesmo assim, voltamos aqui e procuramos de novo. Certo?

Foi então que entendi tudo. Não haveria trem para Bristol. Talvez não houvesse retorno a Wexford, ou mesmo aos Estados Unidos. A vida estava sendo escrita, naquele exato instante, em tempo real. Eu não voltaria para casa. Ia ficar ali. Encontrar Charlotte. Fazer Jane pagar pelo que tinha feito.

E encontrar Stephen.

Este livro foi impresso na gráfica JPA Rio de Janeiro, RJ.